P9-CAO-777

Oscuridad

Oscuridad

— My Land —

Elena P. Melodia

Traducción de Jorge Rizzo

rocabolsillo

Título original: *Buio*

Primera publicación en Italia en 2009 por Fazi Editori
Título publicado por acuerdo con SalmaiaLit.

Primera edición: marzo de 2011

Marquès de l'Argentera, 17. Pral.
08003 Barcelona
info@rocabolsillo.com
www.rocabolsillo.com

Diseño de cubierta: Imasd
Imagen de portada: Getty Images

blackprint
A CPI COMPANY

Impreso por Black Print CPI Ibérica, S.L.
Energía 11-27
08850 Gavá (Barcelona)

ISBN: 978-84-92833-28-3
Depósito legal: B. 2.774-2011

A Pierdomenico

¡Oh!, le dije yo, entonces ¿ya estás muerto?
Y él a mí: Cómo esté mi cuerpo
en el mundo arriba, lo ignoro.

Tal es la cualidad de esta Tolomea
que muchas veces cae aquí el alma
antes que Átropo le dé la vuelta.

Y para que tú de buena gana me raigas
las vidriosas lágrimas del rostro,
sabe que así que un alma traiciona,

como lo hice yo, de su cuerpo se apodera
un demonio, que luego lo gobierna
hasta que su tiempo todo esté cumplido.

El alma se derrumba en esta cisterna;
y tal vez aún se muestre el cuerpo arriba
de la sombra que aquí detrás de mí inverna.

Dante, Infierno, XXXIII, vv. 121-135

1

Está oscuro.

Camino, pero no me muevo. Las piernas me pesan como el plomo y en la cabeza siento el golpeteo de unos pasos inmóviles, que martillean sin cesar, mientras empiezo a sentir frío. Tiemblo, y no tengo modo de calentarme. También los brazos los tengo paralizados. Me duelen, con un dolor que nunca antes he sentido, como si estuvieran a punto de separarse del cuerpo.

Intento gritar, pero no lo consigo. No me sale más que un hilo de voz ronca y desafinada, como el sonido de un instrumento de viento sumergido demasiado tiempo en el agua.

¿Dónde estoy?

Observo que unos ruidos antes lejanos se van acercando cada vez más y sigo temblando, ahora ya también de miedo.

Después abro los ojos y no veo nada. Sólo oscuridad. ¿Realmente los he abierto? Sí: veo un hilillo de luz abajo, a mi derecha. Y oigo voces que me resultan familiares. Del otro lado de una puerta.

Me levanto de golpe y descubro por fin que puedo moverme.

Estoy en mi cama.

Estaba durmiendo.

Respiro despacio, a la espera de comprender la situación. Ha vuelto a suceder. La frontera entre sueño y vigilia ya no existe, y las pesadillas son reales, la realidad de un infierno. El sueño se vuelve realidad. Y también el sueño es un infierno.

Me sucede a menudo, desde el día del accidente.

Busco a tientas la lámpara de la mesita. Es horrible, rosa, con la pantalla de plumas sintéticas.

Lo primero que veo es el cuaderno violeta, que ha caído por los suelos al levantarme de golpe. Lo compré ayer; estaba expuesto en el escaparate de una papelería del centro, una tiendecita de poca monta que no había visto siquiera antes. Habrá sido por el color, violeta, pero enseguida me pareció precioso. Aún no sé qué escribiré en él, o si escribiré algo. Estoy contenta de haberlo comprado. Tenía que hacerlo, y ya está.

Ahora el cuaderno está tirado por el suelo, descoyuntado entre libros de texto que repiten, aburridos, las mismas historias inútiles de siempre. Oigo el repiqueteo de sus palabras, de sus números de página. Veo sus horribles ilustraciones, las marcas dejadas por mi lápiz, que subraya líneas, unas iguales que las otras. Pienso en el colegio.

Cierro los ojos y vuelvo a abrirlos. Infierno.

Echo un vistazo al despertador, viejo y ruidoso. Es pronto, no son más que las seis.

Infierno.

Más ruidos. Demasiados. Cierro los ojos y vuelvo a abrirlos.

Es martes.

Los ruidos los hace Jenna, mi madre, que hoy empieza antes el turno en el hospital. Es martes. Y ella es enfermera. No sé cómo lo hace. Yo no haría nunca su trabajo. Días enteros ocupándote de gente que está mal, lavándola, cuidándola. ¿Para qué? Quizá para acabar un día en la misma cama con la esperanza de encontrar una enfermera como ella, que te lave y te cuide mientras tú estás mal, muriéndote. No, gracias. No es para mí.

Permanezco inmóvil bajo las sábanas, a la espera de que la luz del día se filtre a través de las cortinas. Después me levanto y me acerco a la ventana, una enorme ventana inútil como el aire acondicionado en Laponia, porque da siempre y exclusivamente al gris. El gris de los edificios, de las calles, incluso del cielo. Miro a lo lejos, más allá del río legamoso, a los aviones que desfilan por las pistas del aeropuerto. Cómo me gustaría irme de aquí.

Miro el cielo, pero en realidad no lo veo.

Hoy, como siempre, llueve.

Tac, tac, tac. La lluvia repiquetea sobre el vidrio como si quisiera llamar mi atención. Salgo de la habitación y recorro el pasillo desierto hasta el baño. La oscuridad de la pesadilla me asalta de nuevo, invadiendo de pronto mis pensamientos. Habrá sido un sueño, sólo un sueño, pero me siento destrozada. Me miro al espejo y la oscuridad se desvanece poco a poco. Soy guapa, a pesar de todo.

Me quedo allí, mirándome.

De vez en cuando me da por pensar cómo sería mi vida si fuera fea, si no tuviera estos ojos verdes que tanto me gusta fijar en los chicos para ponerlos violentos, o esta melena negra y lacia, tan brillante que daría envidia a una geisha, o este cuerpo que no engorda por mucho que coma. ¿Cómo sería mi vida?

Sería una porquería. Una única, colosal e irremediable porquería. Pensad lo que queráis: la verdad es que la belleza es una forma de poder.

La única que tengo.

La única verdad, quiero decir.

—Y además, a mí el poder me gusta… —digo en voz alta, al tiempo que me guiño un ojo frente al espejo.

Afuera llueve.

Me miro a los ojos.

Ya me encuentro mejor.

En el pasillo me cruzo con la silueta errante de mi hermano Evan. Cuesta creer que seamos hermanos. Evan lleva sus catorce años como quien lleva un abrigo viejo: avergonzándose. Pasa los días quitándoselos de encima como si fueran tiritas. Tiene un único objetivo: cumplir dieciocho años para tener libertad de hacer lo que quiera, de dejar de estudiar y de irse a vivir por fin con Bi, su novia, único ser humano con el que habla realmente o con quien interactúa de algún modo.

Evan tiene el pelo lánguido, sin vida, y se viste siempre del mismo modo: pantalones elásticos y sudaderas desastradas, grandes zapatones e imposibles camisetas descosidas. Todo rigurosamente oscuro. Tiene pasión por los *piercings*; debe de llevarlos por todas partes.

La última novedad es un imperdible en la mejilla.

—Monísimo —comento sarcástica en cuanto lo veo.

Ninguna respuesta, sólo una mirada oblicua acompañada

de un sonido como el borboteo de una vieja cafetera harta de hacer su trabajo.

Evan me esquiva y desaparece. A esta hora de la mañana lleva ya en las orejas esos auriculares que disparan música *punk-rock* a dos mil decibelios.

Suspiro. No hay nada que hacer. No creo que se deba a los tres años que nos separan, ni al hecho de que es un chico. Evan es un ser de otro planeta aún por descubrir. Y con él no hay comunicación, punto.

Va dando tumbos hasta su habitación y se encierra dentro. Tengo una imagen fugaz de su futuro: no hay nada, sólo problemas.

Antes o después los hechos me darán la razón.

Y entonces nadie podrá hacer nada de nada.

Me visto rápidamente y me cargo la mochila al hombro. Es violeta, como el cuaderno que compré ayer y como otras mil cosas mías. Es violeta porque todo lo que me gusta es violeta.

Abro la puerta de casa y la cierro a mis espaldas. Estoy lista para ir al colegio.

Hoy es día de bautizos.

2

A mi llegada todo está como tiene que ser. Al menos aquí.

Fuera, el grupito de chicos de siempre se me queda mirando mientras cruzo el pasillo abarrotado del primer piso. Siento sus ojos fijos en mí. Será porque me he puesto *shorts* blancos, esos que mi madre considera demasiado cortos para el colegio. A juzgar por las miradas que atraigo, quizá no esté tan equivocada. Bien.

Veo mis muslos delgados tensarse a cada paso. El suelo de linóleo verde resuena, sordo, bajo las suelas de mis botas de piel negra.

Llego al segundo puesto de control que toda chica debe afrontar tras la entrada en el colegio. Ahí están, como siempre, y también Ian me mira. Aparta la mirada, fingiendo que habla con su grupito de atontados. Desde luego es majo, pero suele estar rodeado de demasiadas chicas para mi gusto. Va diciendo por ahí que muy pronto saldrá conmigo. Se cree irresistible.

Y no lo es.

Me daré el gusto de salir con Rubi, su amigo marginado, e Ian no entenderá por qué lo hago. Lo dejaré con la boca abierta, como un enorme y estúpido pez varado en la playa.

Me sonríe, y yo le sonrío. No sabe qué esperar, pero cree haber entendido. Quizás acabe por dejar de rodearse de amigos insignificantes e intente salir al descubierto.

Y anunciarles a todos lo que hará.

Es mono.

Pero es un perdedor.

Y

Mis amigas, en cambio, son diferentes. Todas ellas tienen una personalidad ganadora. Seline, siempre alegre y curiosa, sería capaz de pasarse una semana entera exclusivamente haciendo compras. Agatha, taciturna e introvertida, es independiente y decidida. Y Naomi, vivaracha pero equilibrada, es de esas que dicen siempre lo que piensan. Me esperan en clase, como todas las mañanas. Nuestra relación es muy simple: han decidido que yo sea su guía. Prefiero el término «guía», porque «jefa» implica dar órdenes y formar parte de un grupo, que no es mi caso. Son ellas las que me siguen, dado que se fían de todo lo que digo y hago. Es una decisión suya, no mía. Ésa es la fuerza de nuestra amistad.

—Hola, chicas —las saludo, sin mover ni un músculo del rostro.

A veces me dicen que soy fría, y quizá sea cierto. Pero dosificar las emociones no es sólo un deber, sino también una necesidad: sonrisas y lágrimas pueden ser muy peligrosas si se dejan fuera de control. Hay que gestionarlas con cuentagotas para que no caigan en manos de algún desgraciado capaz de usarlas en tu contra.

—¿Cuántos bautizos tenemos hoy? —pregunto, posando la mochila sobre el pupitre.

No hacemos nada malo. Y sobre todo son las chicas de primero las que nos lo piden. Previa solicitud, las examinamos. Si quieren el bautizo, que significa contar con nuestra amistad, tienen que afrontar cuatro pruebas: pasar una noche solas fuera de casa, robar en una tienda, convencer a una persona de nuestra elección a que hagan algo (cualquier cosa) y destruir en nuestra presencia algún objeto al que le tengan mucho cariño.

Si lo consiguen, las bautizamos, y automáticamente se convierten en personas dignas de nuestra amistad. Porque eso es lo que es la amistad: respeto y confianza. Nada de grupos, nada de jefes, ni de estructura. Se trata de elegir libremente las compañías.

—Creo que será mejor posponer los bautizos —dice Naomi.

—¿Y eso?

—Tenemos un problema.

—¿Qué problema? —La miro fijamente a los ojos.

—Éste.

Naomi me enseña la pantalla de su móvil.

Abro los ojos como platos. Veo el cuerpo semidesnudo de una chica; está de espaldas. ¡Es Seline!

—Decidme que no es verdad…

—Me temo que sí.

Seline sacude su cola de cabellos rubios.

—¡Ha sido él! ¡Es un asqueroso! —casi grita Naomi, fuera de sí.

—Tenemos que hacer algo —susurra Agatha, con una calma gélida que parece instalarse furtivamente entre nosotras.

Tiene toda la intención de organizar un castigo ejemplar.

Las miro. Asiento. Él, el asqueroso, se llama Adam y es sin duda uno de los guapos más impresentables del colegio, conocido por una serie de bravatas más o menos graves. Hacía mucho tiempo que rondaba a Seline, atraído por sus formas suaves y su dulzura. Y había acertado: Seline es buena, algo poco frecuente y peligroso. Naomi la había avisado, pero Adam ha sabido hacerlo. La ha cortejado por todos los medios, enviándole incluso un ramo de rosas blancas. No sé cómo se las habrá apañado para comprarlas. Las rosas valen dinero. Desde luego, Adam no es de familia rica, pero siempre lleva dinero en el bolsillo. Y ella entró al trapo, se dejó llevar. Nos dijo que no llegaría tan lejos.

Y sin embargo…

—Te avisé —la reprendo—. Quien juega con fuego acaba quemándose.

No me gusta subrayar lo evidente, pero de hombres Seline entiende lo que un niño de altas finanzas.

—Tenías razón —responde ella, con la cabeza gacha y los ojos fijos en sus manoletinas plateadas.

—¿Cómo ha sucedido?

Seline me mira, ruborizada. Está a punto de llorar, pero se contiene. Nunca me ha visto con lágrimas en los ojos e intenta imitarme. El esfuerzo le impide hablar.

Lo hace Naomi en su lugar. Me cuenta que Adam se coló en los vestuarios femeninos del gimnasio y fotografió a Seline mientras se vestía, tras la ducha.

—No creí que pudiera llegar tan lejos…

Ahora Seline solloza.

—Vaya si podía —digo yo.

Mi tono de desprecio es como una mecha que hace explotar el río de lágrimas que hasta aquel punto Seline había conseguido contener.

Las chicas se quedan en silencio por un momento, a la espera de que yo diga algo más, pero no encuentro nada que decir. Es uno de los raros casos en que la ingenuidad de Seline me ha dejado sin palabras.

—Sólo hay un problema: ¡la ha filmado con el móvil!

Naomi siempre se muestra resuelta en sus observaciones. En los momentos difíciles, su pragmatismo es una característica que valoro mucho.

—¡Y ahora la habrá visto todo el colegio!

—Exactamente.

Agatha sigue callada.

No me lo puedo creer. ¿Cómo se puede ser tan estúpida de caer en una trampa como ésa? Siento que me invade la rabia, pero poco a poco deja paso a una sensación más líquida y se convierte en pena. Compasión. Pienso en cómo debe de estar Seline, la humillación y el sufrimiento que debe de sentir.

—Tiene que pagar por esto —sentencia por fin Agatha, con un tono seco y decidido.

—¿Y cómo? —pregunta Seline, entre lágrimas.

Los ojos negros de Agatha se iluminan de pronto como un fogonazo.

—Démosle un susto de muerte.

—¿Un susto?

—Exacto.

—Explícate mejor.

Agatha es tranquila, lúcida, metódica. Pero a veces casi me da miedo saber qué piensa.

—Le esperamos en el río y le enseñamos cómo nos las gastamos. Esta tarde, Adam estará solo, no habrá obstáculos.

—¿Y tú cómo lo sabes?

—¿Eso importa?

La miro sorprendida. La conozco hace poco, desde que se mudó a la Ciudad con su tía. Según parece es huérfana y no tiene más parientes. Superó las cuatro pruebas del bautismo con extrema facilidad.

Una vez nos dijo que somos su familia y que haría cualquier cosa por no acabar encerrada en un internado. No sé si hablaba en serio, pero yo, como familiar suya, intuyo que esconde algo más profundo, algo que no dice.

Algo malo.

3

Mi colegio da asco.

Y no creo que mi opinión mejorara mucho si ocupara uno de esos lujosos edificios rodeados de verde que se ven en las películas. Aunque, eso sí, tendría un aspecto menos lamentable.

No me quejo de haber nacido en una familia de semifracasados sin grandes posibilidades económicas, pero tengo la convicción de que mi cerebro merece educarse en un lugar mejor que esta caja blanca que parece un barracón, con suelos de linóleo verde moteados de chicles y con las paredes estropeadas tras años de peleas, empujones e insultos.

Las aulas son grandes y están iluminadas por kilómetros de fluorescentes, como gigantescas salas de un viejo hospital, donde una palabra resuena con la fuerza de un grito y el blanco deprimente de los techos recuerda el vacío que uno tiene dentro cada día en cuanto atraviesa el umbral. Unas grandes ventanas rectangulares intentan hacer llegar al interior una luz que con demasiada frecuencia falta también fuera, mientras los nuevos pupitres de formica gris te van diciendo que antes o después el plástico ocupará también tu lugar.

En todo el colegio no existe un rincón donde se pueda posar la mirada y dejar vagar la mente. No existe un lugar donde se pueda disfrutar de una sana y tranquila soledad, porque cada metro de los largos pasillos, cada escalón de la absurda escalinata, cada rincón de los baños está atestado de cuerpos en movimiento, de máquinas de café que nunca dan el cambio, de lavabos atascados, de bocas que hablan, fuman, insultan y después, al final, dejan este edificio vacío y silencioso como un gran barco antes del naufragio.

ϒ

En cuanto a los profesores, darían para escribir el guion de una película grotesca. Imaginaos a un equipo de fantoches vestidos por una modista loca, o simplemente daltónica, que aparecen en clase desde la nada de un pasillo y que en la nada desaparecen, como si no tuvieran otra existencia más que la del interior del colegio. Fantoches que vomitan un guion preestablecido, siempre igual, y que obligan a recitar cada mañana.

Así se va la mitad de mi vida.

Sólo hay uno que se salva. El profesor de ciencias y química, que todos, incluidos los bedeles, llaman Profesor K, aunque nadie recuerda ya por qué. El Profesor K es albino y de piel clarísima. Tiene una edad indefinible y se dice que tiene los ojos rojos, como las criaturas de la noche, pero es difícil comprobarlo, porque lleva gafas oscuras hasta en clase. Habla poco y siempre con intención, y tiene una voz profunda y rasposa, casi sensual. Su piel desprende un olor insólito, a vainilla, que se distingue del nauseabundo batiburrillo de lociones para después del afeitado que flota por los pasillos.

Conozco a chicas que darían lo que fuera por llevárselo a la cama. Pero el Profesor K da la impresión de ser impermeable a cualquier tentación. De vez en cuando me da la impresión de que me mira fijamente a través de sus gafas oscuras y entonces le devuelvo la mirada, hasta que la impresión desaparece. No es que me desagrade. Imagino que, cualquiera que sea el color de sus ojos, su mirada no debe de ser pegajosa como la de Ian. Parece casi como si me estuviera examinando, pero para entenderme, no para juzgarme. Del mismo modo que yo observaba a Agatha, que destruía a martillazos la rueda de su bicicleta para superar la cuarta prueba del bautismo.

Me pone un poco nerviosa, pero su comportamiento impecable no deja lugar a dudas: el Profesor K es sin duda un gran tipo. Un hombre misterioso y muy inteligente.

Su presencia es lo único que hace justificables las horas transcurridas ahí dentro.

ϒ

Mi pupitre está en la quinta fila y eso significa dos cosas: la primera y fundamental es que los profesores me consideran una alumna «diligente» y por eso no me tienen en uno de los sitios frente a la mesa del profesor, ocupados por esas cabezas de chorlito que no han comprendido aún que dar la nota en clase no sólo es inútil, sino también contraproducente. Si molas, eso se ve fuera de estas paredes, donde nadie te protege ni te dice cómo comportarte; donde estás tú frente al mundo. Lo segundo es que desde mi pupitre controlo toda la clase. Veo a los dos inútiles sentados en la cuarta fila, que se pasan las horas formando equipos de fútbol inexistentes en los que luego apostarán y con los que perderán el dinero. Veo a la chica de la sexta, que aún no recuerdo cómo se llama, que no para de tomar apuntes con bolígrafos de diferentes colores. ¿Para qué le sirven todos esos colores? Chica, lo que escribes es gris, por mucho que lo adornes. A la derecha tengo a las «bolsitos», como las llama la profesora de arte: cuatro chicas tan monas como vacías que confunden el aula con el salón de su casa. Se visten imitando a las cantantes famosas, no hablan más que de marcas de ropa que nunca podrán permitirse y les mandan a los chicos notitas kilométricas llenas de insulsos corazoncitos. Los chicos de mi clase están todos en las dos primeras filas. Dos negros, un asiático, un rubio y el quinto, que desde que lo conozco nunca se ha quitado la gorra de la cabeza. Cuando caminan, se les pueden oír las cadenas que llevan al cuello. Nos hablamos con monosílabos. Las palabras más largas son insultos. ¿Son estos los pilares del futuro?

La verdad es que estoy rodeada de maniquíes animados que se mueven y hablan siempre y exclusivamente siguiendo un programa preestablecido. Qué vida más inútil la suya.

Ha entrado el primer profesor de la mañana, el de matemáticas. Tiene los ojos enrojecidos y las ojeras lívidas, como si hubiera pasado las últimas dieciocho horas frente a la pantalla del televisor.

Ahora se girará y empezará a escribir filas de números en la pizarra. Todos le seguiremos los primeros dos minutos, luego cada uno se perderá en una cifra al azar y se limitará a responder sí cuando, con la pizarra llena, el profesor se gire, satisfecho, y pregunte: ¿Lo habéis entendido?

A lo mejor es él quien no lo ha entendido.

ϒ

Al sonar el timbre, Naomi, Seline, Agatha y yo abrimos nuestros paraguas para protegernos de la lluvia. ¿Para qué servirá toda esta agua?

—Mira, ahí está Morgan —me indica Naomi.

Echo una ojeada hacia la verja del colegio.

Lo veo. Está apoyado en una de las dos columnas a los lados de la puerta. Va vestido de oscuro, como siempre, y se ha enfundado un gorro de lana para protegerse de la lluvia. Morgan no sólo es guapo, tiene algo más. Mis amigas, Naomi la primera, sostienen que es mi tipo ideal. Quizá. No sé. Por ahora no tengo un «tipo ideal» en mente. Por ahora no tengo nada.

Está discutiendo con alguien, pero no consigo ver con quién.

—Esperadme aquí.

Cierro el paraguas y me pongo yo también un gorro parecido al de Morgan. Cruzo el patio esquivando los charcos. Cuando llego está solo. Qué raro; la persona con la que hablaba parece haberse desvanecido en la nada. Él me mira con expresión de culpabilidad, como si le hubiera sorprendido robando. Aprovecho la situación para estudiarlo mejor. No sé si es por su físico esbelto y perfecto o por sus cabellos rubios de ángel o sus ojos casi violeta, o si es por el hoyuelo que le aparece cuando sonríe en el lado izquierdo de la boca, pero el hecho es que Morgan es sin duda el chico más interesante que conozco. Y estoy segura de que también es el más peligroso.

—Hola, Alma.

Con dos palabras su indecisión ha desaparecido y me encuentro desplazada: ahora soy yo la que está fuera de lugar. Pero no bajo la mirada.

Es raro. Normalmente intuyo las intenciones de la gente, las preveo, no fallo a la hora de decir algo. Pero con él no es así. A veces lo siento extrañamente próximo, y sin embargo nunca sé lo que piensa. Sólo podemos hablar como en una partida con las cartas cubiertas.

—Hola, Morgan.

—¿Me buscabas?

—No. Pensaba que estabas hablando con Adam. Es a él a quien busco.

Me encanta mi capacidad de improvisación.

—No estaba hablando con nadie.

Su voz es tranquila y mesurada. Y sin embargo estoy segura de que antes había alguien con él, escondido tras la verja. ¿Por qué miente?

—Tienes razón. No estabas simplemente hablando. Estabas discutiendo.

—Te equivocas, Alma.

Subraya especialmente mi nombre al pronunciarlo. Parece una advertencia, pero no entiendo si es una amenaza o un consejo.

Esbozo una sonrisa, entre irónica y divertida. Me acerco a él de puntillas y coloco los labios junto a su oreja lentamente. Lo que sea por las amigas que me están mirando.

—Entonces perdona, Morgan —susurro.

Respiro el aroma tibio de su piel. No huele a nada.

Él permanece inmóvil, no se inmuta. Después se gira de golpe y volvemos a encontrarnos cara a cara, con mi nariz a pocos milímetros de la suya. La tensión aumenta a toda velocidad, como si no hubiera aire que nos separara. Pero aumenta también la lluvia, se vuelve más densa y pesada, y nos despierta. Nos llevamos instintivamente las manos a la cabeza y miramos alrededor buscando dónde ponernos a cubierto.

Las chicas siguen junto a la entrada, esperándome.

—Hasta luego.

Me alejo sin mirarlo siquiera, pero siento sus ojos clavados en mi espalda.

—Nos vemos —responde él, y parece divertido, casi como si quisiera decir «nos veremos antes de lo que te imaginas».

La lluvia cae con furia a mi alrededor. Corro chapoteando, levantando el agua de los charcos con las botas.

—¿Qué pasa? —me pregunta Naomi en cuanto llego a su altura.

—Nada interesante.

No tengo ganas de contarles nada.

En el fondo no son más que sensaciones.

Y en cualquier caso son mías.

4

Sólo hay una luz encendida en la gran sala común de la agencia publicitaria.

Es la de la mesa de Alek, que se ha quedado trabajando en el story board *de una campaña importante. Una promoción para un nuevo modelo de yate de lujo.*

Son las dos pasadas, y todo lo que le rodea está sumido en un completo silencio.

A Alek nunca le ha pesado trabajar hasta las tantas. Al principio incluso lo encontraba fascinante: toda la agencia a su disposición. Pero últimamente ha empezado a experimentar una cierta inquietud al ver a sus colegas irse a casa uno por uno, al vaciarse los escritorios, al apagarse las voces por los pasillos hasta desaparecer.

Sacude la cabeza para ahuyentar pensamientos que considera estúpidos. Intenta concentrarse en el trabajo. Consulta su caro reloj; se lo ha regalado Shel, su novia. Es guapísima, aunque él sabe que nunca tendrá hijos con ella. Si alguna vez los deseara…

Alek sonríe. Son casi las tres de la madrugada: es hora de volver a casa. Con una calma metódica pone en orden la mesa, tira a la papelera el vaso de papel vacío de donde ha bebido su habitual café de cebada, apaga la luz de su lámpara y enciende el interruptor de la iluminación principal. De golpe la gran habitación sale de la oscuridad. Los fluorescentes resultan casi cegadores tras tanta penumbra. Alek entrecierra los ojos. Ve algo que se mueve a lo lejos, por la pared del fondo.

—Estoy realmente cansado —murmura.

Bosteza para recuperar un poco de oxígeno.

Coge las tablas de la campaña y las mete en una carpeta de cartón azul oscuro que se pone bajo el brazo.

Se dirige hacia la salida, pero sus pasos no hacen ruido sobre la gruesa moqueta de color marfil que cubre el suelo.

Una puerta se cierra ante él. Alek se frena de golpe, asustado.

Echa a andar de nuevo. Habrá sido una ventana abierta que se ha cerrado con la corriente, supone. Pero en realidad no lo cree.

Lanza ojeadas furtivas a su alrededor, con la desagradable impresión de que alguien lo está observando.

Acelera el paso y llega a los ascensores. Suben dos hasta su planta. Las cuatro puertas lacadas se abren a la vez: están vacíos. Alek entra en el de la izquierda y se da la vuelta de golpe para mirar a sus espaldas. Ya dentro del ascensor en movimiento, se da cuenta de que el otro también está bajando. La sensación se vuelve cada vez más concreta e inquietante.

Está seguro de que lo están siguiendo.

En la planta baja, no obstante, el vestíbulo está vacío. Y por suerte iluminado.

Alek se dirige rápidamente a la puerta de entrada. La abre y vuelve a cerrarla a sus espaldas. Va hacia el aparcamiento. Su coche se ha quedado solo; es un viejo descapotable blanco con la capota negra, regalo de licenciatura de sus padres. Tras el coche, al fondo, una gran valla publicitaria representa una montaña rusa cuyas vías desembocan en una gran inscripción: GRAN INAUGURACIÓN EL 19 DE FEBRERO. *Es una de sus campañas.*

¿Por qué no habré aparcado más cerca?, se pregunta, nervioso, mientras atraviesa el parking. El otro ascensor ya ha llegado a la planta baja, pero Alek no se vuelve. Camina más rápido.

Es casi una carrera para llegar a la puerta del descapotable blanco, con las llaves preparadas en la mano. En la otra lleva la carpeta azul, apretándola con todas sus fuerzas. Piensa que, una vez dentro, estará a salvo. Volverá a casa y se dará un buen baño caliente antes de irse a dormir.

Ahora está un poco más tranquilo.

Sí, sólo es sugestión, se repite, mientras mete la llave en la cerradura del coche. Pero no tiene tiempo de darle la vuelta. Siente un golpe seco en la nuca.

Alek cae al suelo, en una oscuridad total.

Una oscuridad que no volverá a ser luz nunca más.

5

El deseo de venganza es innato, lo he leído en algún sitio.

En efecto, no creo que existan muchas personas incapaces de vengarse, igual que son pocas las incapaces de mentir. A menudo reaccionamos ante el daño que hemos sufrido. A cada ataque, una defensa. Nada más. Lo que está claro es que la venganza no nos ayuda a olvidar el daño, ni a borrarlo. Como mucho nos da la sensación de haber hecho un poco de justicia. Pero también el concepto de la justicia es algo personal.

Hoy castigaremos a Adam.

Me despierto algo nerviosa. Me ha costado dormirme y he tenido un sueño agitado. A oscuras, busco a tientas la luz de la mesita. Enciendo mi fea lámpara. Jenna me ha prometido que me regalará una nueva para mi cumpleaños. Peor que ésta no podrá ser.

Mi cuaderno violeta sigue ahí, a los pies de la cama. Nadie lo ha apartado. Nadie entra nunca en mi habitación. Fijo la mirada en la portada, luego me pongo en pie y lo cojo con la mano. Hay algo escrito, un relato con mi caligrafía. ¿Cómo es posible? No recuerdo haber escrito nada.

Sólo hay una luz encendida en la gran sala común de la agencia publicitaria... leo, y cuando me dispongo a seguir, alguien llama a mi puerta.

Es Lina.

Lina es mi hermana, tiene nueve años y es muda. No lo es de nacimiento, sino desde el 2 de julio de hace dos años, cuando a la una y media de la tarde un hombre se tiró del séptimo piso de un edificio, estampándose contra el suelo. Ella llegó al lugar con Jenna unos minutos después y no tuvo tiempo más que de ver el rostro del hombre, extrañamente íntegro a pesar del impacto, antes de que quedara envuelto por una gran bolsa de plástico oscuro. Era el rostro de su padre (y, casualmente, también del padre de Evan).

No creo que existan palabras para expresar lo que sintió. Y probablemente eso es lo que piensa ella, dado que decidió no buscarlas siquiera. Cuando su padre se fue, no dijo nada. Y así sigue desde entonces, muda, a pesar de que grandes médicos, curas e incluso algún mago a los que ha acudido la pobre Jenna hayan intentado convencerla de lo contrario por todos los medios.

Se expresa con la mirada y dibuja. De su voz sólo nos queda algún recuerdo grabado en las películas de las vacaciones. En esas películas también aparece su padre.

Tras su muerte, la policía inició una breve investigación, conducida con empeño por el agente Sarl, que en aquel período se convirtió en una presencia habitual en nuestra casa. Se determinó que el padre de Evan y Lina se había suicidado y se decidió no hablar más del asunto por respeto a mis hermanos.

En cuanto a Evan, creo que borró a su padre de su ya breve lista de afectos en el momento en que lo perdió de un modo que él juzgó propio del peor canalla. En aquella época no era más que un niño, pero de aquel día conserva un paquete de los cigarrillos que fumaba su padre clavado a la pared, cerca de la cama. No quiere olvidar, o sencillamente necesita un objeto sobre el que descargar todo su odio cada noche antes de dormirse y cada mañana al despertarse.

—¿Qué hay, pequeña?

Lina me tiende la mano con el puño cerrado. Después lo abre. En la palma tiene su amuleto: un colgante de oro en forma de campanita. La abuela, la madre de Jenna, se lo regaló cuando nació, diciéndole que la protegería y le apartaría de las elecciones equivocadas. Siempre lo ha llevado colgado de una pulserita que lleva en la muñeca izquierda.

La miro fijamente a los ojos, grandes y oscuros, y no veo más que una niña envejecida, demasiado decepcionada por la vida como para concederle otros errores.

¿Cómo lo ha hecho para comprender que hoy es un día particular? No lo sé. Quizá sea el poder del silencio.

—¿Estás segura de que no quieres quedártelo? Es tu amuleto.

Lina sacude la pequeña cabecita cubierta de cabellos castaños.

—Bueno, pues gracias.

Acepto el colgante y cierro el puño, consciente de que será, como siempre, un secreto entre nosotras. Ella desaparece por el pasillo; yo vuelvo a cerrar la puerta y me cambio. Antes de salir, me meto el colgante en el bolsillo de la chaqueta.

El día transcurre como mil otros, indoloro, pero rápido. El aburrimiento del colegio, con las mismas caras y las mismas lecciones, es hoy más insoportable porque hay un objetivo que alcanzar. Y el objetivo es castigar a quien se lo merece: Adam.

Hemos estudiado todos los detalles.

Todas las tardes Adam sale a correr. Suele ir al Parque Pequeño, no muy lejos del colegio; otras veces corre junto al río. Poco antes del Puerto Viejo, unos tramos de escaleras llevan del camino principal a un terraplén por el que no pasa mucha gente, porque se inunda con frecuencia. Es más bien largo y llano, lo que hace que durante el día haya quien lo use para hacer *jogging* o dar un paseo con el perro, pero al atardecer se convierte en el reino de las bandas: *skateboarders* contra *skaters, skaters* contra *traceurs*. Cada uno tiene su zona, y sus propios intereses. El espacio debe conquistarse, como en la jungla. Allí es donde encontraremos a Adam esta noche. Sólo un loco como él, que no tiene nada que ver con las bandas pero que se presenta ante ellas con un aire de superioridad, puede adentrarse en aquella tierra de nadie cuando se pone el sol.

En un ambiente como aquél no es nada nuevo que haya un poco de violencia. No hace caso ni siquiera la policía, que ya está acostumbrada a palizas y peleas. En muchos casos son los propios policías los que las provocan. Es el lugar perfecto para una emboscada.

Las chicas y yo nos encontramos al pie de las escaleras, vestidas de oscuro y con las capuchas sobre la cabeza. Bebemos cerveza y fumamos, para no atraer demasiado la atención.

—Silencio y calma —digo—. Cada una sabe lo que tiene que hacer.

Por debajo de las capuchas, los ojos de Naomi, Seline y Agatha reflejan la luz de las farolas del borde del terraplén.

Hemos pensado hasta en el último detalle: dónde sucederá, quién le bloqueará el paso y quién le rociará los ojos con el spray antivioladores. No caben errores, ni accidentes. Sólo queremos humillar a ese cabrón, al menos lo mismo que él ha humillado a Seline. Sólo queremos que sepa lo que se siente.

Esperamos tras la esquina de un viejo almacén, a oscuras. Huele a moho y a excrementos de rata. El sol ya se ha puesto hace un rato. Pasan los minutos, lentísimos. Nuestra respiración marca el paso de los segundos. Debemos mantener la calma, me repito mentalmente.

Al cabo de diez minutos, empiezo a pensar que Adam no vendrá.

Las chicas y yo nos miramos a los ojos, intentando decidir qué debemos hacer.

Con la mano les indico que tengan un poco más de paciencia. No podemos renunciar precisamente en este momento. Me asomo a mirar el agua, que es negra, oleosa.

Observo el ir y venir de los *skaters*; figuras encapuchadas que se mueven con los puños cerrados en los bolsillos de su chándal. Y entonces lo veo: Adam. Viene hacia nosotras. Trastabilla y se sostiene la cabeza con una mano.

Hago una señal a las demás. Esperamos.

En cuanto se acerca a la luz de una farola, observo que lleva la camiseta manchada de sangre. No consigo verle la cara, pero por el modo en que se mueve no cabe duda: alguien le ha dado una paliza. Y parece que se ha empleado a fondo. Sin duda, nos ha ahorrado un trabajo.

Me meto una mano en el bolsillo y rozo la campanita de Lina. Siento un escalofrío que dura un instante y casi pienso en dejarlo. Pero después ahuyento cualquier escrúpulo: Adam tiene que pagar.

Hago un gesto a las chicas.

Seline y Naomi asienten, pero están asustadas. Agatha, en cambio, está aparentemente tranquila. Debemos proceder. La retirada sería de cobardes.

Salimos al descubierto, rápidas e implacables. Adam se encuentra unas decenas de metros por delante de nosotras y se tambalea como una barca abandonada en una tormenta. Llegamos a su altura en unos segundos. Yo me coloco frente a él para cortarle el paso. Él ve mis piernas y levanta la vista a duras penas. Me reconoce.

Lo miro: tiene un ojo morado e inyectado en sangre. Parece que le han roto la nariz y tiene el labio superior hinchado. Lleva la clara cabellera enredada, con pegotes de sangre y despeinada como si le hubieran dado una descarga eléctrica. Han borrado su belleza a golpe de puñetazo, como quien borra una pintura aún fresca pasándole un trapo por encima.

—¡Menudo espectáculo más asqueroso!

Soy yo la primera en hablar.

—¿Qué quiedfes?

Escupe saliva, sangre y trozos de diente, y me señala con un dedo. La llamarada del dragón grabado en su anillo de plata parece crecer a la luz del farol. Estará pensando que hemos sido nosotras las que le hemos enviado a los que le han dado la paliza. Se equivoca, pero dejo que se lo crea.

—¡Lo sabes perfectamente!

Seline da un paso adelante y le escupe por la espalda. Es ella la que lleva el spray.

Se adelantan también Naomi y Agatha, silenciosa como siempre.

—¿Qué le has hecho a Seline, desgraciado? —grita Naomi. Después le quita el spray de las manos a Seline y se lo acerca a las narices a Adam—. ¿Ves esto? ¿Quieres un poco?

Ahora parece asustado. Abre el ojo sano todo lo que puede.

—No… No… sfto…

Es el momento de presionar.

—¡Dame el teléfono!

Él obedece y me entrega el móvil.

—¿Está aquí ese maldito vídeo?

—No…

—¿Está aquí?

Adam asiente. Yo le entrego el móvil a Seline.

—Borra esa porquería, Seline.

Lo tengo todo controlado.

Sin embargo ella lanza el móvil al río. Oigo el ruido al caer al agua. Adam suelta un improperio.

—¿Pedo te haf vuelto loca?

—Cállate.

Agatha se ha mantenido en silencio, pero de pronto da dos pasos hacia Adam. Intuyo que algo va mal, y la agarro de un brazo para detenerla. Ella se echa atrás y vuelve a su posición. Su mirada tiene algo inquietante.

Adam vacila, con las piernas inestables, hasta que cae ante nosotras de rodillas. Observo que se ha quedado mirando fijamente las viejas deportivas rojas de gimnasia de Agatha. Las lleva siempre, son su señal de identidad y probablemente el único calzado que tiene.

Naomi me lanza una mirada interrogativa. No sabe qué hacer. Las otras también parecen dudar.

Agatha vuelve a la carga. Le arranca el spray de las manos a Naomi y dice:

—Procedamos con nuestro plan.

¿Qué tendrá en mente?

Aferra a Adam por el cabello y le echa la cabeza hacia atrás. Él la mira con el ojo sano. Es una mirada de desafío. Comprendo que tiene miedo, pero que antes preferiría perder la vista que admitirlo. Agatha no duda: hace saltar el tapón de protección del spray. Su agresividad se extiende por el aire, como una nube de gas tóxico.

—¡No eres más que un gusano asqueroso!

Y le dispara el gas pimienta a la cara.

Adam grita como un animal en el matadero y también Seline grita, intentando dar salida al mar de vergüenza que lleva dentro. Pero lo que sale no es más que una gota.

Naomi se ha quedado de piedra.

Agatha descarga toda la botellita, y hasta que no la acaba no suelta los cabellos de Adam, que se retuerce por el suelo, con las manos apretadas sobre los ojos.

—¡Quema! ¡Quema! ¡Quema!

Agatha sonríe, maligna. Tira la botellita, ya vacía, al río. Yo procuro ahuyentar un torbellino de pensamientos que me rondan por la cabeza y me arrodillo frente a Adam.

—¡Quemaaaa!

—Por ahora basta con esto —le anuncio—. Pero si abres la boca, te garantizo que la próxima vez te prenderemos fuego como a un farolillo.

Por su silencio y sus contorsiones entiendo que lo ha comprendido.

Echo a correr. Escapamos.

Las chicas están conmigo. Justo detrás.

Lo dejamos allí, en el suelo.

El corazón me va a toda mecha.

En el bolsillo resuena, lejana, una campanita.

6

Me despierto sobresaltada. Todo está oscuro.

¿Qué hora será?

El despertador indica la medianoche. Enciendo la luz y veo mi cuaderno violeta. Está allí, en el suelo, a los pies de la cama, en la misma posición en que lo había dejado. Como si me esperara, con aquella página llena de letras escritas con mi caligrafía, pero que yo no recuerdo haber trazado.

Al mirarlo siento una especie de vértigo. Me siento al borde de un precipicio. Me estiro hasta el borde de la cama, lo rozo con la punta de los dedos y lo cojo. Hecha un ovillo con las sábanas, no puedo evitar seguir con la lectura del texto iniciado por la mañana.

Lo he escrito yo, sin duda, pero con una escritura que no controlaba, un flujo de pensamientos independientes de mi voluntad. Debo de haberlo tirado al suelo en una especie de trance. De sueño. De pesadilla. De realidad. No recuerdo lo que he escrito. Un raudal de palabras, sin pensar. A pesar del cansancio, la respiración agitada y la oscuridad del exterior, que presiona contra las ventanas, leo. Palabras que no me creo. Me repito que quizás haya descrito parte de un sueño, que quizás haya plasmado en el papel una fantasía propia.

¿Por qué?

¿Y cuándo?

Me siento en la cama, con los ojos pegados a un cuaderno violeta de páginas color marfil, con el rostro carente de toda expresión.

Es una lectura atenta, que me deja agotada. Cuando termino, me duermo con la luz encendida, y el miedo flota en la frontera entre sueño y realidad, entre conciencia e inconsciencia, entre Alma y algo más.

El sonido del despertador resulta traumático.

El cuerpo reacciona automáticamente, pero parece demasiado pesado para ser el mío. Tengo la cabeza tan llena de imágenes que la siento vacía, porque no consigo concentrarme en ninguna en particular. Adam, la emboscada, Agatha, los gritos, el relato en el cuaderno… son un montón de espinas que se me clavan en la mente y que me ahogan con una sensación de angustia acompañada de un dolor leve pero constante.

Me acerco a la ventana y la abro. A la luz grisácea de la mañana, el cuaderno violeta brilla como una amenazante máscara tribal. Lo he dejado sobre la cama, aún abierto. Tengo que hacerlo desaparecer. Me decido por el armario, debajo de todo. Ropa, zapatos, bolsos, viejas pelucas, lo que sea, con tal de que nadie lo encuentre. Lo levanto todo y lo meto debajo.

Necesito una ducha.

En el pasillo me encuentro a mi madre, que me mira asombrada, como si tuviera monos en la cara.

—¿Alma? ¿Qué pasó anoche?

—No he dormido muy bien.

Intento no levantar la vista. El pelo me cae sobre el rostro.

—Esta noche Gad viene a cenar a casa.

—Ah.

Gad es el nuevo novio de mi madre. Ella tenía dos *bonus* de invalidez sentimental que podía aprovechar: el de haberse separado de un hombre que no valía nada (mi padre) y el de viuda (del padre de Lina y Evan). Podía aprovecharlos para conseguir algo mejor, pero no: ha elegido a Gad. O mejor dicho, él la ha elegido a ella, y ella no ha hecho más que aceptar. Se ha dejado llevar, como esas vacas que siguen a la primera de la fila, sin pensar, en dirección al matadero. Gad es un buen tipo, nadie lo niega, pero es un hombre gordo y a menudo está sudado. Tiene una freiduría, lo que significa que huele a frito veinticuatro horas al día, siete días a la semana, cincuenta y dos semanas al año. Y no hace tanto que salen juntos como para poder decir si huele mal también el 29 de febrero, ese día que sólo existe una vez cada cuatro años. No hay un jabón, perfume o disolvente capaz de eliminar ese olor. Hasta su dinero parece pasado por aceite.

Jenna dice que ya se ha acostumbrado. Y será verdad, porque el frito forma parte del paquete «amor incondicional, sustento económico y disponibilidad total» que le ha ofrecido Gad. Porque mal que le pese, Evan, Lina y yo formamos parte del trato.

La cuestión es que Jenna se conforma. Y se equivoca. Siempre ha sido una mujer guapa, muy atractiva, pero los golpes que ha recibido, golpes sentimentales, la han debilitado. Le han hecho cerrar los ojos y también la nariz.

Si caminas con un cojo, acabas cojeando, de modo que últimamente ella también tiene un olor extraño, una mezcla de fritura y medicinas que parece tener la capacidad de enturbiar el azul de sus ojos, apagar el brillo dorado de sus cabellos castaños y dar mayor profundidad a las arrugas de su rostro.

A diferencia de Gad, Jenna está cada día un poco más delgada. Y va perdiendo su encanto.

La miro a través de mi flequillo, que cae como barras de hierro negras. ¿Cuál de las dos es la que está encarcelada? ¿Ella o yo?

—¿Patatas fritas? —pregunto, sarcástica.

—También podrías demostrar algo de entusiasmo de vez en cuando.

No digo nada más.

—Déjalo. Ya sé que no te gusta. Pero intenta al menos ser educada.

Suspira y se aleja.

Yo siempre soy educada.

Entro en el baño y enseguida me encierro en la ducha.

Me lavo e intento quitarme de encima todo lo que puedo.

Las calles de la Ciudad a las ocho de la mañana están atestadas de gente.

Caminan rápido, hablan por teléfono, comen, beben, todo a

la vez, para ahorrar tiempo. Y para no caer en la cuenta de que es del todo inútil.

Alguien hace *jogging* en medio del tráfico. Con sus ridículas zapatillas tecnológicas y los auriculares puestos, sudando y escuchando cantos lejanos, estos tipos intentan convencerse de que no pertenecen a este engranaje de locura, gasolina y electricidad que nos está hundiendo en el gran mundo de la nada.

Aunque a un precio con descuento, eso sí.

Mientras espero que el hombrecillo rojo del semáforo se convierta en un hombrecillo verde, pienso en Adam. En la pobre Seline. En mi sueño. En el relato. Todo junto, para ahorrar tiempo yo también.

Él me mira. Tiene unos grandes ojos color avellana. Parece contento de servirme y esbozo una leve sonrisa. Lleva un delantal que no es suyo, pero se pone a trabajar de inmediato. Al cabo de un instante me sirve mi café.

—Está caliente.

Cojo el vasito desechable con cuidado y le rozo sus dedos calientes con los míos, helados.

Le pago.

—Que vaya bien el día —dice.

—Gracias.

Me alejo con su mirada pegada a la espalda, a los vaqueros ajustados, a las botas marrones, a las puntas de mis tacones.

«Sé que me estás mirando», pienso. Le dejo que lo haga. Me gusta ser el centro de atención.

Cerca de la puerta del bar hay un montón de periódicos gratuitos. Me detengo a hojearlos, mientras el hombrecillo del semáforo se vuelve rojo otra vez. El titular de portada del *City-News* está escrito en grandes caracteres. Y debajo hay también una fotografía.

Una valla publicitaria con una montaña rusa.

GRAN INAUGURACIÓN EL 19 DE FEBRERO.

Conozco ese anuncio.

Lo conozco bien.

Cojo el periódico.

«Joven publicista salvajemente crucificado.»

El vaso de café de pronto quema y pesa demasiado. Se me escapa de la mano y su contenido cae por el suelo, alrededor de mis botas.

—¡Oh, Dios mío!

7

En el colegio las horas pasan rápido, sin que yo me entere de nada. Soy como una espectadora impotente contemplando tierras anónimas desde un tren a toda marcha, pero sin poder enfocar la vista.

Al llegar a clase no hablo apenas, ni siquiera con mis amigas, que rodean mi pupitre como los palos de una cerca. Me siento aprisionada, presa de una voluntad que no puedo gobernar.

Los pensamientos, los sueños ya no me pertenecen.

Yo les pertenezco a ellos.

Es muy extraño lo que me sucede: nada de lo que me rodea tiene la mínima importancia. La única fuerza que me impulsa se encuentra en el interior de mi cabeza, anclada, varada en el fondo de mi memoria.

—¡Alma!

Es Naomi, la única persona lo suficientemente segura de sí misma como para no considerarme una rival ni venerarme como una diosa. Hubo un período de mi vida en el que busqué ese tipo de devoción, pero después comprendí que no servía para nada. Quiero personas de las que me pueda fiar; no fe, sino confianza.

—Hola.

Me doy cuenta de que estoy a años luz.

—¿Va todo bien? No parece que hayas dormido mucho.

—No, de hecho no.

—¿Piensas en Adam?

—Ajá.

No digo ni una palabra del diario. No le digo nada del relato.

—Yo también. Y las chicas también siguen pensando en ello.

Seline no se atreve a mirarnos. Tiene el rostro enrojecido de quien no ha hecho otra cosa más que llorar.

—¿Tenéis noticias?

—Ha venido al colegio.

—Bien —respondo.

—Está cubierto de vendajes —precisa Seline, sacudiendo la cabeza. Yo la miro fijamente.

—Nos hemos pasado —añade, con la voz entrecortada—. La verdad es que nos hemos pasado.

—¡Shhht! ¡Nada de eso!

—Seline tiene razón —prosigue Naomi—. Yo tampoco consigo olvidar...

—No tenemos que olvidar —interviene Agatha con su voz baja y cadenciosa. Parece que hable al ritmo de un viejo metrónomo—. Adam ha recibido su merecido. Final de la historia.

Naomi me observa con la intención de saber si estoy de acuerdo. Yo tendría mucho que decir, pero hoy no tengo ganas de polémica.

—Final de la historia —respondo.

Agatha no dice nada. Se aleja en silencio y va a sentarse a su sitio. Naomi me lanza una mirada perpleja.

—Ha sido algo terrible —susurra.

Me encojo de hombros.

—Pudo dejarlo ciego. Está muy nerviosa. Parece que su tía no está muy bien.

—No me ha dicho nada —respondo, alzando la mirada.

—A mí tampoco, pero...

—Parece ser que faltará unos días, para cuidarla.

—¿Es grave?

—No se sabe, pero probablemente sí.

Por lo que sabemos, la tía de Agatha tiene una enfermedad que le reduce drásticamente las defensas y la obliga a permanecer cerrada en casa para evitar contagios de cualquier tipo. Un simple resfriado podría costarle la vida.

—No sabes como lo siento.

—Yo también. Sería terrible si...

—No lo digas siquiera.

Las dos sabemos que, si la tía muriera, ella acabaría en un centro de asistencia social, al menos hasta los dieciocho años.

—Pero ¿no hay nadie más que pueda cuidar a esa mujer mientras Agatha está en el colegio?

Naomi deja vagar la mirada por los últimos compañeros de clase que entran en el aula.

—Me ha hablado de una enfermera que va a su casa de vez en cuando… pero no basta.

—¿Por eso se ha desahogado de ese modo con Adam?

—No lo sé, Alma. De verdad. Pero cuando lo hizo, tuve miedo.

«Miedo», pienso.

¿De qué hay que tener miedo realmente? ¿De nuestras propias acciones o de lo que no podemos controlar? ¿De dejar ciego a un chico con un spray urticante, o de perder sin motivo a una tía y acabar encerrada en un orfanato?

No tengo una respuesta. La clase, la enésima hora de literatura, está a punto de empezar.

Sé de antemano que no escucharé ni una palabra.

En el comedor no mejora la cosa. No como nada. Miro la masa de puré amarillo canario, que tiene consistencia de masilla y el olor del paquete de plástico en el que venía. Juego con los trozos de carne que nadan en un mar de salsa marrón en la que flotan unos pocos guisantes lastimeros, verdes e hinchados como granos de uva.

—Si tú no te lo comes, ya me lo acabo yo.

Es evidente que hoy, sin darme cuenta, me he sentado junto a alguien con buena boca. Lo conozco; es un chico robusto que va por ahí en camiseta en pleno invierno, que tiene la barba tupida de un hombre maduro y una pasión desenfrenada por los superhéroes que ilustran todas las páginas de su diario.

—Como quieras.

No he acabado siquiera la frase cuando ya ha hundido su velocísimo tenedor en mi montaña de pastosa patata.

Por unos instantes disfruto contemplando la voracidad con la que engulle y pienso que ésa también es una forma de libertad: satisfacer el estómago.

Yo, en cambio, no podría ni tragar un vaso de agua.

Tampoco parece que Seline tenga mucho apetito. Las dos llevamos un peso sobre nuestras espaldas, y hoy parece que se ha trasladado a la boca del estómago.

—Me voy al patio —digo, cuando ya no puedo más.

Me cuelgo la bolsa, negra y blanca, en bandolera. Es un regalo de mi madre; puede que el único que me ha hecho a mi gusto, el único que he recibido sin pensar que lo había comprado para otra hija.

Una vez fuera, me dejo golpear por el aire fresco. Me siento sobre un murete, con un libro en la mano y la mirada perdida.

Veo pasar a Adam. Parece que no hay manera de estar tranquila. Tiene el rostro tumefacto y una vistosa venda sobre el ojo izquierdo. Pero camina de otro modo: el ardor del desafío ha dado paso a la resignación. Anda circunspecto, se detiene en una esquina del patio y espera. Estoy demasiado lejos para que me vea. No siento nada, como si estuviera anestesiada. Levanto el libro y finjo leer.

Pasan unos instantes y llega Morgan, que se sitúa junto a Adam y le dice algo. Los dos empiezan a cuchichear. No sabía que fueran amigos. A lo mejor era cierto que ayer, frente al colegio, era realmente con él con quien discutía, el que estaba escondido tras la verja.

¿Y ahora? ¿De qué hablarán? ¿De nosotras? ¿De ayer?

En el fondo, eso tampoco importa. La única regla es no fiarse nunca de nadie.

Me sumerjo en el libro y es un naufragio dulce. Poco a poco las palabras me van entrando en la mente, discurren transportadas por el débil flujo sanguíneo y llegan a los pulmones, al corazón, al estómago, y disuelven el cerrojo que lo tenía oprimido.

Resulta mucho más fácil digerir pensamientos que no nos pertenecen.

Al llegar a casa me acoge aquel olor.

Lo distinguiría entre mil. Freiduría Gustibus. El olor que Gad se ha creado a su alrededor como una barrera que lo aísla del mundo exterior.

—Buenas tardes, querida.

Entro en el salón y me lo encuentro sentado en uno de los dos sillones de rayas amarillas de los que tanto presume mi madre. Tejido francés, dice siempre. Sillones que le permitió comprar mi padre, y ahora es Gad quien está sentado. Habla con un tono amable, como siempre, pero no puedo evitar observar su camisa manchada de grasa y tan tensa sobre la barriga, grande y redonda, que da la impresión de haber explotado, salpicando.

—Hola, Gad.

Saludo distraídamente. Los adultos siempre dicen que los chavales están perdidos en su mundo, y a mí no me cuesta nada confirmar esta teoría.

—¿Cómo ha ido el colegio?

He perdido la costumbre de seguir esos diálogos forzados desde que mi padre empezó a perder interés por mí. ¿Todo bien, querida? Sí, claro. ¿Y tú? ¿Cómo te ha ido el examen? Oh, bien, gracias. Me darán las notas la semana que viene. Pero parece que Gad aún cree que son necesarios.

—Bien, gracias.

El reloj de la cocina empieza a gorjear. Es una adquisición de Jenna, la pone de buen humor. A cada hora le corresponde un pájaro que pía de forma diferente. Las siete es la hora del miná del Himalaya.

Cruzo el salón. En la cocina, Jenna es poco más que una autómata que sigue las mismas acciones metódicas para preparar su mejor plato: el estofado al vino. Lleva puesto su delantal con flores y revolotea con seguridad, dominando perfectamente el espacio frente a los fogones. Pero tiene los ojos apagados. Es evidente que no tiene la mente puesta en lo que está haciendo. Viaja lejos de allí. No sé si admirarla o compadecerla. Ante la duda, la saludo.

—Hola, Jenna.

—Hola —reacciona, despertando—. No te he oído llegar.

—¿Qué importa? Paso tan poco tiempo en casa… Voy a darme una ducha antes de cenar.

No hay respuesta.

Las voces chillonas de un concurso de la tele llenan el apartamento. Y, por un momento, me siento protegida por este ambiente familiar fingido. Me pregunto si podría ser más real si creyera en él aunque sólo fuese un poco. Pero tengo otros interrogantes abiertos más importantes. Entro en la habitación y rebusco en el armario. Siento bajo los dedos la lana de los gorros, el tejido sintético de mi monito de peluche, el metal de mis patines y por fin la piel violeta de la encuadernación del diario. Está ahí, a buen recaudo. Me siento frente al armario, saco de la bolsa el *City News* de la mañana y lo coloco junto al diario para compararlos.

JOVEN PUBLICISTA SALVAJEMENTE CRUCIFICADO

El cuerpo de Alek M., de 32 años, ha sido hallado esta madrugada en el aparcamiento situado frente a la agencia publicitaria para la que trabajaba. El joven, muy conocido en el sector publicitario como creador de algunas campañas de éxito, ha sido salvajemente crucificado sobre el anuncio de promoción del viejo parque de atracciones de la Ciudad. La policía tendrá que investigar si se trata de una simple coincidencia o de una elección precisa por parte del asesino. El portero de la agencia, que ha encontrado el cuerpo, ha descrito la escena como «sobrecogedora y de una violencia inaudita». La patrulla que acudió al lugar de los hechos procedió a la recuperación inmediata del cuerpo, operación larga y difícil para la que ha sido necesaria la intervención de los bomberos. Con ayuda de una escalera, alcanzaron el cuerpo y extrajeron los cuatro clavos que le atravesaban las manos y los pies. Según la primera reconstrucción de los hechos, parece que el joven se quedó a trabajar en la oficina hasta entrada la noche. Los agentes encontraron las llaves del coche aún metidas en la cerradura de su descapotable blanco y una carpeta azul tirada en el suelo del aparcamiento con la campaña en la que estaba trabajando el publicista en su interior. Aún no se ha explicado cómo pueden haber izado el cuerpo hasta la valla publicitaria, a una altura de más de tres metros. Los investigadores no excluyen la posibilidad de que en el homicidio haya participado más de una persona.

Por la tarde la policía tomará de nuevo declaración al portero e interrogará a los colegas y familiares de la víctima. La novia de Alek M., la popular modelo Shel V., mantiene silencio y no ha realizado declaraciones. Alek M. ha sido descrito como una persona «jovial» y querida por todos. Se espera que la autopsia y las investigaciones de la policía científica arrojen más información sobre el caso.

«Dios mío», pienso.

El nombre es el mismo: Alek.

El lugar es idéntico. Y también la descripción de lo sucedido: en mi relato, Alek se queda trabajando solo en la agencia. Cuando sale de la oficina, tiene la sensación de que le siguen. El ascensor —el otro ascensor— se pone en marcha justo después del suyo.

Mi relato es terriblemente preciso: he descrito la valla publicitaria; la misma valla publicitaria en la que se le ha encontrado... crucificado.

Sencillamente no es posible.

No me lo creo.

Miro con atención las palabras de mi relato, el artículo del periódico, sin dejar de pasar la mirada del uno al otro. Después retiro la mano, lo dejo todo como estaba y me dirijo al baño.

Me desnudo lentamente, como si ejecutara una especie de ritual; luego me meto en la ducha. Me quedo mirando un buen rato el grifo antes de accionarlo. Tengo una relación extraña con el agua. La adoro cuando corre; la detesto cuando está inmóvil. Nunca podría darme un baño. Nunca me he sumergido.

No sé nadar.

Y mientras tanto sigo pensando: ¿cómo he podido escribir ese relato?

La cena es igual a tantas otras: Evan permanece en silencio, pensando en sus cosas, Lina no habla y escucha atenta lo que dicen los demás, Gad habla de su hija, Tea, que por lo que parece ha sido sorprendida robando en el trabajo. Se queja de que ya no sabe qué hacer con ella y Jenna le reprocha su debilidad sacudiendo la cabeza.

—Ahora ya no la recuperas, Gad.

—¡Pero es mi hija! ¿Qué quieres que haga?

—Nada en particular. ¡Pero no le des ni un céntimo más! ¡Nadie le ha mandado robar!

Mi madre está evidentemente alterada. Tiene mil defectos, pero con ciertas cosas no transige. Trabaja día y noche para llevar un sueldo a casa y no soporta a quien se comporta de un modo deshonesto.

Gad resopla, sufriendo por la guindilla y la discusión.

—Sí, claro, tienes razón. Me he equivocado y ella también. Pero ya sabes, tiene una hipoteca que pagar, y Michi…

—¡Olvídate de Michi! —protesta Jenna.

—Pero…

—Si tu hija se ha liado con un inútil, ha sido elección suya, como lo de robar dinero del trabajo. ¿En qué pensaba gastárselo? ¿En unas vacaciones?

—Ha pedido disculpas y espera que su jefe retire la denuncia.

—¿Y tú crees que lo hará?

—Eso espero. Sólo tiene que devolver lo que ha robado.

—¿Y de dónde saca el dinero para devolverlo?

—Yo, desgraciadamente, no lo tengo.

—¡Menos mal! Si no, se lo darías, y acabarías como siempre, sacándole las castañas del fuego.

Pobre Gad. Casi me da pena. Un hombre tan bueno y amable, incapaz de hacer frente a una hija. Tea tiene unos años más que yo, pero no somos amigas. Hemos coincidido brevemente un par de veces y ahora mismo no sabría decir siquiera si es rubia o castaña. Creo que nos odia porque somos nuevas bocas que alimentar para el ya exiguo bolsillo de su padre. Pero sobre todo me odia a mí, porque le dije que su novio, Michi, estaba intentando ligar conmigo en la fiesta de cumpleaños de Gad. Ella me respondió que no era más que una mentirosa, y desde entonces no la he vuelto a ver.

En el transcurso de la discusión cruzo la mirada varias veces con Lina. Tengo la sensación como si supiera lo que me pasa y estuviera intentando ayudarme. Pero esta noche alrededor de esta mesa hay demasiados nervios, y Lina prefiere bajar la mirada y fijarla en su plato medio lleno.

Mueve imperceptiblemente los labios, como si estuviera rezando.

Yo no lo he hecho nunca y tampoco lo hago cuando, una vez acabada la cena, con un nudo en la garganta, vuelvo a sumirme en la soledad de mi habitación. Las luces de la Ciudad entran por la ventana y cortan el aire y las cosas, yo incluida.

Mañana es jueves.

8

Por suerte la mañana empieza del mejor modo posible: las dos primeras horas tenemos clase de química.

El laboratorio es sin duda la mejor aula de la escuela, no sólo porque es la más luminosa y recogida, sino también porque es la más democrática: cada uno elige dónde sentarse y al lado de quién. Desde el primer día de clase, el Profesor K nos ha explicado su insólita teoría que dice que dar a los alumnos libertad de decisión es un modo de valorarlos mucho más eficaz que vincularlos a rígidas normas.

El resultado es que todos siguen con gusto sus clases y, al menos por dos horas, me siento fuera de la cárcel que es este colegio.

Cojo sitio en el tercero de los grandes y largos bancos de madera clara situados en fila.

Frente a los bancos hay una gran mesa llena de instrumentos, vasos de precipitados y alambiques, tras la cual se sienta el profesor, que consulta atentamente un gran volumen. Parece muy concentrado y se comporta como si no estuviéramos.

A mi lado están Naomi y Seline.

—¿Cómo es que no está aquí, con nosotras? —les pregunto a las chicas en referencia a Agatha, sentada dos filas más adelante.

—Dice que sigue mejor la clase desde ahí —responde Seline.

—¿Y desde cuándo le interesa seguir la clase?

Después pienso que en el fondo es cosa suya, así que dejo el tema, consciente de que Agatha nunca hace nada sin un motivo preciso.

—Buenos días, chicos —interviene el Profesor K en un momento dado. Se pone en pie y da unos pasos hacia la clase. Su voz, tranquila y profunda, parece proceder de algún lugar lejano.

Nos mira a través de sus gafas oscuras, inescrutables como la extraña sonrisa que insinúan sus labios.

—Hoy haremos un experimento para descubrir, de un modo práctico, qué son las bases y los ácidos. Y lo haremos con vinagre.

Frente a mí veo la cabeza de Agatha inmóvil como la de una estatua. Las clases de química le interesan realmente.

Mientras tanto el profesor prosigue con su explicación, siempre clara y detallada.

—El experimento se llama «titulación del vinagre» y sirve para determinar la cantidad exacta de ácido acético que contiene nuestra muestra. En vuestras mesas he dejado un instrumento para nuestro experimento; se llama bureta y se usa para medir con precisión el volumen de los líquidos.

Me fijo por primera vez en el material que tenemos sobre la mesa: la bureta, que es un simple tubo de vidrio graduado, tres pares de guantes, tres pares de gafas (uno para cada una de nosotras), un vaso de precipitados, una pipeta y una probeta graduada, un embudo, una baqueta de vidrio, un soporte con una vara de acero y varias soluciones etiquetadas como NaOH, vinagre, fenolftaleína y agua destilada.

—Podemos empezar. Agatha, por favor, reparte los delantales a tus compañeros.

Seline, Naomi y yo nos miramos, pasmadas. Agatha se levanta y lleva a cabo la tarea sin protestar.

Con el delantal, los guantes y las gafas puestos, podemos empezar.

—El procedimiento es muy sencillo: hay que ir añadiendo a la muestra de vinagre unas gotas de fenolftaleína, una sustancia indicadora y después iremos incorporando gota a gota una solución de hidróxido de sodio con una concentración de 0,1 molar. Cuando el pH de la solución alcanza el punto de equivalencia, en el que todos los iones hidrógeno H+ presentes en la muestra del ácido que estamos titulando queden neutralizados por otros tantos iones OH- presentes en la solución de hidróxido de sodio, la fenolftaleína pasará de ser incolora a adoptar un color púrpura. En este punto tendremos que tomar nota de cuánta solución de hidróxido hemos usado para la neutralización. Dado que sabremos el volumen y la concentración del hidróxido añadido, con unos sencillos cálculos también podremos determinar la concentración del vinagre.

—Está claro, ¿no? —comenta Naomi, sarcástica.

—No he entendido nada —confirma Seline.

—Yo probaría. Como mucho nos explotará el banco.

Las chicas se ríen.

El profesor se da cuenta y se me queda mirando en silencio unos segundos que se hacen interminables.

Después prosigue su explicación sin reñirme.

Cada grupo de tres alumnos hace su experimento, con mayor o menor éxito.

Agatha, obviamente, quiere hacerlo sola y nadie se lo impide. Da la impresión de que el Profesor K comprende perfectamente el carácter y los problemas de la chica que tiene delante, y que no intenta intervenir de ningún modo, dejando que cada uno se exprese para que encuentre por sí mismo, de forma natural, sus propias soluciones.

O es un loco, o lo es el resto del mundo.

Nuestra sustancia se tiñe de púrpura, pero luego ninguna de nosotras tiene ni idea de cómo realizar los cálculos.

Así, cuando suena el timbre, decido copiar las fórmulas que ha escrito el profesor en la pizarra para luego repasarlas en casa.

En el laboratorio ya sólo quedamos él y yo. Cuando me doy cuenta, me invade una repentina sensación de incomodidad.

Acabo de escribir y me levanto para irme.

—Adiós —me despido.

—Alma —me retiene el Profesor K.

Me detengo en la puerta y doy un paso atrás.

—No es recomendable tomárselo todo a la ligera, porque si se hace, cuando se presenta una situación realmente difícil no se sabe cómo afrontarla.

¿Por qué me dirá eso?

—Siento haber alborotado un poco antes.

—Eso son tonterías. Recuerda mis palabras para el futuro:

ve siempre hasta el fondo en lo que hagas y valora las cosas con sentido común.

—Está bien, lo tendré presente.

—Ahora puedes irte.

—Adiós.

—Adiós.

Cuando salgo del laboratorio me siento como si acabara de pasar un examen. ¿Por qué me ha dicho eso el profesor? ¿Tan vacía y superficial me considera? Y yo que estaba convencida de que le gustaba.

La conversación me deja una sensación de inquietud como la de quien ve la punta de un iceberg, pero no sabe qué hay debajo.

9

Tras la clase de química me paso el recreo sola pensando, en el patio, a pesar del frío. No entiendo a ese hombre, del mismo modo que no entiendo mi vida en este momento. ¿Por qué he escrito ese relato? ¿No es más que una macabra coincidencia el hecho de que se haya hecho realidad? ¿O hay algo más detrás? Por ahora no tengo respuestas. Sólo preguntas.

Cuando vuelvo a subir, el pasillo de la última planta es la habitual jungla de cabezas en movimiento, abriéndose paso como laboriosas abejas para entrar en sus aulas respectivas.

Entro en la mía. Naomi, Agatha y Seline están en la esquina del fondo, cerca de la ventana, charlando animadamente. En el momento en que llego a su altura la conversación está en su punto álgido.

—¿No será que te has encaprichado del Profesor K? —pregunta Naomi a Agatha con tono malicioso.

Agatha la mira, sin modificar su expresión de esfinge. Con ella, el problema es que nunca se sabe qué le pasa por la cabeza. Lo malo es que a veces pienso que si lo supiera no me gustaría.

—No seas tonta. Sólo me interesan sus clases.

—Desde luego, nunca te he visto seguir una lección con tanta atención. Hoy parecías hipnotizada.

Seline pasa de una a la otra, como si estuviera asistiendo a un partido de tenis.

—Mi padre era químico.

—Interesante —observo.

Es la primera vez que Agatha nos habla de su padre. Que era químico y que murió en un accidente aéreo junto a su madre ya lo sabíamos: nos lo había explicado el director antes de la llegada de Agatha al colegio. Unos meses después de mi accidente. Lo único que nos contó ella después fue que no tenía hermanos. Pero nunca nos ha hablado de su familia, ni siquiera de la tía con la que vive al otro lado del río, en el casco antiguo de la Ciudad. En cualquier caso, ahora parece molesta. Nos mira a todas, sin decir nada, y se vuelve a su sitio. Ya estamos acostumbradas; Agatha es así.

—¿De verdad pensáis que se ha encaprichado del Profesor K? —les pregunto.

Naomi echa una mirada a Seline, como invitándole a responder. Y ella lo hace.

—Aparte del interés casi excesivo por sus clases, ayer la vi en su laboratorio fuera del horario escolar.

—Y como dice que detesta a los chicos... —interviene Naomi—, quizás un hombre más maduro podría gustarle más.

—Habría que saber qué piensa él.

Soltamos unas risitas socarronas mientras nuestros compañeros ocupan sus sitios. Los observo unos segundos cuando arrastran sus mochilas y se dejan caer en las sillas, que rascan contra el suelo. Sacudo la cabeza.

—Tengo que admitir que en cuanto a los chicos, le doy la razón.

—Desde luego... Sólo quieren una cosa de nosotras.

—Y son aburridísimos —sentencio—. Todos.

—Todos excepto... Morgan. —Ahora Naomi me provoca.

Morgan, Morgan. Aún no tengo una idea precisa de él. Algo me dice que más vale mantenerse a distancia.

Pero una fuerza desconocida me empuja a contracorriente hacia él.

—El hecho de que sea misterioso y solitario no lo convierte en el tipo ideal.

—No sé si es tan solitario.

La miro con expresión interrogativa.

—¿Qué quieres decir?

—Ayer mi hermana Marti estaba en la piscina. Esa nueva que han abierto cerca del Centro Comercial, junto al río...

—¿Y?

—¿Adivináis quién estaba allí?

—¡Abrevia, Naomi!

—Adam y Morgan.

Seline da un respingo. Veo cómo se apaga la luz en sus ojos.

—¿Os dais cuenta? Morgan y Adam han ido juntos a la piscina... —prosigue Naomi—. Me he quedado de piedra.

Yo no.

—La verdad es que, ahora que lo pienso, ayer los vi hablando fuera del comedor —digo yo.

Seline sigue sin hablar. Parece haberse lanzado a un viaje sin retorno hacia el vacío mental. Estoy por preguntarle cómo está, pero no lo hago. No le hace falta una cuidadora, sino alguien que le enseñe a levantarse de nuevo después de un batacazo. Porque antes o después, el golpe llega y hay que estar preparado, si no ya para esquivarlo, para recibirlo con dignidad.

—¿Y por qué no nos lo has dicho?

—¿Qué queríais que os dijera? ¿Que el tío al que hemos castigado aún puede hablar con alguien?

—Sí, pero... Morgan... —balbucea Seline.

—Morgan no es diferente de los demás —respondo, encogiéndome de hombros—. Los tíos son así. Se buscan unos a otros. Ya me dirás si hay novedades sobre esa curiosa amistad. Yo diría que Adam no nos dará más problemas. En cuanto a Morgan, estemos atentas: no me fío de él.

Tiene algo.

Algo que me repele y que me atrae, como un imán.

Tras las clases nos ponemos de acuerdo para nuestra reunión semanal. Funciona así: quedamos para cenar por turnos, en casa de una de nosotras, con cuatro pizzas o cuatro *kebabs*, y comemos tranquilamente. Después nos encerramos en la habitación y sacamos todas las novedades, hacemos planes, analizamos las peticiones de bautismo e intentamos darle un sentido a nuestro grupo antes de echarnos a dormir. Esta semana tocaría dormir en casa de Agatha. Hasta ahora no lo hemos hecho, a causa del estado de su tía.

—Esta noche yo no puedo —nos comunica Agatha de pronto, de pie junto a la verja.

—¿Y eso? —No me gusta cambiar los planes, especialmente en el último momento.

—Mi tía está peor…

—Lo siento. Pensaba que estaba mejor.

—Nosotras también —dice Naomi.

—Pues no, está mal.

Naomi parece escéptica.

Yo también empiezo a sospechar que la enfermedad de la tía podría no ser más que una excusa para mantenernos alejadas de aquella casa. Pero ¿por qué?

—¿Necesitas algo?

Seline, como siempre, tan detallista.

—De ti, no.

La lengua de Agatha es cortante como una hoja. Pero cuando se da cuenta de la desilusión en el rostro de Seline, añade, no sin esfuerzo:

—Gracias.

Decido no profundizar en el tema y concederle a Agatha el beneficio de la duda.

—Como quieras. Podemos quedar en mi casa —propongo.

—Yo de todos modos no puedo ir —insiste Agatha.

—¿Y vosotras?

En ese momento los ojos de Naomi se posan en algo o alguien a mis espaldas. Me giro y veo a un chico, no muy alto, al que no había observado antes. Y estoy segura porque tiene una combinación insólita de rasgos orientales y pelo castaño claro, lacio y largo, recogido en una cola bien peinada.

Un tipo decididamente particular.

—¿Y ése quién es?

—Se llama Tito. ¿No lo encontráis divino? —Naomi se lo come con los ojos.

Seline lo mira sin entender quién es.

—¿Cómo lo has conocido? —pregunta.

—Me lo ha presentado uno de primero A.

—Nunca lo había visto.

—No va a nuestro colegio.

—¿Y?

Naomi se encoge de hombros.

—No sé mucho de él y de sus amigos, aparte de que es muy difícil entrar en su grupo.

—¿Y qué tipo de grupo es?

—Mmm... gente algo diferente. Parece que es el propio Tito quien escoge a las personas que pueden entrar a formar parte del grupo.

—¿Y qué hace aquí, frente a nuestro colegio?

—Creo que espera a mi amigo de primero A.

Las palabras de Naomi resuenan en mi mente. No me gustan, como no me gustan los grupos cerrados en los que sólo sus miembros pueden elegir arbitrariamente quién puede entrar y quién no.

—No estarás pensando en salir con él, ¿no?

Ella no me responde inmediatamente, así que sí, se lo está planteando.

—Haz lo que quieras. Pero vete con cuidado. No sabes nada de él.

10

Cuando llego a casa la encuentro desierta.

—¿Jenna? ¿Lina?

Nadie me responde.

Luces apagadas, ningún ruido. Las habitaciones están sumidas en la oscuridad, apenas matizada por la débil lamparita de bajo consumo que cuelga del techo del vestíbulo.

Tengo una curiosa relación con mi casa, sobre todo cuando está vacía. A veces me comunica libertad, otras me transmite una sutil sensación de angustia, como si fuera a arrebatarme todo lo que tengo. Y así es como me siento en este momento.

El aire es templado y aún está impregnado de olor a pollo al curry. Jenna lo cocina a menudo porque es un plato que a todos nos gusta. Aún recuerdo la primera vez que lo preparó: el día en que volví del hospital. Me habían ingresado una semana para una serie de controles médicos de «seguridad» después del accidente en el que habían perdido la vida Dolly y Mareen, dos amigas mías de la infancia. Había sido tremendo. El coche era de Mareen: su primer coche, su primera salida con las amigas. Dolly estaba sentada a su lado y, cuando el vehículo se lanzó contra aquel gran poste salió despedida diez metros. Mareen quedó postrada sobre el volante con una expresión de terror en los ojos y el rostro surcado por una herida que nunca olvidaré.

Yo, en cambio, salí prácticamente ilesa, salvo por una pequeña cicatriz bajo la oreja derecha en la que nadie repara nunca.

Y

Tras el accidente, Jenna había insistido en apuntarme a un grupo de terapia, del tipo Alcohólicos Anónimos, veteranos de guerra, supervivientes de desastres aéreos o grandes traumas, donde te hacen hablar hasta que estallas en llanto. Yo me opuse con todas mis fuerzas hasta que Jenna y yo llegamos a un acuerdo. Un acuerdo llamado doctor Mahl. Era un médico especializado en traumas de adolescencia, con el que tuve unas cuantas sesiones hasta que entendió que no estaba en absoluto traumatizada. Echaba de menos a mis amigas, claro. Y me parecía absurdo que hubieran muerto de aquel modo. Pero me sentía muy afortunada de estar aún viva y, aunque todos parecían esperar lo contrario, no me sentía culpable en absoluto por haber salido indemne de entre la chatarra.

Es increíble lo que le gusta a la gente ver problemas donde no los hay. Si tienes un accidente, por fuerza debes salir herido. Si se te muere alguien, tienes que estar destrozado. No es así si eres lo suficientemente fuerte. Y yo lo soy.

Soy fuerte, aunque me dan miedo las líneas que he escrito sin darme cuenta y lo que he leído en el periódico.

Soy fuerte, me repito. Y probablemente no ha sido más que una terrible coincidencia. Nunca me había sucedido nada parecido antes del accidente. Y espero que no me suceda más.

Estoy segura de que no me sucederá nunca más.

Me abandono sobre un sillón del salón, el mismo en el que se sienta siempre Gad. Su olor a frito se ha quedado en los cojines, los brazos, por todas partes. Pero en cierto modo me tranquiliza. Cierro los ojos un instante e intento vaciar la cabeza de los mil pensamientos que me asaltan. Es casi imposible. A veces tengo la angustiosa sensación de que tengo la mente conectada a una batería que la alimenta constantemente y de la que no puedo desconectarla.

Doy un respingo al oír el zumbido agudo del timbre. Hoy en día todo el mundo tiene melodías analógicas, o delicados *ding-dong*, pero Jenna no ha querido ni oír hablar de ello. Dice que sólo ese sonido le hace sentirse en casa. A mí, antes o después me volverá loca.

Me levanto rápidamente, antes de que mis amigas puedan pensar que no lo he oído. Cuando abro la puerta me las encuentro delante: Naomi y Seline. Agatha no está, como era de esperar.

—Entrad.

—¿Estás sola?

—Creo que sí.

Pedimos unas *pizzas*. Luego suena el teléfono. Es Jenna. De fondo oigo los gritos de muchos niños.

—¿Dónde estáis todos? No, no estaba preocupada, pura curiosidad. Sí, estoy en casa con Naomi y Seline. Hasta luego.

—¿Tu madre?

Seline está muy unida a sus padres.

—Resuelto el misterio. Jenna y Lina han ido a una fiestecilla de cumpleaños de una amiga de mi hermana.

—¿Y Evan?

—Estará tocando con el grupo o por ahí con Bi, su novia.

Sólo Naomi conoce a Bi, pero no consiguió cruzar ni una palabra con ella.

—Una pareja realmente rara.

Aparte de ella y del grupo de rock con que toca en un viejo gimnasio, mi hermano no trata con ningún otro ser vivo.

Llegan las *pizzas*, humeantes y deliciosas.

Yo corto trozos que me como con las manos, doblando ligeramente la masa del borde, Naomi empieza por el centro, creando una especie de marco de pasta, mientras Seline corta un pedacito aquí y allá, sin convicción.

—¿No tienes hambre?

Seline no levanta la vista de su bocado.

—Hoy no mucha.

—No es sólo hoy —precisa Naomi.

—¿Y a ti qué más te da? ¡No tengo apetito y basta!

Acto seguido se echa a llorar. Se levanta y se encierra en el baño.

—¿Qué le pasa?

—Hoy un idiota le ha dicho que tiene unas piernas estupendas. Parece ser que el vídeo sigue circulando. No se sabe cuánta gente lo habrá visto, pero Seline se siente observada por todo el mundo y se le ha metido en la cabeza que está gorda.

—¡¿Qué?!

—Así es.

—¿Por qué no me lo has dicho?

—Te lo digo ahora. Porque hace poco que lo sé.

—¡Ese capullo de Adam!

—¡Es un cabrón!

Le damos un trago a las cervezas, con los ojos fijos en la puerta cerrada del baño.

—¿Qué hacemos? —pregunta Naomi.

—Nada. Vamos a ver qué hace, e intentemos impedir que haga tonterías.

Cuando Seline sale del baño, su *pizza* es una goma fría.

—¿Te la caliento en el horno?

—No, gracias, Alma. Tengo un nudo en el estómago. Mañana ya comeré.

—Como quieras. ¿Empezamos la reunión?

Vamos a mi habitación y nos situamos en las camas como siempre: Seline a mi lado y Naomi en el otro, junto a la ventana. Los temas de esta semana no son muchos y cada una de nosotras está inmersa en pensamientos personales que no quiere compartir. Me doy cuenta, pero finjo indiferencia, como ellas. Después de haber pasado de mano en mano como una mercancía por los móviles de decenas de chicos del colegio, Seline se ve gorda. Naomi, en cambio, fantasea con un nuevo amor en brazos de un tipo con los ojos almendrados y una coleta.

¿Y yo? ¿Yo en qué pienso, si no es en mi cuaderno violeta y en las pesadillas que me atormentan? Sólo tengo dos temores: que una de las chicas encuentre el cuaderno en el armario, o que yo, durante la noche, me ponga a escribir.

O a hablar.

O a gritar.

Desgraciadamente, sólo puedo esperar que todo vaya bien.

Parloteando en voz baja pese a que en casa no hay nadie, decidimos la fecha de los nuevos bautismos, añadimos una nueva regla (la candidata tendrá que comer en nuestra presencia algo asqueroso que nosotras elijamos), y después hablamos brevemente de Agatha y de su situación. Más tarde, Jenna llama a la puerta para saludarnos.

—No habléis alto, chicas. Lina está durmiendo. Buenas noches.

Después nos repetimos relatos inocuos que tienen como única función prepararnos para el sueño. Cuando apago la luz, escucho la respiración regular de Seline y de Naomi. Me abandono al sueño, aunque siento que los lazos entre nosotras están perdiendo fuerza.

Por la mañana, cuando suena el despertador, vuelvo a abrir los ojos sobresaltada. Miro a mi alrededor: no hay rastro del cuaderno violeta que imagino que sigue en su sitio, en el armario, sepultado por todo lo que hay ahí dentro.

No he escrito.

No he hablado.

Mis amigas no han descubierto nada. Quizá porque no hay nada que descubrir. Aparte de una terrible fatalidad. Una broma. Una fea broma del destino.

Sonrío a Seline, que se frota la cara para despertarse como si fuera una gatita.

Naomi bosteza, con la cabeza bajo la almohada.

—Una broma… —murmuro, indecisa.

Y empiezo a creérmelo realmente.

11

Si hay algo que me gusta hacer por la mañana es tomarme un café humeante en el bar de detrás de casa. Tras leer la noticia del publicista asesinado no había vuelto. Pero hoy quiero intento exorcizar mi pesadilla, y quizá con Seline y Naomi lo consiga. En la barra está el mismo chico, que como siempre me sonríe. Yo me siento feliz y le devuelvo la sonrisa.

—Hace unos días que no te veo por aquí.

—Sí. ¿Me haces un café?

—Enseguida. ¿Y vosotras?

Naomi toma un cacao. Seline nada. Le pago al chico, pero esta vez nuestras manos no se rozan. Al salir, echo un vistazo a los periódicos gratuitos tirados en una mesita. La noticia del asesinato del publicista ya no está en primera página. No miro si sale dentro, si hay novedades. No quiero saber nada.

—¿Todo bien?

Naomi ha interceptado mi mirada.

—No podría ir mejor —miento.

Bajamos del autobús a unas paradas del colegio. Ninguna de nosotras tiene ganas de llegar puntual. Es uno de esos rarísimos días en que el cielo es más azul que gris y en que la lluvia no arruina toda aspiración de estar al aire libre.

Caminamos por una acera del centro, una junto a la otra, charlando de esto y de aquello, cuando de pronto los ojos se me van al escaparate de una tienda aún cerrada. Es una papelería; la papelería donde compré mi cuaderno violeta.

Ralentizo la marcha, recordando aquel día.

Llovía a mares y no se veía casi nada, entre las salpicaduras de los coches que pasaban a toda mecha y el agua que repiqueteaba en la calle, cayendo desde los canalones de los edificios. Pero algo me había llamado la atención: un escaparate todo violeta. Había plumas, lápices, estuches, gomas, cuadernos, carpetas, todo de un violeta riguroso; mi color preferido. Mi cuaderno estaba colocado de pie en el mismo centro del escaparate. Estaba abierto y se sostenía apoyado sobre las páginas de color marfil, lisas y consistentes. La cubierta parecía de piel. Y yo lo miraba desde afuera, bajo la lluvia. No sé por qué motivo, pero entré enseguida a comprarlo.

El sonido desafinado de un viejo timbre me había acogido, acompañándome al interior, donde no parecía que llegara el ruido del tráfico. La tienda no era grande, ni bonita. Tenía un aire antiguo, con estanterías de madera que formaban pequeños y bajos pasillos. La luz procedía de viejas lámparas de cristal que colgaban del techo como grandes huevos.

En el interior de la papelería había un hombre de estatura y complexión medias. Tenía la piel clara, el cabello blanco y los ojos azules. Me recordó a un viejo ángel que había visto en el cartel de un teatro. Tenía una edad indefinible y una forma de mirarme insólita, paciente y curiosa a la vez. Me sentía a gusto en su tienda. Y él me observaba, tranquilo.

—Buenos días, señorita. ¿Puedo ayudarla en algo? —me preguntó, señalando mi paraguas, que goteaba insistentemente sobre el suelo de madera oscura.

No miraba con cara de fastidio, ni de impaciencia. Por otra parte, nadie me había llamado nunca «señorita», y no me desagradaba. Habría querido tener más soltura con las viejas fórmulas de cortesía para poder responder con el mismo tono mesurado, pero no me venían las palabras. Así que me limité a lo esencial.

—Querría ver el cuaderno del escaparate.

—Por supuesto.

Él, el viejo ángel, lo alcanzó desplazando un panel y luego lo apoyó cuidadosamente sobre el mostrador del fondo de la sala.

Lo rozó, pasando el dedo sobre la piel violeta de la cubierta.

—Me lo llevo —decidí yo, sin siquiera preguntar el precio.

—Muy bien, señorita. ¿Es un regalo? Se lo envuelvo o...

—No, no —respondí yo con cierta urgencia—. Es para mí.

ϒ

—¿Qué miras? —me pregunta Seline.

—Nada. ¿Por qué?

—Parece que tienes la cabeza en otra parte.

Echo un último vistazo al escaparate, a sus persianas bajadas, y me pregunto a qué hora vendrá a abrir el viejo ángel; si abrirá hoy o no, o es que la papelería sólo abre los días de lluvia. Y sólo cuando yo paso por delante.

—Más vale que nos demos prisa o llegaremos tarde —digo, ahuyentando esa idea.

—Ya es tarde —observa Naomi.

Aceleramos el paso.

Como era de prever, llegamos al colegio con retraso, pero nadie se fija en nosotras. Las puertas de las aulas están todas abiertas, y los chicos están repartidos por el interior y el exterior, como durante el recreo. En el aire flota un intenso olor a quemado, aunque no me parece haber observado ningún incendio. ¿Qué está pasando, entonces?

—¿Qué hora es? —pregunto.

Nunca llevo reloj. Siempre hay alguien a quien preguntarle la hora.

—¡Son las ocho y media! ¡Mierda! —Naomi mira el reloj, sorprendida de lo tarde que es.

Frente a la oficina del director hay un policía que nos escruta a todos de arriba abajo, con esa actitud típica de quien va constantemente en busca de culpables. Cuando su mirada me recorre velozmente, siento un escalofrío y me digo que es una tontería. Yo no he hecho nada. No está ahí por mí.

—Pero… ¿qué está pasando? —pregunto en voz alta.

—Han puesto patas arriba el despacho de Scrooge —oigo que dice un chaval a mis espaldas.

—¿Estás de broma?

—No.

—¿De Scrooge?

—Ajá.

Scrooge es el director del colegio, un hombre seco, solitario, soltero y al que sólo le interesa su trabajo, el único que sabe hacer. No se llama así, pero desde que hace unos años los alumnos más veteranos le colocaron el nombre del insoportable protagonista de un célebre relato, no se lo ha podido quitar de encima. Y hay quien dice que Scrooge ni siquiera es él, sino el antiguo director, su predecesor, que era absolutamente igual, sólo que mucho mayor.

Pido alguna explicación más al chico que tengo detrás.

—Parece ser que alguien se metió anoche en su oficina y lo dejó hecho un jaleo. Pintarrajeó las paredes, destruyó parte del archivo y quemó su escritorio.

—Corriendo el riesgo de prender fuego a todo el colegio —apunta Naomi, horrorizada.

—Los bomberos acaban de irse ahora mismo —añade el chico—. Han inundado la mitad de los pasillos del primer piso.

—Qué locura —observa Naomi, abriéndose paso entre los curiosos.

—¿Y no tienen idea de quién habrá sido? —pregunto.

—Una banda, probablemente.

—¿Y Scrooge cómo se lo ha tomado?

—En su línea.

—¿Nos encerrará en clase hasta que aparezca el culpable?

—Algo así, supongo —responde él con una risita nerviosa.

En ese momento llega Agatha. Tiene los auriculares encajados en las orejas, pero aun así se oye la música rock que está escuchando. Mira alrededor para intentar comprender qué está sucediendo, me ve y se acerca a mí. Después se quita un auricular y pregunta:

—¿Qué es este jaleo?

—Han destrozado el despacho de Scrooge.

—¿Quién ha sido?

—No creo que lo sepan aún. Pero la policía está aquí, investigando.

—¿La policía?

—¿Ves a ese tipo de allí? Es policía.

—Entonces la cosa es seria.

—Eso parece.

Agatha vuelve a ponerse los auriculares. No parece que aquello la haya alterado mucho. De hecho, da la impresión de que nunca la altera nada.

—Yo subo —dice—. Nos vemos en clase.

—La reunión fue bien, ayer —digo yo, sin mirarla.

Agatha se frena.

—Quería preguntároslo. ¿Hay alguna novedad?

—Ninguna.

—Estupendo.

—Agatha —la detiene Seline—, ¿cómo está tu tía?

Ella la mira, con esos extraños ojos grises suyos inescrutables, y responde:

—Mejor... Gracias.

Luego vuelve a conectar su reproductor Mp3, se dispara de nuevo la música a dos mil decibelios y empieza a subir las escaleras, como si nada hubiera pasado. Y como si nada le afectara.

—Pobrecita —dice Seline—. Tiene la cabeza en otro lugar.

Naomi apoya las manos en los costados:

—Sí, pero quién sabe dónde.

—Vámonos —digo, cuando me doy cuenta de que el policía sigue mirándonos una por una, casi como si estuviera eligiendo su próxima víctima.

Me pican las manos.

Como cuando se tienen ganas de escribir.

12

Esta mañana, el colegio es un enjambre de voces, sospechas e insinuaciones de todo tipo; por lo menos el incendio del despacho de Scrooge ha dado un poco de vida a mis compañeros. El policía recorre los pasillos de un lado a otro, quizá con la esperanza de encontrar allí a los culpables. Por lo que sabemos, encerrados en clase pero con las orejas avizor ante cualquier novedad y con un sofisticado sistema de turnos para ir al baño e interrogar a los bedeles, aún no han identificado al vándalo o vándalos. A las diez llega el primer comunicado de Scrooge, que nos lee el profesor de matemáticas, una lagartija con gafotas, cuatro pelos y los ojos con tendencia a enrojecerse. El director amenaza con suspender a todo el colegio durante una semana si no sale el nombre del culpable.

No nos parece un gran castigo. Si no fuera por el aburrimiento de esta Ciudad, una semana sin colegio sería un verdadero lujo.

En el recreo hay mucha tensión, percibo rumores y nombres que se transmiten a media voz. ¿Quién ha sido? ¿Quién? ¿Tú lo conoces? ¿Qué va a hacer el poli? He oído decir que ha ocurrido lo mismo en otra ciudad. Scrooge aún no ha salido de lo que queda de su despacho. Han quemado todas sus fotografías.

Scrooge está furioso.

Scrooge nos lo hará pagar.

Entre el torbellino de voces sólo hay una persona que parezca relajada: Morgan, apoyado en la puerta de mi aula.

—¿Esperas a alguien? —le pregunto, acercándome a él con aire indiferente.

—Sí.

No le daré la satisfacción de preguntarle a quién. Permanezco en silencio y espero que él me lo diga. Pero Morgan mira el pasillo, a los otros chicos, a las otras chicas. Después, sin apartar la mirada de la fila de neones que iluminan el techo, me dice:

—¿Te apetece ir a tomar un chocolate caliente después de clase?

—¿Un chocolate? —me burlo—. Desde luego, eres de la vieja escuela...

En realidad no me desagrada en absoluto.

—Entonces un café...

—Gracias, pero no puedo —respondo, sin apartar la mirada de sus ojos violeta, magnéticos. Morgan es un tipo guapísimo, pero sigo sin fiarme de él, y prefiero mantener las distancias.

Él no se molesta. Es como si supiera por qué le he dicho que no. Pero no puede haberlo entendido, porque en el fondo no lo entiendo ni siquiera yo.

—Bueno —dice, separándose de la pared. Me roza levemente el brazo. Advierto únicamente el aire que mueve su mano, cargada de energía—. Por esta vez... —Sonríe y se va.

Me quedo mirándole la espalda, recta, que se mueve al ritmo de su paso elegante. Parece salido de una novela del siglo XIX.

—¿Lo has dejado escapar? —me pregunta Naomi, acercándose con un zumo de fruta envasado en un cubo de cartón.

—¿Cómo dices?

—Morgan.

—No había venido por mí.

—¿Ah no? ¿Entonces por quién? No me parece que se haya parado a hablar con nadie.

Efectivamente, Morgan me había respondido que estaba esperando a alguien. Y después me había invitado a tomar un chocolate.

¿Será posible que...?

Lo busco de nuevo con la mirada, pero ya no lo veo. No sé dónde habrá ido. No sé de dónde viene.

No sé nada de él. Y quizá no me interese siquiera saberlo.

Y

Al final de las clases, antes de salir del colegio, hago una pequeña pausa en el baño, donde me encuentro con Agatha. Fuma.

—No sabía que fumaras.

—De vez en cuando.

Por el tono da la impresión de que no está contenta de verme. Lo único que me pregunto es por qué fuma en el baño, puesto que no hay nadie que le pueda soltar una bronca fuera.

—¿Quieres una calada?

—No, a mí eso me da asco.

Los cigarrillos te dejan mal aliento y estropean los dientes. Los de Agatha ya son feos, pero yo les tengo mucho cariño a los míos. No tengo ni una caries y me enorgullezco de ello.

Me lavo las manos con mucho jabón, como me gusta. Agatha mira por la ventana, envuelta en las volutas del humo, completamente perdida en sus pensamientos. Cojo una toallita de papel del dispensador, pero me cae al suelo de baldosas grises cubiertas de manchas negras. Cuando me inclino para tirarla a la basura, veo algo que asoma de la cremallera abierta de la mochila de Agatha. Miro mejor. Es una jeringa.

Ella se da cuenta de que la he visto y agarra enseguida la mochila, apaga la colilla en el lavabo y cierra la cremallera a la velocidad del rayo.

—¿No estarás haciendo alguna tontería? —le pregunto.

—Es para mi tía. Hay que darle una inyección cada noche.

Decido creerla, aunque últimamente Agatha está cada vez más rara.

Salimos juntas del colegio. Las otras ya se han ido. Agatha desata de un poste su vieja bici de carreras y yo me dirijo a la parada del autobús.

—Hasta luego —nos decimos, antes de alejarnos la una de la otra, cada una en dirección a su casa y a los problemas que contiene.

Por el camino a la parada del autobús me encuentro de nuevo con Morgan.

Camina lentamente, envuelto en un pesado chaquetón de

lana azul marino, como un río de noche. Se vuelve hacia mí, me mira y sonríe.

No le veo la boca, cubierta por una bufanda que le rodea el cuello como una boa, pero sus ojos hablan claro: contacto.

Un escalofrío me recorre la espalda. Me sube desde las piernas y asciende a toda velocidad hasta la cabeza, donde me da un latigazo, intenso y brevísimo. Cierro los ojos de golpe buscando alivio. Cuando vuelvo a abrirlos, Morgan sigue ahí, junto a ese escalofrío bajo la piel que ahora amenaza con adentrarse a mayor profundidad.

Él se aparta la bufanda de la boca con gran delicadeza.

—¿Puedo acompañarte un rato?

—Cojo el autobús.

—¿Puedo acompañarte hasta el autobús? —insiste, señalando la parada a unos cien pasos de distancia.

No le digo ni que sí ni que no. Caminamos.

No consigo comprender por qué está tan insistente hoy. A lo mejor también él es uno de esos cazadores de historias, que te sitúan en el punto de mira durante un tiempo y que luego, cuando entienden que no cederás, pasan a la siguiente presa.

—¿Cómo te la hiciste?

—¿El qué?

—La cicatriz, debajo de la oreja. —Señala un punto apenas visible entre mis cabellos.

Sonrío.

—¿Por qué sonríes?

—Porque es raro.

—¿El qué?

—Que la hayas visto.

—¿Por qué?

—Porque eres el único que se ha dado cuenta.

Él hunde la barbilla en la bufanda. Parece satisfecho con mi respuesta, aunque no era mi intención hacerle un cumplido.

Nuestros pasos avanzan, simétricos, por la acera.

—¿Tuviste un accidente?

—¿Cómo lo sabes?

—No lo sé. Es una simple suposición.

Su suposición no es para nada agradable. Es más, casi me asusta.

—Sí, tuve un accidente. Pero como ves, me fue bien.

Aparto el pelo de modo que la cicatriz se vea más.

—¿Y los otros?

Morgan se acerca. Alarga una mano y con un dedo roza la cicatriz. Quema como gasolina sobre una herida.

Lo miro.

—Los otros murieron —respondo. Y luego añado, con un suspiro—: Eran dos amigas mías de la infancia.

Él aparta de nuevo la bufanda y se abre el chaquetón, bajándose el cuello del suéter. Tiene la piel clara y perfecta, pero en la base del cuello él también tiene una cicatriz. Sin tocarla podría jurar que es lisa y fría, como la mía. La miro y me quedo sin palabras.

—Yo también tuve un accidente. Será por eso que tengo ojo para las cicatrices.

Se ríe él solo de su ocurrencia.

Después se tapa otra vez y todo desaparece, oculto bajo el azul noche de su chaquetón.

13

Fin de semana.

Todos lo esperan impacientemente: los que estudian, los que trabajan. Yo no le veo nada de fantástico. Normalmente no pasa nada de particular en esos dos días en los que gran parte del mundo pone todo su esfuerzo en hacer lo que no ha conseguido hacer el resto de la semana.

Jenna, como suele ocurrir los sábados, tiene guardia en el hospital. Gad aparecerá esta noche con alguna delicia frita que a ella le hinchará el estómago y le levantará el ánimo. Evan ya se ha ido al viejo gimnasio maloliente donde tocará con su grupo hasta la madrugada. Es del tío de Bi, que se lo deja usar a cambio de que ellos le echen una mano de vez en cuando en la descarga de material para su ferretería. Yo, por el contrario, me quedo en casa, con la pequeña Lina y su universo silencioso.

Ordeno la habitación en la medida de lo posible. Y mientras devuelvo a su sitio la chaqueta negra que llevaba puesta cuando le tendimos la emboscada a Adam, oigo el tintineo de una campanita. De uno de los bolsillos saco el amuleto de Lina. Lo cojo entre los dedos y lo sacudo. Produce, en pequeño, un sonido muy similar al de las campanas de verdad. Jenna me ha contado que cuando Lina era un bebé, bastaba con hacerlo sonar cerca de su oído para que se tranquilizase, y todavía ejerce el mismo efecto sobre ella. Se dice que las personas conservan una especie de memoria inconsciente de lo que les ha sucedido en sus primeros meses de vida, y la campanita de Lina es un claro ejemplo. Yo no tengo un objeto similar. En mi caso, sólo hay oscuridad. No hay nada que me recuerde mi infancia.

Abro un cajón para colocar la campanita en algún lugar cuando suena el teléfono.

Es Naomi.

Está gritando.

—¡Cálmate, no entiendo nada!

Pero Naomi sigue gritando.

—¿Seline qué? ¿En el hospital? Pero ¿cuándo? ¡Ahora voy!

Cuelgo, cojo la chaqueta y me precipito al salón, donde Lina está viendo dibujos animados.

—Lina, yo tengo que salir. Es una emergencia. Tú pórtate bien y no te muevas. Vuelvo enseguida.

Ella me mira con sus ojazos oscuros, cargados de pensamientos no articulados, y me sonríe. Es ella la que me tranquiliza a mí.

Me acerco para colocarle la mantita sobre las piernas y hasta ese momento no me doy cuenta de que aún llevo en la mano el amuleto, que tintinea. Ella escucha aquel sonido, contenta de que haya conservado su regalo. Instintivamente me da un beso en la mejilla con esos labios suyos, finos y delicados. Me quedo rígida y sorprendida; habitualmente no permito que nadie me bese. No me gusta el contacto. Un halo de calor se propaga por mi mejilla y se extiende por todo el rostro, relajándome los músculos de la cara.

Después, de repente, siento un dolor en la cabeza. Intenso. Me acomodo en el sofá, junto a Lina, con los ojos cerrados.

Ella me sacude un brazo.

Va pasando.

Pasa.

Ya ha pasado.

—Me voy —anuncio, volviendo a abrir los ojos—. No ha sido nada. Vuelvo enseguida.

Si me preguntaran cómo imagino el infierno, lo describiría como un servicio de urgencias.

Estamos todos allí sentados, sufriendo, esperando nuestro turno. Uno se agarra un brazo, otro lleva el rostro cubierto con una venda manchada de sangre. Todos esperan, y mientras tanto asisten al desfile de camillas con heridos más graves que ellos, que tienen prioridad en la lucha contra el destino. No se atiende en base al orden de llegada, sino de la gravedad de cada caso. El que lo decide es el enfermero de evaluación, adiestrado en la asignación de un código de color a cada uno de los pacientes. Blanco: ninguna urgencia. Verde: ninguna lesión vital, puede esperar a recibir cuidados. Amarillo: urgente, funciones vitales parcialmente comprometidas, aunque sin riesgo inmediato para la vida. Y por último rojo: emergencia, al menos una de las funciones vitales (respiración, latido cardíaco, etc.) está comprometida y corre un peligro de muerte inmediato. En realidad, hay otros dos colores: naranja, para un paciente contaminado, y negro, paciente fallecido.

El servicio de urgencias es una sucesión de rostros cansados, pálidos y asustados. No hay diferencia entre médicos y pacientes. Reconozco a Naomi entre la multitud.

—¿Qué ha pasado?

—¡Por fin has llegado! Seline está mal.

—Explícate mejor.

—Estábamos fuera, en el BabyBlue, tomándonos una cerveza, cuando se ha desmayado de pronto y no ha habido modo de reanimarla.

—¿Había tomado algo?

—¡No, nada! Y yo diría que ése es el problema. Creo que no come desde hace días.

—Si ha bebido con el estómago vacío, es normal que se le haya ido la cabeza.

—Alma... Yo creo que Seline tiene un grave problema con la comida.

De pronto lo veo todo claro. Recuerdo las muecas de Seline en el comedor, ante la *pizza* la otra noche, vuelvo a pensar en lo que decía sobre el vídeo y sobre la mala imagen que ella cree que ha dado ante todo el colegio.

—¿Ahora dónde está?

—Se la han llevado por ahí —dice Naomi, indicando un pasillo a su derecha.

—¿Qué color le han dado?

Naomi sacude la cabeza. No lo sabe.

—Entonces esperemos.

Mientras tanto llegan también los padres de Seline. Ella es una mujer más bien fea, con el cabello oscuro y corto, no muy alta. Tiene los ojos grandes, como las vacas, pero con un aire de buena persona. De los dos, es ella la que tiene un buen trabajo. El padre, en cambio, es un tipo elegante y un tanto excéntrico, de esos que podrían probar suerte con las compañeras de colegio de su hija. Siempre tiene una anécdota divertida que contar y una impecable sonrisa con treinta y dos dientes blancos como la nieve. Nadie sabe a ciencia cierta a qué se dedica, pero en cualquier caso es un hombre alto y esbelto, con el pelo corto, color sal y pimienta, y la piel lisa de un adolescente. Por el modo en que se mueve, se intuye que tiene un gran concepto de sí mismo y muy malo de su mujer.

Parecen preocupados, sobre todo la madre. Él me lanza una mirada complaciente y después se dirige a Naomi.

—¿Cómo está? ¿Qué ha pasado?

Naomi vuelve a explicar lo sucedido, dejando de lado todo detalle inconveniente. La madre de Seline se lleva las manos a la cabeza, mientras el padre se dirige al enfermero de selección para pedir noticias sobre su hija.

—Pero ¿cómo es posible? —repite la madre una y otra vez.

Yo estoy a su lado, glacial. Sé que Seline está muy unida a sus padres, que siempre le han dado todos los caprichos. Pero evidentemente eso no basta para conocerse y comprenderse bien. ¿Qué sabrá el padre de lo que le está pasando a su hija? ¿Y qué diría la madre, tan concentrada en su trabajo, pero evidentemente incapaz de gestionar algo más importante en su vida, si supiera que por el colegio circula un vídeo con su hija medio desnuda?

Los miro juntos, padre y madre, y no veo más que una prisión de convenciones y de afecto postizo. Tengo suerte de no haberme enamorado nunca.

Poco después, un médico se nos acerca, con una mirada comprensiva en los ojos y un dossier lleno de números en la mano.

—¿Son los padres de Seline?

—Yo soy su padre. Ella su madre. Ellas dos son... compañeras del colegio.

—¿Cómo está? —pregunta enseguida la madre.

—Ahora mejor. Está controlada.

—Pero ¿cómo...?

—Se ha pasado con el alcohol y... ¿Su hija come lo suficiente?

Los padres de Seline se miran, pasmados. La madre vacila.

Yo permanezco en silencio y con una mirada le indico a Naomi que haga lo propio.

—Sí, yo diría que sí —responde el padre—. ¿Por qué lo pregunta?

Ellos no saben nada. No se han dado cuenta de nada.

—Porque en realidad está muy delgada y los análisis de sangre indican una fuerte anemia.

—¿Qué quiere decir?

—Que hace días que no come.

El padre se vuelve de golpe y me mira.

—¿Chicas? —pregunta, como si nos estuviera acusando de algo.

—No sabemos qué decirle —replico—. Nosotras no hemos notado nada raro.

Naomi, poco convencida, asiente, a mi lado. El padre y la madre de Seline intercambian nuevas miradas de duda.

El médico tose.

—En todo caso... intenten prestarle mayor atención. A veces el rechazar el alimento, en los jóvenes, es un modo de pedir ayuda.

—No entiendo... —espeta el padre, casi furioso—. Seline no necesita ninguna ayuda. Ya le damos todo lo que necesita.

El médico baja la mirada. Saca del dossier una tarjeta y se la pasa a la madre de Seline.

—Si observa que su hija sigue sin comer, quizá podría serle de utilidad un tratamiento especializado...

—¿Qué le ha dado? —pregunta el padre.

—Es un centro de atención a enfermos de anorexia.

—¡Mi hija no es anoréxica! —replica, enfurecido.

—¿Puedo verla? —pregunta su madre, más tranquila y consciente, ella sí, de la gravedad de la situación.

—Claro, por aquí. Le hemos dado un sedante —responde el médico con una media sonrisa.

—Es de locos —insiste el padre, alejándose sin despedirse

siquiera de nosotras. Naomi y yo nos quedamos inmóviles, como dos objetos decorativos, entre las camillas que pasan y los quejidos de los accidentados más o menos graves.

Nos sentamos en una esquina. Huele a desinfectante y a sudor.

—¿Nos vamos? —me pregunta Naomi.

—Será mejor. Creo que iré a verla mañana a casa, cuando le den el alta. ¿Quieres venir tú también?

—No puedo. Le he prometido a mi hermana que la acompañaría al Centro Comercial.

La miro con un gesto de reproche.

—Tiene que ir a una fiesta importante y quiere que le ayude a comprar un vestido. No puedo dejarla tirada.

—Entiendo. Iré sola.

Quizá sea mejor así: Seline no necesita jaleo, sino encontrarse consigo misma.

Seguimos con el rabillo del ojo a los padres de Seline, que se alejan.

—Era como si hablaran de un extraño, no de su hija —observa Naomi, al cabo de un rato.

—Son ellos, los extraños.

La madre de Seline estará pensando en todas las horas que le ha quitado a su hija para quedarse en la oficina. En el sueldo que debe llevar a casa para pagar las extravagancias del marido y sus trajes impecables. En su caro coche deportivo. Y quizá, sólo quizá, se estará preguntando también si todo eso tiene sentido, dado que no le ha permitido siquiera darse cuenta de que su hija hacía días que no comía.

Hay decenas de desconocidos a nuestro alrededor que sólo ese lugar de penas más o menos graves tiene el insólito poder de hacernos sentir más próximos.

14

Domingo.

Me levanto temprano. Quiero ir a ver a Seline. Cuando me ve en pie a las nueve, Jenna no da crédito a sus ojos. Si supiera lo que me cuesta dormir últimamente.

—¿Qué haces en pie tan pronto? —me pregunta en la cocina, con una taza de café humeante entre las manos. La miro. Bajo la bata azul que le llega a los tobillos asoman dos zapatillas en forma de perro con orejas, nariz y ojos. Un regalo de Navidad mío, de Lina y de Evan. Sonrío al pensar en su cara de pasmo cuando abrió el paquete. La pequeña Lina parecía tan divertida que por un momento pensamos que oiríamos de nuevo su voz.

—Voy a casa de Seline.

—¿En domingo y a estas horas?

—Le he prometido que estudiaríamos juntas.

Jenna parece sorprendida. Mientras tanto, me preparo un café.

—Así me gusta —dice luego, mientras desaparece en el salón.

Con los codos apoyados en la mesa, doy sorbitos tranquilamente al néctar oscuro y ardiente de la taza.

Pienso en Seline y en la historia de Adam. ¿Por qué se comporta la gente de un modo tan mezquino? ¿Por qué hay tanto deseo de hacer daño?

Seline vive en un moderno rascacielos, el más alto de las tres construidos junto al río hace unos diez años. Es todo cristal y ventanales, y refleja como un espejo fiel el paisaje que lo rodea, compuesto de agua, verde y más vidrio, sin traicionar la intimidad de los afortunados que viven en él.

Llamo al portero automático; los botones están situados junto a la puerta. Una descarga eléctrica abre la cerradura de la gran puerta de cristal. Entro y llamo el ascensor. El vestíbulo es amplio y tiene el suelo pavimentado en mármol blanco, dividido en el centro por un pasillo de moqueta negra. A los lados, dos jardineras rectangulares ofrecen al visitante su carga de plantas ornamentales, tan tiesas y llamativas que me acerco para tocar una y confirmar que no sean de mentira.

El aire huele a lavanda y jazmín. Imagino que será el jabón con que limpian el suelo.

El ascensor llega y abre las brillantes puertas negras de espejo.

En el interior, una música anónima pero relajante me acompaña hasta el piso cincuenta, el último, donde se encuentra el ático de la familia de Seline.

Una vez pregunté a Seline por qué va a nuestro colegio, muy modesto con respecto a lo que podrían ofrecerle las posibilidades económicas de su familia. Me respondió que su madre insistía en que se mezclara con personas «normales» y no con privilegiados porque, según decía, en la vida todo puede cambiar de un momento a otro, y vivir en un mundo de oro no te prepara para lo mejor.

No obstante, ahora, después de lo ocurrido a su hija, no estoy segura de que tuviera razón.

La puerta de entrada está abierta. Seline me espera en el recibidor, con una bata de un rosa infantil que cubre su cuerpo cada vez más delgado y anguloso.

—Hola, Alma.

—Hola.

Entramos. Parqué de madera oscura y cristaleras alrededor. Luz a pesar del cielo gris.

—Ven, vamos a mi habitación.

—¿Tus padres no están?

—Mi madre está en el despacho, trabajando, y mi padre aún duerme.

Recorremos un pasillo con las paredes cubiertas de cuadros

de varias dimensiones, iluminado por una hilera de focos empotrados en el techo. En el suelo hay una alfombra con motivos geométricos rojos y blancos más larga que todo mi piso. Miro alrededor: no es la primera vez que vengo a esta casa, y sin embargo siempre me sorprendo ante tanto lujo.

La primera puerta a la derecha es la de la habitación de Seline.

Es muy grande, con una cama de matrimonio, un escritorio de cristal, una mesita, un pequeño sofá y dos butacas junto a un ventanal con un panorama que quita el hipo.

—Siéntate —me dice—. Voy a buscar algo para picar.

Me siento en el sofá de cuadritos rosas y blancos y observo la habitación, sus paredes rosadas, decoradas con algún cuadro. Uno es un retrato de Seline de niña, con un vestidito amarillo de florecitas y una cinta en el pelo. Parece una muñeca de porcelana.

Poco después la veo regresar. Tiene los mismos rasgos angelicales del retrato, pero ahora sus ojos han perdido brillo.

Lleva una bandeja con dos vasos, una jarra de zumo de naranja recién exprimido, galletas y un trozo de tarta de chocolate. Lo coloca todo sobre la mesita y se sienta en una de las butacas.

—¿Cómo te encuentras? —le pregunto, sirviéndome un vaso de zumo. Está dulcísimo y fresco, una delicia. Cojo también una galleta y me la llevo a la boca.

—Bastante bien. Aún estoy un poco cansada, pero ya pasará.

—Claro que pasará.

—Gracias por lo de ayer.

—No tienes ni que decirlo.

Baja la mirada. No toca nada de la bandeja.

—¿No comes?

—He desayunado hace poco.

—¿De verdad?

—Sí, no te preocupes. Mi madre ha estado todo el rato en la cocina conmigo para vigilarme.

—Ha hecho bien. Necesitas reponerte.

Entonces pruebo el pastel de chocolate. Tal como imaginaba, también resulta ser divino. Mis amigas siempre han envidiado que yo pueda comer «alimentos prohibidos» sin engordar un gramo.

Los ojos de Seline están clavados en la porción de pastel que me llevo a la boca. Está como hipnotizada.

—¿Va todo bien?

Asiente.

Casi da la impresión de que se le ha vaciado el cerebro, como si fuera una pequeña bodega en la que ha decidido hacer limpieza. Lo que me preocupa es que siga vacía mucho tiempo. Tábula rasa.

Decido probar de otro modo.

—¿De verdad quieres darle esa satisfacción?

—¿Cómo?

—Comportándote así le das una satisfacción a Adam. Quería herirte y ponerte en ridículo para hacerse el chulo con los amigos. Si ve que sufres, habrá conseguido su objetivo.

—Yo ya no pienso en Adam. Es agua pasada —responde, con la mirada perdida en la nada.

—Seline, escúchame. No debes permitir que la vergüenza por lo sucedido te devore. Es él quien tiene que avergonzarse, no tú. Y además tienes un físico perfecto, que todas las chicas del colegio te envidian.

—¡No es cierto! —rebate, esta vez con decisión. He tocado el punto crucial.

—Claro que es cierto.

—No. ¿No ves? —me dice, cogiéndose con las manos el tejido blando y amplio de la bata alrededor de su delgado muslo.

Me levanto y pongo mi muslo junto al suyo, más flaco.

—Míralo tú misma.

—Lo que veo es que eres más delgada, Alma, más delgada y más guapa.

—¡Ya está bien! —reacciono, aferrándola por los hombros—. Tienes que dejar de lloriquear y de llenarte la cabeza de tonterías. Tienes que reaccionar. ¿Eres o no eres amiga mía? Naomi, Agatha y yo somos fuertes y valientes. Hemos afrontado diferentes pruebas y las hemos superado. Y tú estabas con nosotras. Nosotras, juntas, somos invencibles. No lo olvides.

—A lo mejor yo no soy como vosotras. A lo mejor ya no soy «digna».

—Cuando hablas así te daría de bofetadas.

—Quizá me lo merezca.

—Para ya, Seline. No se trata más que de un estúpido vídeo grabado por un capullo. No puedes acabar así por eso. No puedes.

Ninguna respuesta.

Seline tiene la mirada fija en el suelo.

Me acerco a la puerta con la intención de irme. No creo que hoy consiga convencerla de que reaccione. Necesita tiempo. Y a lo mejor también comprender que, si sigue así, además de su propia autoestima, perderá también nuestro aprecio.

—Espera.

—¿Qué hay? —pregunto, girándome.

—Lo intentaré —me promete, cogiendo una galleta. Se la lleva a la boca y la muerde imperceptiblemente.

Es algo.

—Muy bien. Nos vemos mañana en el colegio.

Dejo a Seline en su habitación de ensueño mordisqueando una galleta como hace un canario con su jibión de sepia.

15

Lunes. El día de la luna, cuando todo el mundo se siente con derecho a estar nervioso porque se ha terminado el fin de semana y por la semana recién iniciada, con todo su estudio, su trabajo y sus compromisos.

Miro por la ventana. El panorama es el mismo de siempre: el río está negro e hinchado con las lluvias de los días anteriores; algo más allá, los aviones aterrizan y despegan horadando las nubes grises que parecen deshacerse alrededor de la estela blanca. Pero entreveo en el cielo un azul que casi me da vértigo.

Y hay más luz.

El relato escrito en el cuaderno violeta está lejos de mis pensamientos y de mi vida. Soy de nuevo Alma. Mis certezas han vuelto a su sitio, como una tropa de obedientes soldados. Ya no más dudas ni miedos. Todo es como antes. Todo es terrible, como tiene que ser.

—¡Evan! —oigo gritar a Jenna desde la cocina—. Pero ¿qué demonios te has hecho?

Supongo que se habrá dado cuenta de su nuevo *piercing* en la lengua. En realidad sería imposible no notarlo, dado que la lengua, hinchada y enrojecida, le obliga a hablar como si tuviera una patata ardiendo en la boca.

A través de la puerta cerrada de mi habitación oigo únicamente la voz de Jenna. Me imagino a Evan mascullando algo del tipo «¿Qué es lo que quieres? Es mi vida, son cosas mías», antes de salir de casa dejando a mi madre con la mirada plantada en la puerta, preguntándose qué es lo que ha hecho de malo para que su hijo la trate así.

Cuando salgo de la habitación, Jenna aún está en el pasillo. Le está poniendo el abrigo a Lina. Se vuelve hacia mí, en busca de una mirada solidaria.

Yo hago como si nada. No quiero entrar en los problemas entre mi hermano y mi madre. Me he cansado de decirle que malgasta saliva intentando hacer que esté presentable. Lo que no entiende es que, cuanto más se impone, menos la escucha él. Es más, creo que Evan se hiere a sí mismo cuando en realidad querría herirla a ella.

Fuera de casa respiro.

El aire es menos pesado de lo habitual, quizá porque sopla el viento, probablemente por algún error de programación del clima del planeta. Aquí el aire siempre está estancado, aprisionado en el gris, hasta el punto que da la impresión de que incluso a las hojas les cuesta caer de los árboles.

No tengo ganas de tomar el autobús. Doy la vuelta a la esquina y llego al aparcamiento de bicicletas. Libero la mía, sepultada bajo otras cien pertenecientes a desconocidos que podrían haber desaparecido hace décadas. Aparte de las dos ruedas brillantes y el sillín, mi bici no tiene nada que no se caiga a pedazos. La cesta, toda rota, parece un viejo nido abandonado. El faro se despegó y acabó en una alcantarilla un día de lluvia densa, y el caballete no recuerdo siquiera si existió alguna vez. El óxido se ha comido gran parte del cuadro, originalmente turquesa, y ha convertido la bici en un pedazo de chatarra que chirría a cada pedalada y que da un bote a cada bache, peor que un mulo azuzado a patadas. Pero es la única bicicleta que tengo y, dada la situación económica de mi familia, apostaría a que será ella la que me deje antes de que yo pueda comprarme una nueva.

Pedaleo por las calles de la Ciudad, ensordecedoras entre el tráfico y las voces. El colegio está lejos pero voy despacio, no tengo prisa por llegar.

Miro alrededor, casi como si no fuera el mismo camino que recorro cada día desde hace cuatro años. La diferencia son algunos rayos de sol que aparecen inesperadamente, que salpican el rostro de los peatones y les obligan a preguntarse qué pasa de raro. Hay quien alza los ojos al cielo; quien se detiene, sorprendido; quien hace como si nada, como si el sol no fuera cosa suya.

Paso por un gran cruce y emboco un largo paseo arbolado. Son quinientos veinte árboles; los conté un día en que tuve que volver a pie porque a algún descerebrado se le había ocurrido anunciar que había metido una bomba en la estación del metro.

Se había desencadenado el caos, todo el mundo se dejó llevar por el pánico, había gente que se precipitaba hacia la salida con aire de quien no quiere demostrar que está aterrorizado, como si fuera una vergüenza tener miedo. Yo no tuve miedo. Desde el día del accidente me he dado cuenta de que la muerte puede llegar en cualquier momento, cuando menos te lo esperas. Recuerdo que salí del metro entre los últimos, sin prisa, convencida de que no era mi hora. Y así fue.

Pero nunca más volví a tomar el metro.

Giro a la izquierda, por una calle de tiendas y grandes almacenes. Cientos de metros cuadrados de escaparates deslumbrantes en los que es imposible no verse reflejado, aunque sólo sea para comprobar algún detalle o, sencillamente, para hacerse una idea de cómo te ven los demás.

Mientras me observo, veo a un hombre que camina a paso muy ligero por la acera frente a los escaparates. Está unos diez metros detrás de mí, vestido de oscuro, no muy elegante, con un par de anticuadas gafas de sol, sombrero y guantes negros. Parece el clásico agente secreto de una vieja película de los años cincuenta. Pero tiene algo raro: bajo el sombrero parece llevar la cabeza rapada.

No sé por qué, pero me inquieta.

Pedaleo lentamente, siguiendo el sentido de la marcha. Giro a la derecha e inmediatamente después a la izquierda, y me vuelvo a comprobar. Ha cruzado y ha tomado mi misma calle. Es increíble lo rápido que camina. Y lo lenta que va mi bicicleta. ¿Cuántas posibilidades hay de que me esté siguiendo? ¿Y cuántas de que simplemente esté siguiendo su camino?

Sigue ahí, en la acera, veinte o treinta pasos por detrás de mí.

—¡Alma!

Sigo mirando hacia atrás cuando Naomi me llama. La veo agitar los brazos como una loca en el cruce, al otro lado de la calle. Acerco la bicicleta a la acera y me paro. Oigo el ruido de los pasos del hombre vestido de oscuro.

Se está acercando.

—¡Alma! ¡Estoy aquí!

Le hago una señal de reconocimiento a Naomi y le hago ademán de que se acerque.

Naomi mira a ambos lados de la calle y cruza.

El hombre vestido de oscuro llega hasta mí, pasa de largo y sigue por su camino sin girarse siquiera. Ahora lo veo claramente: no tiene pelo.

—Me he equivocado —digo en voz alta.

—¿Sobre qué? —pregunta Naomi, delante de mí.

—Nada importante. ¿Vamos?

Nos dirigimos al colegio, a la vuelta de la esquina.

Bajo de la bicicleta y la empujo sosteniéndola por el manillar. El chirrido del cuadro es como un cuchillo oxidado pasando sobre mi espalda desnuda.

16

El patio del colegio está como cualquier otra mañana: chicos de expresión más o menos resignada, entre los que aparecen algunos exaltados que aún creen que pasar en primer lugar por una puerta les da algún tipo de poder. No saben que eso también lo hacen los perros.

Coloco mi pedazo de chatarra en el último sitio libre del aparcamiento y observo con una pizca de envidia las otras bicicletas, protegidas con enormes candados. La mía no tiene ninguno; no creo que nadie quiera robarla.

—¿Viste ayer a Seline?

—Sí.

—¿Cómo fue?

—La situación es grave. Ha perdido completamente el sentido común. Cree que está gorda y fea. Niega la evidencia.

—Ha sufrido un buen trauma, pobrecilla.

Miro a Naomi con dureza.

—¿Pobrecilla? Naomi, en la vida te puede pasar de todo. Si te vienes abajo ante algo así, ¿cómo vas a afrontar lo demás?

—Es verdad, pero no todo el mundo reacciona igual. A lo mejor ella necesita más tiempo.

—Eso ya lo veremos.

—¿Crees que quizá no esté a la altura?

—¿De qué?

—De nosotras.

—Creo que nosotras la podemos ayudar en todo lo que esté en nuestra mano, pero sólo ella puede salir de este feo asunto. No obstante, alguna esperanza hay.

—¿En qué sentido?

—Ayer, antes de que me fuera, le dio un mordisco a una galleta.

Naomi me mira y no hace comentarios. Es una pequeña señal, una tontería a los ojos del mundo. Pero para nosotras representa un punto de apoyo, un inicio que nos permite esperar que no perderemos a nuestra amiga.

Naomi y yo caminamos juntas, hombro con hombro, en estrecha formación.

Pero no recibimos las habituales miradas de admiración, ni las frases alusivas, ni los silbidos de adulación. Una vez en el vestíbulo, enseguida noto que ha pasado algo. Un grupo compacto de chicos habla a los pies de la escalera, pero no consigo entender de qué. Me esfuerzo por distinguir alguna palabra.

«... Dragón.» ¿Dragón? ¿Qué puede querer decir?

Naomi mira hacia delante con expresión interrogativa.

Subimos las escaleras de mármol blanco. Cada vez que piso estos escalones me pregunto qué hace una escalera de mármol blanco en esta porquería de colegio. Es como un transatlántico en medio del desierto. No tiene nada en común con el resto del edificio y probablemente no tendría ni que encontrarse aquí. La historia de la escalera es realmente curiosa: es lo único que quedaba del Museo de Historia Natural, que demolieron porque amenazaba ruina. Y como no sabían qué hacer con una escalera tan majestuosa, la trasladaron aquí, a nuestro colegio, sin pensar en el contexto. Cuando tienen que hacerle alguna fotografía, Scrooge siempre elige esta maldita escalera para la ocasión, para que parezca que su colegio es mejor de lo que es.

—¡Lo han pillado! —oigo, cuando estoy casi en lo alto. Me apoyo en el pasamanos de hierro y miro hacia abajo. Hay un batiburrillo de chavales yendo de un lado a otro, después la puerta del director que se abre solemnemente y el rugido de Scrooge. Naomi y yo tenemos el mismo pensamiento: eso es de lo que todos hablaban. Del incendio de marras.

Llegamos hasta nuestra clase, en la segunda planta.

Seline y Agatha están junto a mi pupitre. Seline tiene un aspecto fatigado. Tiene profundas ojeras que le surcan el rostro y un color enfermizo que le hace parecer diez años mayor. Pero al menos está aquí.

—¿Cómo estás? —le pregunto.

—Estoy bien —responde. Y luego añade—: Gracias por lo de ayer…

—Figúrate —respondo.

—¿Has vuelto a comer? —le pregunta Naomi, apoyando la mochila sobre el pupitre.

—Han descubierto al culpable del incendio del despacho del director —responde ella, cambiando de tema.

—¿De verdad? ¿Y cómo lo han hecho? —pregunto.

—El policía ha encontrado una pista.

—¡Uau! —exclama Naomi—. Una investigación en toda regla.

—¿Qué tipo de pista?

—Un anillo de plata. Con un dragón.

Eso explica lo del dragón, la palabra que corría de boca en boca por el vestíbulo. El anillo me recuerda algo, pero no caigo en qué.

—Y ahora viene lo interesante —sisea Agatha.

La miramos.

Quería despertar nuestra curiosidad. Y en parte lo ha conseguido.

—¿Hay más?

—¿Te lo creerás si te digo a quién pertenece ese anillo? —me pregunta Seline.

—No.

—Han llamado a una persona. —Agatha sigue con el misterio.

—¿A quién? —pregunta Naomi.

—A-d-a-m —responde Seline, marcando cada letra. Las escupe como quien escupe un diente podrido.

—¿Adam?

Seline asiente, lentamente, casi como si quisiera convencerse a sí misma de que lo que dice es cierto.

—Ese anillo se lo he visto mil veces en el dedo. Es el suyo.

—¿Adam ha quemado el despacho del director? Pero ¿por qué? —insisto, estupefacta.

Después la imagen del anillo con el dragón me atraviesa la mente y me transporta a la noche del río. Ahora recuerdo perfectamente la mano de Adam, iluminada por la luz del farol.

Agatha sonríe.

Es como si la justicia divina hubiera decidido hacerle pagar a ese cabrón todas sus culpas.

Y eso es precisamente lo que me asusta. Porque, por lo que yo sé, los cabrones nunca pagan sus cuentas pendientes.

17

Han pasado dos días.

No sabemos nada de Adam.

Y Agatha no ha vuelto al colegio. No responde al teléfono. Ha desaparecido. La profesora de historia nos comunica que el estado de su tía ha empeorado y que probablemente no veremos a Agatha hasta la semana que viene.

No me gusta enterarme de este modo. Se supone que Agatha es nuestra amiga.

—Está realmente deprimida —comenta Naomi durante el recreo.

—Todas estamos deprimidas —susurra Seline.

Permanezco en silencio. No puedo decirle que no.

Las tres, Naomi, Seline y yo, estamos apoyadas en el alféizar de una de las ventanas de la segunda planta, junto a la puerta de nuestra clase a la derecha de la escalera, donde algunas chicas se han sentado a charlar.

—Es una época difícil —concluye Naomi—. Y Agatha se comporta de un modo extraño, eso es todo.

—No me parece que haya sido nunca «normal» —objeto yo—. Eso, admitiendo que haya alguien normal en este mundo.

—Es como si fuera más mala de lo habitual.

—La palabra exacta es «feroz», Naomi.

—Intentemos entenderla —dice Seline—. Si su tía muere, Agatha va directa a un centro de acogida.

—No es sólo eso.

—Entonces, ¿qué es?

Es que a veces Ágata me da escalofríos. Pero no lo digo. Me

limito a encogerme de hombros y vuelvo a observar a Seline: no está nada bien. Le han prescrito inyecciones reconstituyentes, pero ella se obstina en no comer. Su escualidez se hace aún más evidente con la ropa que lleva, que ya se le ha quedado grande. Tiene el rostro pálido y demacrado, los ojos tristes y sin luz. Hasta su voz, en otro tiempo cristalina y vivaracha, es baja y monocorde. Yo diría que hace días que no duerme. ¿Cómo es posible acabar en ese estado por un estúpido vídeo? ¿Y qué hemos hecho nosotras para ayudarla, aparte de arruinarle la vida a Adam? Tal vez he sido demasiado dura con ella. Y quizá lo sea también con Agatha.

—Somos unas amigas pésimas —digo, de pronto.

Naomi me mira.

—¿En qué sentido?

—En el sentido de que a lo mejor Agatha nos necesita. Y nosotras la hemos abandonado.

—¿Tú crees?

—Lo que digo es que no sabemos siquiera dónde vive exactamente.

—En el casco antiguo.

—¿Sabes su dirección?

—No me acuerdo —responde Seline, mientrás sacude la cabeza.

—En realidad nunca nos lo ha dicho —se justifica Naomi—. Cada vez que tocaba celebrar nuestra reunión en su casa…

—Y nosotras nunca se la hemos preguntado —la interrumpo.

—¿Qué quieres hacer?

—Ir a su casa. Y ofrecerle mi ayuda. Ver cómo está su tía.

—Es buena idea —susurra Seline, sin darse cuenta de lo mucho que necesita ayuda también ella.

—¿Quieres venir conmigo? —le pregunto a Naomi.

—¿Cuándo?

—Hoy. Mañana. El sábado. No lo sé.

—Hoy no puedo. Y el sábado tampoco. —Naomi se ruboriza levemente y baja la mirada.

—¿Tu nuevo amigo?

Tito, ese extraño chico de ojos orientales y cola de caballo.

—Por decirlo así…

—No tienes que darme explicaciones —la corto—. Haz lo que tú creas.

Finjo que no me importa, pero me preocupa. Nuestro grupo está cada vez menos unido. Cada una de nosotras, por diversos motivos, y sin hablarlo, se está alejando de las demás. Yo, la primera. Mis pesadillas, mis dolores de cabeza repentinos o mi relato en el cuaderno violeta se han convertido en un secreto guardado en mi interior, apartado de los comentarios de mis amigas. Creía estar por encima de cualquier necesidad de confiar en ellas, y aún lo creo. Pero por lo que parece Naomi y Seline han tomado la misma decisión. Por fuera nos fingimos fuertes, y mientras tanto nos hundimos por dentro, levantando cada vez mayores barreras entre nosotras.

Perdiéndonos en el grande y caótico vacío que nos rodea.

Dejo que salgan mis compañeros. Las cuatro «bolsitos», los dos que se inventan equipos de fútbol, los cuatro chulitos de la primera fila, mis amigas. Se van uno tras otro, dejando el aula impregnada de su olor. Siento la necesidad de abrir una ventana, pero espero.

Poco a poco todo el colegio se va vaciando, como un lavabo atascado.

Antes de que me descubra un bedel, me voy a la biblioteca a fingir que estudio. En realidad donde quiero entrar es en la secretaría, buscar la dirección de Agatha y salir. Sé que la cerradura aún está rota: Adam, o quienquiera que haya sido el vándalo que ha prendido fuego al despacho del director, ha hecho las cosas a conciencia. Será sólo un minuto. Recorro los pasillos a contracorriente contra la masa de chicos y chicas que va saliendo al exterior. Bajo las escaleras. Como tras una riada, cuando las aguas se retiran, por el suelo quedan papeles garabateados, algún bolígrafo, tapones sueltos, un paquete de cigarrillos chafado, un guante de lana sin dedos.

Entro en la biblioteca, donde me acoge una sensación de paz: no hay nadie. A través de los cristales sucios, el cielo parece aún más sombrío y nuboso. Del techo cuelgan lámparas largas y estrechas que iluminan las mesas de madera de color verde, como el suelo. Trazan rectángulos de luz que atraen la mirada, haciendo invisible la penumbra que los rodea. Parecen mesas de operaciones.

Los estantes de metal lacado blanco están atestados de libros organizados en un desorden disperso que hace intuir lo inútil de cualquier esfuerzo por catalogarlos. Hasta no hace mucho había una señora, vieja y de carácter agrio, que de algún modo hacía posible encontrar un título en menos de una hora. Pero un día desapareció, engullida por el colegio, o por la Ciudad, y los libros empezaron a crecer, a desplazarse, a tomar posiciones por los estantes lacados en un caos cada vez mayor. Le preguntamos al profesor de lengua qué había sido de la señora de los libros. Nosotros no sabíamos siquiera cómo se llamaba. El profesor no sabía siquiera que existiera. Nunca había entrado en la biblioteca.

A la entrada de la gran sala hay un cartel, escrito a mano porque la única impresora, en la sala de profesores, es tan vieja que el tóner de recambio ya no se comercializa: advierte que cada alumno deberá volver a dejar en su sitio los libros tras utilizarlos. Pura utopía.

Escojo un sitio cualquiera. Total, están todos libres. Me siento y apoyo mi mochila sobre la mesa. Dedico unos minutos a sacar los cuadernos y los libros. El aire, denso e inmóvil, parece nebulizado por el calor de las lámparas.

Al final tengo todo lo que necesito para justificar mi presencia allí: un mar de deberes, un gran silencio y mi propia mano, sobre la que apoyar la cabeza cargada de pensamientos. Muy cargada: siento el cuello tan débil que podría partirse. Nadie me ve y yo no veo a nadie.

El tiempo va pasando. No hago nada. Ahora estoy sola. Quizá. Me siento libre. ¿Lo soy de verdad? A veces tengo la sensación de que no.

Abro un cuaderno, después un libro, leo y escribo, memorizo conceptos con la esperanza de que todo eso me pueda ser útil algún día como dicen. Es mi tiempo. Mi vida. Puedo hacer lo que quiera con ella. Sólo que no sé qué hacer.

Las luces calientan cada vez más, como en un invernadero. Pasa una hora. Pasan dos.

Estoy rodeada de hojas garabateadas, como gigantescos insectos de papel. Estoy lista para salir y colarme en la secretaría. Vuelvo a meter las cosas en la mochila tan metódicamente como las he sacado. Creo mucho en la ritualidad de los gestos: es fundamental para concentrarse en lo que se está haciendo, y para hacerlo bien, distinguiéndose de toda esa gente que ejecuta sus acciones como máquinas.

No apago ninguna luz. Estaban encendidas antes de que yo llegara; se quedarán encendidas una vez me haya ido. Salgo de la biblioteca sin respirar siquiera y recorro el pasillo hasta las escaleras. La luz de la tarde les da otro aspecto. Las aulas están sumidas en el silencio y la oscuridad, las ventanas todas cerradas. Mis pasos son pequeños gemidos sobre el linóleo. Al fondo, de la puerta entrecerrada del laboratorio de ciencias, sale un hilillo de luz ámbar.

Al acercarme oigo unas voces casi imperceptibles. Me muerdo un labio. He salido de la biblioteca demasiado pronto. Sigo caminando, con la mirada fija en el pasillo. Las voces hablan en un murmullo. Debaten. Conspiran.

Una es la del Profesor K. Reconozco su voz opaca, su tono sosegado, rítmico. La otra, en cambio, no es más que un susurro, demasiado baja para que pueda oírla. Me acerco más.

Podría dejar atrás el laboratorio sin que me descubrieran, pero la curiosidad me frena y me lleva hacia la puerta. Camino de puntillas para no hacer ruido y procuro no asomarme demasiado.

Atravieso la fisura que deja la puerta y mis ojos dan enseguida con el rostro pálido e intemporal del Profesor K. Está sentado tras la mesa de los experimentos de química. Hay una rana en un frasco de vidrio. Los electrodos de una pila. Un mechero Bunsen junto a un hornillo de alcohol. Tiene las manos sobre la mesa, como un pianista. A la luz amarillenta de la lámpara del laboratorio parece una criatura procedente de un mundo lejano. Frente a él, justo donde acaba la fisura que me permite ver algo, hay alguien sentado: la segunda persona que habla en voz baja. No puedo ver más que la punta de sus zapatos y una parte de sus vaqueros. Un chico.

El profesor parece muy concentrado en lo que está diciendo, pero ahora él también habla demasiado bajo como para que pueda oírlo. El chico que tiene enfrente escucha en silencio. Después, cuando el profesor hace una pausa, el otro se echa hacia delante y reconozco el chaquetón de lana azul de Morgan. Un escalofrío me recorre la espalda. Ésa era la voz: ¡Morgan! ¿Qué hace a esta hora en el laboratorio con el Profesor K? Me encojo de golpe, aguantando la respiración.

Me giro: tengo la escalera justo enfrente. Siento un intenso deseo de salir, de bajar los escalones de mármol todo lo rápido que pueda y huir, como de la escena de un crimen. ¿Por qué? ¿Por qué me afecta tanto que esté allí Morgan? ¿Por qué no deberían hablar entre ellos Morgan y el Profesor K? Los pensamientos y las sensaciones se acumulan, incontrolables. Tengo muchas preguntas y ninguna respuesta.

La escalera. Volver a casa, meterme entre las sábanas y desconectar el cerebro. Eso es lo que tendría que hacer.

En el fondo Agatha puede esperar.

Bajo los escalones como un gato con las orejas tiesas. En cuanto llego a la planta baja me meto en la secretaría casi sin mover la puerta entrecerrada. Uso un encendedor para ver algo. Ya he entrado otras veces en este lugar, cuando era delegada de clase, y sé dónde están los archivos: en el mueble gris de la izquierda. Los más viejos, abajo; los de los estudiantes actuales arriba. Entreabro el mueble despacio, evitando que haga ruido, y muevo el encendedor como un alma en pena.

Encuentro el dossier de mi clase, lo cojo, lo apoyo sobre la mesa sucia de tinta y lo abro. Voy pasando los nombres de mis compañeros de clase. Hojas.

No somos más que hojas plastificadas.

Agatha.

El encendedor me quema los dedos. Lo apago y vuelvo a encenderlo.

Leo la dirección de la casa de Agatha, en el casco antiguo, y la apunto en un papelito. A oscuras, como una sonámbula, vuelvo a meter el dossier en su sitio, cierro la puerta del mueble, salgo de la secretaría a hurtadillas y de allí a la entrada. Vuelvo a pensar en la escena de antes y me pregunto si no habré soñado que Morgan y el Profesor K estaban realmente en ese laboratorio.

Siento que la realidad se me escapa entre los dedos. Aprieto el papelito con la dirección de Agatha y me alejo silenciosa.

En el aire flota un fuerte olor a quemado mezclado con algo que parece gasolina.

Y ningún otro olor.

18

No voy a casa de Agatha.

No puedo.

Se alternan los días y las noches. La última especialmente oscura, sin sueños, ni agradables ni desagradables. Sólo el vacío. No estoy cansada ni descansada. No tengo dolor de cabeza, pero tampoco la cabeza ligera. El cielo es aún más gris que mi estado de ánimo.

Oigo a Lina que llora, desesperada. No le sucede a menudo. El llanto, no obstante, es un sonido que rompe el cascarón de su mundo silencioso. Me libero de las sábanas y salgo de mi habitación para ver qué ha pasado.

Jenna ya se ha ido. Nos ha dejado una nota sobre la mesita del pasillo. Lo hace siempre cuando se va con prisas. «Haz la compra», dice la nota, y no hay dudas sobre a quién va dirigido. Normalmente Jenna me escribe largas instrucciones, precisas y detalladas, sobre la gestión de la casa y de Lina durante su ausencia. Que, como norma, suele durar todo el día.

Encuentro a Lina en su habitación.

—¿Por qué lloras?

Ella me enseña su muñeca preferida: le han arrancado la cabeza. Mi hermana tiene el rostro surcado por las lágrimas y la desesperación en los ojos, como sólo les ocurre a los niños.

—¿Ha sido Evan? —le pregunto, pero ya conozco la respuesta.

Salgo de la habitación y me lanzo al ataque.

Nunca entenderé que ese psicópata pueda desahogarse con su hermana pequeña. No tolero la inseguridad, las debilidades, la dificultad para comunicarse, pero tolero aún menos las acciones de maldad ciega e inútil.

—¿Te sientes más hombre tomándola con ella? —le grito a la cara, después de abrir de un empujón la puerta de su habitación. Si hubiera estado cerrada con pestillo, la habría echado abajo a patadas.

La habitación de Evan es pequeña y está impregnada de un extraño olor, penetrante y desagradable, como de una sustancia tóxica liberada tras siglos de inactividad. No es ni siquiera una habitación, sino un trastero, iluminado por una minúscula ventana rectangular situada tan arriba en la pared que sólo permite ver un pequeño fragmento de cielo gris.

Dentro reina el desorden más absoluto: la cama está deshecha, probablemente desde hace meses, y cubierta de una cantidad impresionante de revistas, un cúmulo de ropa, tebeos y carátulas de CD abiertas, de las que una buena parte está rota o desmontada. El pequeño escritorio está enterrado bajo chaquetones, bolsas y papelotes, hasta el punto que si no supiera de su existencia, difícilmente intuiría que está ahí.

La guitarra de Evan parece ser el único objeto digno de algún cuidado. Roja como la piel del diablo, se levanta orgullosa en su pedestal, dueña del lugar, junto a los amplificadores apoyados contra la pared del fondo. Por el suelo hay marañas de cables eléctricos enrollados, como serpientes dormidas. La guitarra las domina.

Evan, con los auriculares en las orejas y la música a tope, está acabando de vestirse o, mejor dicho, de cubrir su cuerpo esquelético con los primeros trapos que ha desenterrado de la montaña que cubre la cama.

—¡Eh! —le increpo, dándole una palmada en la espalda. Él da un salto atrás y se vuelve con aire furibundo. El cabello lacio y oscuro le cae sobre unos ojos apagados.

—¡Joder, me has asustado!

—¡Quítate esa cosa de las orejas!

—¿Qué cojones quieres? —responde él, quitándose un auricular.

Le enseño la muñeca rota y en ese momento caigo en la cuenta de que Lina ha asomado tras de mí y observa la escena, asustada.

Él se queda mirando la muñeca y luego me lanza una mirada desafiante.

—¿Qué pasa?

—¿Por qué lo has hecho?

—Porque me daba por culo.

—¿Te daba por culo? ¿Tu hermana te molesta y tú le decapitas la muñeca? ¿Entonces qué tendría que hacer yo? —Hago ademán de agarrarle el imperdible que le atraviesa la mejilla, pero él se aparta—. ¿Qué quieres demostrar? ¡No eres más que un perdedor!

Esa palabra le pone histérico. Se vuelve a poner el auricular y baja la mirada. De pronto, se me echa encima y me empuja.

—¡Fuera de aquí! —grita, sacándome de su habitación.

Me cierra la puerta en las narices.

Así es el diálogo con mi hermano Evan.

Estoy furiosa, pero no digo nada. Me limito a mirar la puerta, a dos centímetros de la punta de mi nariz, y a pensar. No son pensamientos agradables. Le deseo lo peor. Le deseo que siga siendo un perdedor.

Después aprieto los puños, rabiosa.

Una manita me toca la pierna.

—Pequeña Lina —le digo, arrodillándome—. Te compraré una nueva, ¿vale? Iremos a comprarla juntas. ¿Quieres?

Consuelo a Lina como puedo, pero al final es ella la que me ayuda a mí. Al cabo de unos segundos, con los ojos aún cubiertos de lágrimas, me sonríe. Coge su muñeca decapitada y la estrecha contra el cuello.

—No. Quieres quedarte con ésa.

Ella asiente.

—Y no quieres una nueva.

Se sorbe la nariz.

—Y no estás enfadada con Evan.

Lina corre a su habitación, como si ya estuviera todo resuelto. Nunca entenderé cómo consigue perdonar tan fácilmente. Yo no soy como ella. Ella no es como yo.

Quien ha hecho un mal tiene que pagarlo.

La mente se me va a Agatha: tengo que irme.

Y

El día es frío y nuboso. El cielo deja caer de vez en cuando gotas de lluvia helada que a modo de proyectiles impactan contra lo que encuentran: personas, árboles, coches. El casco antiguo está bastante lejos de mi casa, y a pesar de que el tiempo no acompaña, decido ir en bicicleta. Pedaleo rápido, todo lo que me permite la tambaleante cadena, en parte para calentarme y en parte para liberar la rabia que aún siento hacia Evan. El aire gélido se me clava en la piel. Miles de agujas alcanzan mis nervios y me dan una sacudida que, no obstante, no me resulta dolorosa. Es energía para seguir adelante. Es vida.

Llego al Parque Pequeño y sigo por el carril para bicis que lo atraviesa como una dolorosa herida. Toda la Ciudad está llena de ellos: un tramo aquí, otro allá, sin solución de continuidad, suturas que parecen obra de un cirujano enloquecido. A mi lado, el agua del río corre impetuosa por su cauce.

Mientras pedaleo pienso en Morgan. No sé por qué. Los chicos nunca me han atraído demasiado. Son seres previsibles, que sólo quieren hincharse los músculos y ligar. O enclenques e inadaptados que se refugian en improbables historias de cómic o friéndose los ojos frente a los videojuegos. Pero él no es así, él tiene algo diferente que aún no sé identificar. Habitualmente los chicos te dicen enseguida todo lo que saben hacer, lo que han hecho o lo que harán. Él no. Él da la impresión de ocultar mucho más de lo que muestra.

Al otro lado del parque hay un semáforo, cuya luz exhausta ha sido blanco de las pedradas de algún vándalo.

Mientras espero el verde, advierto un ruido de pasos a mis espaldas.

Me giro de pronto, con la sensación de que alguien me está siguiendo: la misma y horrible sensación que sentí unos días antes. Pero no hay nadie o, mejor dicho, no hay nadie que parezca interesado en mí.

Verde.

Presiono el pedal y sigo.

Subo con esfuerzo la joroba del estrecho Puente de Hierro que comunica la Ciudad con su casco antiguo. Es estrecho y largo, actualmente transitable sólo para bicicletas y peatones. A través de las vigas de metal ennegrecido distingo el río, que aquí se ve aún más ancho y oscuro. La fuerza de la corriente envuelve los pilares de cemento en una explosión de ondas y espuma. Arrastra grandes troncos, cajas de madera, botellas. Hay incluso una vieja lavadora con la puerta combada que golpetea sin parar, como pidiendo ayuda.

En la otra orilla, la fachada de ladrillo oscuro de una vieja fábrica de coches, ahora Museo del Automóvil, se yergue en triste centinela del barrio industrial, en otro tiempo floreciente y ahora olvidado. Todo transpira abandono, afanoso reciclaje, precariedad. La nave de la cadena de montaje se ha convertido en un cine de versión original. La torreta de la grúa del puerto fluvial sostiene el rótulo de un bar étnico. La caseta de guardia es la antecámara de una discoteca que no abre hasta bien entrada la noche. Locales fantasma van abriendo y cerrando sus puertas en una calle antes transitada por un continuo ir y venir de camiones. Vendedores ambulantes improvisados ofrecen chucherías, libros viejos, discos de vinilo, ropa usada. Y, de tapadillo, cualquier otra cosa que consigan. En el río flotan algunas balsas convertidas en viviendas. Dicen que ahora toda esa zona está ocupada por artistas de todo tipo, que hacen de la miseria una fuente de inspiración y del *trash* una forma artística. Yo digo que aquí no hay artistas. Sólo desesperados.

Pasado el puente tomo una calle estrecha y tortuosa que empieza a enredarse en un laberinto serpenteante de callejones, flanqueada por casitas bajas, estrechas y apiñadas como dientes en la boca de un dinosaurio. Los rótulos sobre las puertas están apagados, pero no dejan lugar a dudas: ésta es la calle de los locales nocturnos, todos rigurosamente cerrados. Por el suelo, alguna botella vacía recuerda la larga noche que acaba de pasar. Las oigo rodar, empujadas por el viento que asciende del río. Aparte de las botellas, y un gran murmullo parecido al de máquinas subterráneas que es el ruido constante de la Ciudad, sólo percibo el silencio y mucho frío. No conozco bien esta zona. Sé que por aquí, en algún lugar, está también el Baby-Blue, donde se encontró mal Seline. ¿Cuándo fue la última vez que salí a divertirme una noche con amigos? ¿Qué noche? ¿Qué diversión? ¿Qué amigos? En cualquier caso, hace demasiado. Estoy concentrada únicamente en mis problemas, que parecen hincharse cada vez más. Primero Adam, Seline… No, primero las pesadillas, el dolor de cabeza y, justo después,

Adam, Seline, las anotaciones (tampoco: el cuaderno violeta llegó antes que todo lo demás), el homicidio del publicista (¿cómo se llamaba? ¿Adam? ¿Alek?), el dolor de cabeza...

Pedaleo, furiosamente.

Y luego Morgan, Agatha, Naomi y Tito... todos ellos me han absorbido hasta tal punto que me han hecho olvidar que no soy más que una chica de diecisiete años.

Llego al corazón del casco antiguo rodeando una iglesia pequeña y descascarillada, parecida a todos los demás edificios de los alrededores, que se asoma a un cementerio. Entreveo algunas lápidas, clavadas en el prado como banderillas. Cada uno a su sitio y nada de codazos, por favor, ni siquiera en el más allá.

No hay nadie por las calles, salvo un hombre enfundado en una vieja chaqueta de piel forrada de color petróleo. Lleva de paseo a un perro pequeño de pelo ralo que tira como un condenado. Parece más feliz de vivir que su dueño.

Poco después de la iglesia la calle se bifurca. Tomo la de la derecha y asciendo una cuesta más empinada que, tras los kilómetros que ya llevo recorridos, me exige un esfuerzo mayor del que querría hacer. Espero no haberme perdido... ya debería haber llegado.

Detengo la bici y miro alrededor: al borde de la calzada, algún árbol triste y desnudo ha levantado el asfalto agrietado por el hielo con sus raíces nudosas y robustas. Un poco más allá alguien ha abandonado un viejo sofá a cuadros azules sobre el que se ha enroscado un enorme gato callejero. Lo superfluo para algunos es para otros la felicidad; siempre que se pueda ser feliz siendo un enorme gato callejero.

Vuelvo a apoyar el pie en el pedal y hago correr la cadena de la bicicleta hacia atrás.

Casas viejas con tejados inclinados se asoman a ambos lados de la calle. En su mayor parte están rodeadas de lo que en otro tiempo debían de ser suntuosos jardines y que ahora, gracias al mal tiempo y la desidia de sus habitantes, se han convertido en un cúmulo de hierbas y matojos, probablemente plagados de animales de la calle.

Las ventanas están todas cerradas y las puertas cerradas. Ni rastro de vida.

Miro alrededor en busca de algún número indicador. La casa de Agatha debería estar en el 33.

Muchos son ilegibles, pero basándome en los que quedan llego a la conclusión de que aún tengo que seguir un poco más. Bajo de la bicicleta y camino lentamente.

Un poco más allá veo por fin el número 33 sobre una placa de metal fijada a una verja de hierro oscuro. Levanto la mirada y no doy crédito a mis ojos. La casa se levanta en medio de un jardín cubierto de maleza, protegido por una verja de hierro forjado que le da el aspecto de un cementerio abandonado. La estructura del edificio es parecida a la de las otras casas de la calle, salvo por un toque de originalidad que la hace diferente y completamente alocada. Está totalmente recubierta de conchas. Sobre el rebozado de las paredes se dibujan círculos, rectángulos y motivos florales hechos con conchas de diferentes medidas, pegadas unas a otras.

El efecto conseguido es que esta casa alta, estrecha, algo inquietante, parece que ha permanecido durante mucho tiempo en el fondo del mar y que aún está poblada por criaturas abisales.

Por seguridad me acerco y compruebo el nombre en el timbre: sí, es la casa de Agatha.

Apoyo la bicicleta en la verja.

Abro la verja con facilidad, ya que la cerradura está rota, y vuelvo a acompañarla con cuidado para que no haga ruido. Me encuentro en un estrecho sendero de piedras y conchas engastadas en el cemento.

Lo recorro hasta la puerta.

Alguien me está mirando tras las ventanas oscuras.

19

La casa tiene dos plantas. Las ventanas son largas y estrechas, como la fachada, e impenetrables a la vista, con pesadas cortinas que cuelgan imponentes tras los vidrios, opacos a causa del vaho y la escasa limpieza. El techo oscuro y muy inclinado alterna tejas y huecos con matojos de hierba secada por el frío del invierno. Me pregunto cómo se puede vivir en un sitio así. Sólo de pensarlo me dan escalofríos.

De pronto oigo un ruido.

La doble puerta principal, de madera, se encuentra en lo alto de una vieja escalinata de piedra carcomida por el tiempo. Las bisagras rechinan con un lamento angustioso. Frente a mí aparece Agatha, con vaqueros, suéter y deportivas rojas. Tiene una mirada mortífera.

—¿Qué demonios haces tú aquí?

—He pasado a verte y preguntarte por tu tía.

—Nadie te lo ha pedido. ¡Vete!

—Pero Agatha, no puedes echarme de este modo.

—¿Que no puedo? Yo puedo hacer lo que quiera en mi casa. Y además, nadie te ha invitado. Tienes que irte. ¡Enseguida! —grita, fuera de sí.

Nunca la he visto tan furiosa.

Da miedo.

—¿Estás segura de que no…?

—Te lo digo por última vez. ¡Fuera de aquí!

Se acerca con aire amenazante.

Decido alejarme. No serviría de nada quedarse, no hay modo de hacerla entrar en razón.

—Está bien. Me voy. Pero esto no quedará así.

Y lo digo en serio. Agatha esconde algo en esa casa y yo descubriré de qué se trata.

Camino hasta la verja, sintiendo los ojos iracundos de Agatha en la espalda. Ella aún murmura algo. Después oigo el chirrido de la pesada puerta que vuelve a cerrarse como la tapa de un ataúd.

Cojo la bicicleta, me subo de un salto y pedaleo, fingiendo alejarme. Pero nada más lejos de mi intención. Al llegar al final de la calle, giro para desaparecer del campo visual, bajo de la bici y busco una calle paralela, por donde vuelvo rápidamente sobre mis pasos. Después de dar unas cuantas vueltas sin destino fijo por los callejones del casco antiguo, vuelvo a encontrar la calle que me lleva de nuevo a la casa de Agatha, pero esta vez por detrás. En cuanto vuelvo a ver la casa de las conchas, instintivamente me echo a un lado de la calzada y me oculto en la acera contraria. Siento que el corazón me late más rápido, luego abandono la bicicleta tras un enorme contenedor de basura de aliento fétido.

Me siento allí, como una mendiga, y espero.

Miro las ventanas altas y estrechas y me imagino a Agatha aún inmóvil detrás de una de ellas, escrutando la calle en busca de algún otro enemigo que ahuyentar. No me hago muchas preguntas sobre el motivo por el que me ha tratado de aquel modo. No es el momento.

Paso los brazos alrededor de las rodillas y escondo la barbilla entre las piernas. El cabello que me cae por el rostro me hace de escudo frente al mundo exterior. El olor de la basura es empalagoso y nauseabundo. Un líquido denso y negruzco ha caído sobre el bordillo, formando un charco del que emergen, de vez en cuando, horribles criaturas. ¿Son gusanos o es mi imaginación?

Un ruido.

Levanto la vista y al mismo tiempo me agazapo aún más tras los contenedores. El ruido viene de la puerta principal de la casa de las conchas. Volver a oír aquel chirrido me da escalofríos. La puerta se abre lo justo para dejar paso a una figura delgada y ágil que, como un gato en guardia, se escurre por el hueco, mira a su alrededor para comprobar que la vía está despejada y después baja rápidamente los escalones.

Es Agatha.

Tiene las manos metidas en los bolsillos del chaquetón verde militar, recorre el corto sendero de piedras y conchas hasta la verja, se apoya en ella y comprueba por última vez que no hay moros en la costa. Escondida tras el contenedor, siento escalofríos en la espalda.

Tras atravesar la verja, Agatha gira a la izquierda, en la dirección de donde he venido yo. No sé cuánto tiempo estará fuera, pero espero tener el tiempo necesario para descubrir qué está tramando. Su comportamiento se ha vuelto ya demasiado misterioso.

Dejo mi bicicleta tras el contenedor y me acerco a la casa, haciendo un esfuerzo por no mirar hacia las ventanas oscuras y las cortinas que, como frondosas plantas acuáticas, protegen oscuros secretos. Abro de nuevo la verja rota y rodeo rápidamente el edificio para examinar la situación. Las hierbas del jardín me llegan a la rodilla. Pinchan y rascan, como uñas. La casa se alza inmóvil, dispuesta sobre algo palpitante y amenazador que me rodea y que advierto a cada paso, a cada rama quebrada, a cada arbusto que me roza los pies. Si quisiera entrar no podría hacerlo por la puerta de la entrada; demasiado peligroso. Busco una ventana entreabierta en la planta baja. Paso junto a una galería con balcón en el lado izquierdo de la casa, pero la puerta de vidrio y hierro forjado no se abre. En el interior entreveo macetas grandes y pequeñas de las que salen unos matojos verduzcos, restos de lo que en otro tiempo debía ser un bonito y frondoso invernadero.

Un gato gris oscuro con ojos amarillos me observa desde lo alto de un montón de macetas apiladas.

No sabía que Agatha tuviera un gato.

Apoyada en la pared está su vieja bicicleta de carreras, un esqueleto de óxido y engranajes chirriantes.

Prosigo la búsqueda de una entrada, pero también por el lado izquierdo, donde las ventanas parecen cubiertas de una capa de petróleo oscuro y oleoso, todos los accesos están cerrados.

Cuanto más avanzo, más me convenzo de que allí pasa algo. No es más que una sensación, pero hasta ahora mis sensaciones nunca me han engañado. Cuando llego a la parte trasera recupero la esperanza. Oculta entre la alta hierba hay una vieja carcasa de madera —un trineo, o los restos de un carro abandonado— y, justo al lado, casi al nivel del suelo, se abren en la casa tres pequeñas ventanas rectangulares.

—Ahí debe de estar la bodega —digo en voz baja.

Empujo suavemente la primera ventana con la mano: cerrada. Hago lo mismo con la segunda: cerrada también. Respiro hondo y pruebo con la tercera: algo se mueve. Siento una inyección de adrenalina que me va desde los dedos a la punta del pelo. Con ambas manos hago una ligera presión sobre el cristal polvoriento, que poco a poco baja hasta abrirse. Meto la cabeza en el interior para echar un vistazo. La luz filtrada a través de los ventanucos es poca, pero suficiente para constatar que no hay nadie. Efectivamente, es una bodega.

Aunque el paso es estrecho, no tengo problemas para meterme dentro. Apoyo un pie sobre un viejo cajón y me cuelo. Enseguida me envuelve un fuerte olor a moho, combinado con algo químico que no consigo definir. En la bodega hay frascos de barniz y pesticidas que yacen semiabiertos en el interior de unas cajas de madera. Me tapo la nariz y la boca con la bufanda y sigo adelante. El olor a sustancias químicas es penetrante, me ahoga. Me acerco a una escalera con los escalones cubiertos de cajas, bolsitas, objetos o fragmentos de objetos amontonados y olvidados allí desde quién sabe cuánto tiempo.

Me hago un hueco, introduciendo un pie aquí y otro allí, consiguiendo abrir algo de espacio. Ya arriba, busco a tientas el pomo de la puerta. Es redondo y gélido. Lo aprieto con la mano e intento girarlo.

Oigo un débil *clic*. Y ya estoy en la casa.

También aquí un extraño olor, una irritante combinación de medicinas y algo que recuerda el vinagre, pero mucho más intenso.

Los techos son muy altos y están salpicados con manchas de humedad. El pasillo en el que me encuentro es largo y estrecho, oprimido por una cantidad exagerada de cuadros colgados de las paredes y de muebles cubiertos de objetos viejos y polvorientos. Es como si aquí dentro la vida se hubiera detenido un día a una hora determinada y nadie se hubiera molestado en volver a poner en marcha las agujas del reloj. El aire es denso y contiene un silencio tan absoluto que tengo miedo de romperlo aunque sólo sea con la respiración. Avanzo flotando sobre los densos carriles verdes de moqueta que cubren el suelo de mármol y que me llevan hasta el recibidor, presidido por una escalera de piedra alta e imponente. A primera vista parece que en la casa no hay nadie. Pero la tía de Agatha tiene que estar aquí, en algún lugar, quizás en el piso de arriba.

No sé qué estoy buscando exactamente. Una respuesta.

Un porqué.

Tras la escalera, el pasillo sigue, comprimido por una vistosa librería cargada con un número de volúmenes que supera ampliamente su capacidad. Libros antiguos, con caracteres dorados y encuadernaciones de tafilete rojo; libros de texto; manuales universitarios apilados por el suelo; atlas con mapas que sobresalen: viajes imposibles trazados sobre el papel. Imagino que habrán pertenecido al padre de Agatha.

Dos puertas cerradas hacen que estos pocos metros estén demasiado a oscuras como para no resultar opresivos. Sigo la curva del pasillo y por fin entreveo una luz al fondo. Procede de una habitación con la puerta abierta. Me acerco lentamente. Es la cocina, desierta. No hay utensilios, ni platos, ni comida. Aparte de un paquete de pan de molde abierto en una mesa y de una caja de croquetas para gatos no hay nada que induzca a pensar que alguien la utilice. Sobre la encimera de mármol oscuro, junto a la ventana, veo en cambio unos grandes frascos transparentes, todos herméticamente sellados y medio llenos de líquidos y polvos que no sabría identificar. Me acerco para ver mejor de qué se trata. Etiquetas adhesivas con extrañas fórmulas químicas: K_2O, SiO_2, NaOH, RbOH, NH_3, P.

¿Qué serán?

Me iría bien tener aquí al Profesor K.

«Piensa, Alma. Piensa.»

Paso el dedo sobre las etiquetas... La P del fósforo. NH_3, amoniaco, y NaOH? ¡Sí, claro, el experimento del vinagre que nos mandó el profesor! Es hidróxido de sodio.

Las otras fórmulas no creo haberlas visto nunca. Pero ¿qué demonios está tramando Agatha?

De pronto la aguja del gran reloj de porcelana blancuzca colgado de la pared se mueve con un ruido seco y mecánico. Por un momento me siento morir. Después recupero la respiración.

Me olvido de las fórmulas, vuelvo a la escalera y empiezo a subir los escalones que llevan al segundo piso, lentamente.

Muy lentamente.

Observo el jardín desde el interior de la casa.

Es todo gris.

Los cristales son grises.

Como sudarios.

Subo.

Cuando llego al rellano, entre un tramo de escaleras y otro, me detengo a recuperar el aliento. Miro abajo, luego arriba. Detrás de mí hay un viejo sofá escocés con colchas amontonadas encima y un paraguas apoyado en el brazo derecho. Parece que aquí nadie ha limpiado en mucho tiempo.

Sigo subiendo. Mientras el primer piso se va materializando poco a poco ante mis ojos, detecto un hilillo de luz artificial procedente de debajo de una de las cuatro puertas que dan al pasillo central. Todas están cerradas. Cuatro puertas cerradas.

El aire del primer piso es aún más denso y me irrita la nariz.

Me apoyo en la baranda de la escalera y subo el último escalón.

Olor a amoníaco.

El suelo está cubierto de una moqueta púrpura que recuerda el color de la sangre. No sé qué hacer. Querría salir de aquí lo antes posible, pero las cuatro puertas cerradas frente a mí son como un cebo irresistible.

Doy un paso. El segundo. Mis zapatos se hunden en la moqueta como en un pantano fangoso. Me sacudo los escalofríos que vuelven a recorrerme la espalda como un enjambre de insectos.

Me acerco a la puerta de donde se filtra la luz.

Me parece oír el zumbido eléctrico.

La luz.

Eléctrica.

Me acerco aún más. La puerta no está cerrada del todo como parecía.

El olor a amoníaco es fortísimo.

Hay una abertura. De un centímetro o poco más.

Acerco el ojo.

Miro.

Un dormitorio.

Una cama gigantesca, como una medusa. Un baldaquín, y gasas que cuelgan de un enorme colchón, hinchado como un hongo a punto de estallar. Apenas tengo tiempo de ver a una mujer tendida en la cama, rígida e inmóvil.

Imagino que será la tía de Agatha.

Después oigo con angustiosa claridad el ruido de la verja de hierro que golpea contra el soporte. Los pasos por el sendero de cemento y conchas. Agatha vuelve a casa. Sin pensarlo un instante, corro escaleras abajo y recorro el pasillo de la planta baja hasta la puerta de la bodega. Aferro el pomo de la puerta y pongo todas mis esperanzas en que también se abra desde dentro. Gira.

¡Se abre!

Bajo la escalera en un segundo y milagrosamente no derribo ninguno de los objetos de los escalones.

Miro el ventanuco por donde he entrado. Me subo a los cajones de madera, salto, me agarro al marco de la ventana y salgo al exterior, pelándome las manos.

Pero no importa.

Dentro de poco estaré fuera del jardín y Agatha nunca se enterará de mi visita.

Me agarro a las barras del viejo trineo de madera, o lo que sea, y las aprieto fuerte, cerrando los ojos.

La puerta de entrada se abre; oigo los pasos de Agatha que sube por la escalera.

Huyo como un ladrón.

Como un fantasma.

Como una chica de diecisiete años, aterrorizada por lo que ha visto.

Pedaleo furiosamente.

La cadena protesta. El cuadro gime como si fuera a romperse en pedazos de un momento al otro.

Llego al río.

Abro la boca para respirar un poco de viento.

Siento la cabeza pesada, casi como si me hubiera llevado conmigo parte de la enorme cantidad de objetos que llenaban aquella casa.

20

El día siguiente empieza bajo mejores auspicios: Evan me da los buenos días, Jenna aún no se ha ido al hospital, el cielo es azul y no hay clases pesadas ni deberes a la vista. Parece un milagro. Para la ocasión escojo un vestidito verde muy ajustado y escotado con un par de botines negros con tacón algo pelados. Me bastan esos detalles para sentirme más fuerte y tranquila.

Cuando llego al colegio, los ojos de todos los chicos se posan en mí. Pero los míos, instintivamente, buscan a alguien en particular: Morgan.

En el patio no está; en la escalera tampoco.

Está ante mi clase. ¿Me espera a mí?

Lleva unos pantalones negros, o quizás azul oscuro, y un suéter azul muy apretado; la primera prenda clara que le veo llevar. Lleva la bufanda, también oscura y enrollada alrededor del cuello, como una serpiente protectora. Un rayo de sol se filtra por la ventana y lo ilumina como a un actor en el escenario. Sus cabellos son pura luz, sus ojos dos piedras preciosas. Parece un ángel.

Me mira fijamente como si quisiera hipnotizarme y espera a que me acerque.

Me coge una mano sin decir nada. Después desaparece entre la multitud, y me encuentro una nota en la palma. Aprieto ese trozo de papel unos instantes, luego abro los dedos y lo leo: «Nos vemos en el Zebra Bar después del colegio. M.».

Cuando entro en clase enseguida cruzo la mirada con la de Agatha. Ha vuelto. Bien.

—Hola.

Intento mantener un tono lo más neutro posible. No tengo miedo de que me haya descubierto. Sé que no es posible.

—Hola —responde ella con su habitual expresión impenetrable.

—¿Cómo está tu tía?

—Como alguien con una enfermedad incurable, que intenta resistir por todos los medios —responde, seca. Creo que es la frase más larga que le he oído pronunciar desde que la conozco.

—Me alegro.

Ella resopla.

—Mira, Alma, yo…

Hago un gesto con la mano.

—Ni se te ocurra. He sido yo la que he hecho mal, presentándome sin avisarte.

—Sí —dice ella, antes de bajar la mirada.

Llegan Seline y Naomi. Seline sigue diluyéndose sin que nadie se preocupe por ello. Tiene la piel del rostro tensa y pálida, sus ojos son dos soles apagados, hundidos en dos fosas tras profundas ojeras. Su cabello ha perdido el brillo, en sintonía con la tristeza que transmite cualquiera de sus expresiones.

—Hola —le saludo.

—Hola.

También Naomi parece más cansada de lo habitual.

—¿Todo bien? —le pregunto.

—Sí, muy bien.

—Parece que tienes sueño.

—No he dormido mucho este fin de semana —admite, con una sonrisita.

Yo no sonrío.

—¿Y eso?

—¡Hemos salido!

Tito.

Después corrige, agitando las manos:

—Bueno… no ha sido una cita propiamente dicha. No estábamos solos pero… En cualquier caso… Tito me ha invitado a una fiesta muy exclusiva.

Le lanzo una mirada de soslayo. No me gustan esas cosas ni ese tipo de personas. Y ella lo sabe.

—¿Cuándo?

—Me ha dicho que esté preparada todas las noches. Será una sorpresa.

—Ya nos contarás… —concluyo, sin darle a Naomi la menor satisfacción.

Ella se queda mal, porque la idea de hacer algo extremadamente «exclusivo» la llenaba de orgullo.

—Dime una cosa, Alma.

La miro, con expresión interrogativa.

—¿Tú conoces a una chica que se llama Tea?

Siento una punzada de alarma en la nuca.

—Sí. ¿Por qué?

—Me la ha presentado Tito. Le ha dicho a qué colegio voy, le he hablado de mis amigas y cuando ha salido tu nombre…

—¿Cómo es que va con esa gente?

—Por el mismo motivo que todo el mundo va con alguien: le gusta. Es una amiga de Tito. A decir verdad no he hablado mucho con ella. No me ha parecido una persona sociable.

—Es la hija del novio de mi madre —le informo.

—Ah, no lo sabía… —Naomi se frota un poco las manos; como si estuviera decidiendo si debe o no hacerme una revelación—. Entonces creo que deberías saber una cosa.

—Dime…

—Por casualidad le he oído decir algo que no habría tenido que oír.

Espero que continúe.

—Quiere robarle dinero a su padre porque está sin blanca.

—Ya la han pillado robando en el sitio donde trabaja —la corrijo.

—No, estoy segura —me responde, contrariada—: hablaba de robar la caja de una freiduría.

Ahora soy yo la que me quedo mal, como si me hubiera caído una gran piedra en la cabeza. Me repito que no es asunto mío, que no debo involucrarme, porque quien se entromete en asuntos ajenos siempre acaba equivocándose y metiéndose en problemas. Sin embargo, la idea de que a Gad le robe su hija me hiela la sangre.

Sacudo la cabeza. Naomi sonríe, como si hubiera ajustado cuentas.

—¿Y tú qué tal? —le pregunto a Seline.

—Voy recuperando fuerzas.

—¿Noticias de Adam?

—Está en el despacho del director.

Agatha se sienta en su pupitre, no muy lejos del mío.

—Y de Morgan, ¿qué? —pregunta, sin mirarnos siquiera.

—¿Morgan?

—Antes estabas hablando con él.

Miro la espalda de mi amiga, y luego les confirmo a las otras:

—Me ha invitado a tomar un café.

—¿E irás? —me pregunta Naomi.

—Supongo que sí.

—Entonces debe de gustarte mucho.

Saben lo difícil que soy. Me encojo de hombros.

—Me despierta la curiosidad, nada más.

El timbre interrumpe nuestra conversación.

Ocupo mi sitio.

Hay algo bajo mi pupitre: es un *origami*, un pequeño animalito de papel. Lo recojo y lo observo, poniéndolo contra la luz de la ventana. Parece un dragón. ¿Un dragón?

La mente se me dispara y viaja veloz… al anillo de Adam, a la emboscada en el río, al ataque al despacho del director.

Un dragón.

Entra la profesora.

Me lo meto en el bolsillo y de momento me olvido de él.

Adam está inmóvil frente a la puerta del despacho del director. A su lado está su padre, un hombre alto y despeinado, con una chaqueta de terciopelo marrón. Adam tiene los ojos clavados en el suelo verde, pero no porque tenga miedo de encontrarse con miradas críticas y condenatorias. La verdad es que es una mirada que da miedo. Lo veo mientras bajo la escalera de mármol y él, de golpe, como si hubiera advertido mi presencia, levanta los ojos aún enrojecidos y me los planta encima. Es como si me quisiera matar. Tropiezo en los escalones de la sorpresa. Quiere vengarse. Como si fuera culpa mía que prendiese fuego al despacho del director. Como si fuera culpa mía que grabase a la pobre Seline mientras se cambiaba. Sólo le concedo que esté furioso por la lección que le dimos en el río. De todo lo demás, él es el único culpable.

Una vez en la planta baja, me vuelvo hacia el otro lado con un movimiento de cabeza muy marcado. El cabello me vuela como látigos que querría lanzar con todas mis fuerzas sobre su cara. Siento a mis espaldas su mirada incendiaria.

Una mirada de dragón. Un dragón que se ha despertado. Y del que quiero mantenerme alejada.

Salgo del colegio esforzándome para no correr.

Ya no tengo ganas de ir a la cita con Morgan. Una angustia incontenible me recorre la garganta y me llega hasta el estómago.

Pero tengo aún menos ganas de volver atrás. Nunca volver atrás, decía siempre mi padre.

Y, al menos en eso, fue coherente.

21

El Zebra Bar es un pequeño local a unas manzanas del colegio. Será por eso que no voy a menudo. Es un rollo encontrarse con las mismas caras de siempre. No hay intimidad. Todos se miran, controlan con quién estás y luego hacen cábalas. En estas mesitas se han inventado las historias más increíbles. El poder del boca a oreja es sorprendente.

Por el camino, una hilera de coches en fila dispara nubes de humo de los tubos de escape como si fuera confeti en carnaval. Hay gente que va con prisas, con la cabeza gacha, como si arremetieran contra algo. Me refugio en el cuello de mi chaqueta. No me llega ningún olor.

Meto las manos en el bolsillo, se me están quedando congeladas por el frío. Al hacerlo, rozo el *origami*. A veces me parece que vibra por sí solo, pero sin duda es una impresión mía.

El rótulo blanco y negro sobre la puerta y la enorme cebra de plástico que hay al lado me reciben a la entrada del bar. Tiene un no se qué de surrealista, sobre todo en esta Ciudad, donde no hay siquiera un zoo.

En el interior, el local está atestado de chicos, voces y música *lounge* de fondo. Suelo negro brillante, mesas y sofás blancos. Barra a rayas oblicuas. Luces bajas.

Tardo menos de un segundo en localizar a Morgan. Tengo la evidente sensación de que alguien me está mirando fijamente. Me giro y encuentro sus ojos, magnéticos. Está sentado en una mesa al fondo, de cara a la entrada para ver quién entra. No hace nada, ningún gesto para darse a conocer. Parece seguro de que con sus ojos le basta. Y es verdad.

Me acerco lentamente, sin cambiar de expresión, sin apartar la mirada de la suya. Cuando llego a su altura, me sonríe y se pone en pie.

—Hola —me dice, con voz tranquila.

Me deja su sitio, desde el que se domina el local. Luego se sienta frente a mí, con sus ojos en los míos. Me saco la chaqueta y la dejo al lado, en el sofá. Desde este momento existimos sólo nosotros.

—Estoy contento de que hayas venido.

—Bueno, no me gusta especialmente venir al Zebra, pero…

—Demasiados compañeros.

—Sí, precisamente por eso.

¿Cómo consigue adivinar lo que pienso? ¿Acaso soy un libro abierto? ¿O simplemente ve las cosas del mismo modo que yo?

Se acerca un camarero alto, moreno y bronceado.

—Dos cafés Zebra —dice Morgan.

Lo miro, pero no protesto. Normalmente me gusta pedir yo misma lo que quiero, pero habría tomado precisamente un café Zebra, lo mejor que sirven en este lugar.

—¿Es esto para lo que me has invitado?

—Claro: por el café Zebra… —sonríe él.

Cuando Morgan sonríe, su rostro cambia completamente. Sus rasgos algo angulosos se suavizan de pronto y su encanto misterioso se cubre de una belleza radiante, arrolladora. No sabría cómo explicarlo, ilumina todo lo que tiene alrededor. Incluida yo.

—Dime la verdad.

—Por un dragón.

De todas las respuestas que podía esperarme, ésta me descoloca completamente.

—¿Un dragón?

—Un dragón.

—¿Has sido tú?

Con cautela meto una mano en el bolsillo de la chaqueta, que tengo al lado, casi como si temiera que la figurita de papel pudiera morderme.

Los ojos de Morgan siguen mi movimiento.

—¿El que ha hecho qué?

—¿De qué dragón estás hablando? —le pregunto.

Mis dedos siguen hurgando por el bolsillo. Extraigo suavemente la figurita y la coloco sobre la mesa.

Morgan está sorprendido. Se lo queda mirando en silencio.

—Muy bonito —dice luego—. Pero no es cosa mía.

En ese momento el camarero nos trae lo que hemos pedido. En la mesita hay ahora dos tazas grandes y blancas llenas de café con un colmo de nata montada surcada por líneas de chocolate fundido. Entre las tazas, el pequeño dragón de papel parece vibrar bajo las luces tenues del local.

—Habrás oído lo que ha pasado en el despacho del director.

—Claro, lo sabe todo el colegio —digo—. Ha sido Adam.

—Ha sido Adam —repite él. Pero su tono deja entrever que hay una versión de los hechos que yo ignoro.

—Han encontrado el anillo —añado.

—Ya.

Aspiro el aroma inconfundible del café. Morgan me imita, pero no sé si lo hace para tomarme el pelo.

Con la cucharilla recojo una línea de chocolate y me la llevo a la boca. Luego hago otro tanto con la nata. Por primera vez me siento incómoda, temo que pueda tener un resto de nata en la comisura de los labios, no estoy tranquila y segura de mí misma como siempre.

—Esto no es un dragón cualquiera, es un dragón marino —prosigue él, retomando el discurso y señalando el *origami*.

Yo le escucho, con el sabor del café en la boca y una marea de pensamientos en la cabeza.

—El dragón tiene una historia que se pierde en el tiempo. Existe desde siempre. En Mesopotamia, Egipto, Grecia, Roma… en las principales civilizaciones antiguas de Occidente. Casi siempre tiene un valor negativo. El dragón representa un mal que hay que combatir.

Escucho sin perderme una palabra.

—En Oriente, en cambio, las cosas son muy diferentes: en China es considerado incluso un espíritu benévolo, fuente de vida. Es sabio. Custodia las tradiciones. Te protege.

—¿Por qué me cuentas todo esto?

—Obsérvalo —dice, acercándome el pequeño *origami*. Lo miro atentamente—. No entiendes mucho de dragones, ¿verdad?

«¡Como si se tratara de algo en lo que se suela pensar mucho!», pienso yo.

—Una pista… Tienes que mirarle las alas.

—Son pequeñas.

—Precisamente. Porque el dragón marino no necesita volar.

—Ya, pero…

—Espera. Aquí no se ve bien, pero el dragón marino también tiene las patas palmeadas.

Sigo sin entender a dónde quiere llegar.

—¿Has visto alguna vez un dragón parecido, Alma?

Vuelvo a pensar en aquella noche en el río. En el dedo de Adam señalándome. En su anillo que brillaba a la luz del farol.

—No lo sé. No sé si es este mismo tipo de dragón. Pero el anillo de Adam…

—Exacto. También lleva grabado un dragón marino. El dragón es un símbolo. Un símbolo de poder o, mejor dicho, de pertenencia al poder.

—¿Con eso qué quieres decir? ¿Que Adam forma parte de un grupo?

—No. Sólo quiero decirte que tengas cuidado.

—¿Cuidado con qué?

—Con la gente que lleve ese símbolo.

—No te entiendo —respondo, sacudiendo la cabeza.

—Yo creo que sí.

—¿Me estás amenazando?

—Sólo te estoy advirtiendo.

—Tú no tienes ese anillo.

—Yo no tengo ningún poder.

En sus ojos leo algo más, algo que no me dice, pero que intenta transmitirme. De pronto siento una sensación de ahogo.

—Realmente eres raro.

—A veces.

Damos un sorbo al café.

—Normalmente los chicos no te invitan a un bar para… hablarte de dragones.

—Tienes razón —conviene él, sonriendo—. Así que intentaré hacer algo más normal: te dejo mi número. Si te apetece algún día otro café Zebra, o…

Deja la frase en el aire y garabatea un número en la cola del dragón de papel.

Me levanto, me pongo la chaqueta y vuelvo a meterme el *origami* en el bolsillo.

—Ahora tengo que irme.

Él también se levanta.

—Hasta luego —se despide.

En el Zebra Bar hay mucha gente que conozco. Y sin embargo me siento una desconocida llegada a aquel lugar por error, rodeada de personas enigmáticas y de una música pésima.

Me duele la cabeza.

Quiero salir.

22

Los días posteriores a mi encuentro con Morgan en el Zebra Bar transcurren monótonos e insignificantes. No sucede nada, aparte de una fuerte migraña que no me abandona ni un instante. Ya no veo a Morgan en el colegio, y no le llamo, aunque no consigo dejar de pensar en él. Pero tengo otras cosas en la cabeza: nuestro grupo de amigas sigue disgregándose inexorablemente, y Naomi se prepara para su fiesta «exclusiva» encerrada en un silencio cada vez más hermético. En realidad tengo la clara impresión de que es un silencio forzado, como si no quisiera o no pudiera hablarme de algo que sabe que no aprobaré: su nuevo amigo, Tito. Seguro que tiene que ver con él.

Seline es un fantasma. Además de kilos, ha perdido el interés por todo lo que la rodea. Ya no hace aquellas continuas preguntas inútiles ni se vuelve loca por un par de zapatos nuevos. Se pone lo que le viene a las manos, sus piernas se han convertido en dos palos y tiene el rostro hundido por las medicinas. Por lo menos, sus padres la tienen sometida a un estrecho control médico.

Agatha es la única que no ha cambiado nada. O quizás es sólo la impresión que quiere dar, ya que nadie sabe nunca qué le pasa exactamente por la cabeza. Sigue odiando a todas las personas del género masculino que se le acercan y aplicando su receta de completo aislamiento. No creo haberla visto nunca cruzar dos palabras con nadie más que con nosotras. Y con su tía, supongo. Falta mucho a clase, pero no nos cuenta nada.

Si le pregunto cómo van las cosas, me responde: «Bien».

Si le pregunto por su tía, me responde: «Como ayer».

Hago repetidos intentos por ayudarla. No sé por qué, pero en cierto sentido me siento más próxima a ella que a las otras dos. No es culpa suya, me digo, si ha acabado así, mientras que los problemas de Seline y Naomi se los buscan ellas mismas.

Un día, durante el recreo, le pregunto a Agatha si le gustaría que yo o las chicas fuéramos a verla a casa.

Sus ojos se encienden con un fogonazo de miedo.

—¡Ya te he dicho que no! —me responde, casi a voz en grito.

—No te estoy diciendo que te vaya a matar, Agatha. Sólo te proponía una visita.

—Mi casa está hecha un asco, Alma. Y ya sabes que mi tía esta mal —explica ella, con un tono más controlado.

Resulta extraño oírle pronunciar mi nombre. En su boca tiene un sonido cortante.

Me encojo de hombros.

—Como quieras. No era más que una idea.

—Déjalo estar.

—Sola no saldrás adelante.

—¿Cómo dices?

—Digo que no podrás arreglártelas así.

—¿Y tú cómo crees que debería arreglármelas?

—Si tienes un problema, tienes que hablarlo con nosotras, o si no... —Agatha me mira seria—. Si no, nuestra amistad no tiene sentido.

—¿Quieres echarme?

—No, te estoy diciendo que lo que nos da fuerza es estar unidas. Y ayudarnos la una a la otra. Si cada una va por su lado, ya podemos dejar de fingir que somos amigas.

Agatha comprende que estoy hablando en serio. La veo reflexionar.

—No he sido yo la que ha empezado —dice.

—¿Empezar el qué?

—A no contarlo todo.

—¿A qué te refieres?

—Y no soy yo la única que tiene secretos.

—¿Crees que yo...?

—Creo que Naomi no nos está contando nada de Tito y de su banda. Creo que tú no nos has dicho nada de lo que haces con Morgan.

—¡Yo con Morgan no hago nada! —exclamo.

—¿Y entonces por qué te calientas tanto?

—No me he calentado.

Le aflora en el rostro una sonrisita burlona.

—Si tú lo dices... En cualquier caso, yo no tengo ningún problema. Gracias por preguntar —remata, y se dirige hacia la puerta de la clase.

A mi alrededor todos se apresuran para entrar antes de que suene el timbre. Suéteres y sudaderas de colores, zapatillas de deporte y botas. Sin embargo, yo me siento como sumergida en una vieja película en blanco y negro, de esas que ya nadie ve porque son demasiado lentas.

Nuestra Ciudad, en cambio, discurre veloz. Nuestro mundo corre. Tan deprisa que casi no lo ves o, como dice Jenna, lo ves todo borroso.

Las cosas pierden su silueta y se mezclan unas con otras. Se convierten en una única mancha en la que todo se confunde. Hasta el bien y el mal.

El mismo día, en el patio del colegio. Naomi está flirteando abiertamente con Tito. Le revolotea alrededor como una abeja junto a una flor, o como una mosca junto a una planta carnívora. Decido no hacerle ni caso y pasar de largo. Voy por la acera de cemento oscuro; ni siquiera junto al bordillo hay ni rastro de una mísera brizna de hierba. El autobús está inmóvil frente a mí, como una bestia herida. Me apresuro para no perderlo, echando un vistazo al anuncio pintado en la parte trasera, sobre el tubo de escape.

Miro bien: es una montaña rusa.

La reconozco enseguida, y siento que se me hielan las venas.

Es la misma representada en la valla en la que crucificaron a Alek. El publicista. Lo encuentro de un mal gusto tremendo: ¿Cómo han podido mantener en pie la campaña de lanzamiento tras lo sucedido?

19 DE FEBRERO.

Es la inauguración del viejo parque de atracciones de la Ciudad, que alguien ha comprado y renovado por completo. Mientras observo la imagen, las palabras de mi relato me vuelven a la mente como puntas de flecha atraídas por un imán.

«Sucederá el 19 de febrero», pienso.

Pero ¿el qué?

¿Qué sucederá?

La cabeza empieza a palpitarme como loca.

Tengo que detenerme. Bajar la mirada. El autobús cierra las puertas y se pone en marcha.

El 19 de febrero es dentro de dos días.

23

He pasado una noche de espanto. El despertador sobre la mesita de noche me dice que ya son las siete. Si no me levanto llegaré tarde al colegio. Pruebo a taparme la cabeza con la almohada y apretar fuerte con ambas manos. Me repito que tiene que pasar. Me concentro. Este dolor de cabeza tiene que pasar.

Aprieto de nuevo y, cuando aflojo la presión, ya no siento nada.

No me lo creo, así que me quedo inmóvil, por miedo a que vuelva. Pero no es una ilusión: el dolor de cabeza ya no está.

Parpadeo con fuerza, mirando al techo.

Me levanto.

Realmente ha pasado.

Jenna está en el pasillo, a punto de irse al hospital.

—Hola cariño, ¿cómo estás?

Anoche me vio. Estaba hecha polvo. No miré a nadie a la cara ni toqué la comida. Me encerré en la habitación y me metí bajo las sábanas, esperando que la vida siguiera discurriendo a mi alrededor lo más silenciosamente posible.

—Mejor —le digo.

—Tendrías que venir al hospital a que te echaran un vistazo. Hay un especialista muy bueno.

Habla mientras se viste, con la típica frialdad de quien trabaja todo el día en contacto con el dolor.

—¿Y por qué? Ahora estoy bien.

—Sabes perfectamente por qué.

—No tiene nada que ver.

—Tuviste un accidente grave, no te olvides. Las consecuencias de algunos traumas se pueden manifestar mucho tiempo después. Se trata de un chequeo. Nada más.

Quizá no se equivoca del todo, pero no me siento con fuerzas para hacerme un TAC y meterme en aquella máquina infernal donde no hay espacio para respirar. Te atan con correas para que no intentes salir.

—Sólo estaba cansada…

—Como quieras, pero si vuelve a sucederte, vendrás a hacerte el TAC.

—No volverá a sucederme —digo, y me encierro en el baño antes de que Jenna pueda cambiar de idea.

Me miro en el espejo.

Tengo el rostro relajado, como si hubiera dormido perfectamente, sin los pinchazos lacerantes en las sienes que me han tenido despierta toda la noche. He tenido el dolor de cabeza más fuerte de mi vida, pero ahora es como si no me hubiera pasado nada.

Me mojo la frente y las muñecas con agua fría, me cepillo el cabello. Lo tengo larguísimo.

Luego salgo hacia el colegio.

Seline no vuelve.

Ha salido para ir al baño hace un cuarto de hora y aún no ha vuelto a clase. Me levanto y voy a buscarla.

Hago caso omiso de la profesora, que intenta detenerme.

Recorro el largo pasillo hasta llegar al baño de las chicas.

Antes siquiera de verla, la oigo.

Después reconozco sus zapatillas de deporte blancas y rosas que veo bajo una de las puertas. La abro: Seline está inclinada hacia delante y se sujeta el pelo con una mano. La otra la tiene apoyada en la pared para mantener el equilibrio.

Está vomitando.

Sin decirle nada la ayudo, tiro de la cadena, la acompaño fuera. Su rostro tiene un color que hace juego con el gris deslucido del baño.

—No me encontraba bien… —susurra, una vez superada la crisis. Al otro lado de la ventana se oye el ruido monótono del tráfico, como un gigantesco motor siempre encendido. Seline alza la mirada—. Debo de haber comido algo que me ha sentado mal.

Sacudo la cabeza.

—Seline, tú tienes un problema.

—¡No tengo ningún problema! —grita ella, con la poca fuerza que tiene.

—Eres bulímica. Rechazas la comida y lo haces por culpa de aquel maldito vídeo. Pero ya basta.

Me mira con sus grandes ojos verdes y un instante más tarde se echa a llorar. Seline no es dura y nunca lo será. No consigue soportar siquiera una pizca de sufrimiento. «Pobrecilla», pienso, mientras voy sacando pañuelos de papel y se los paso. Ingenua, débil, devorada. La vida le ha cambiado en pocas semanas y le ha cobrado un precio demasiado alto. Por primera vez, observándola, siento una especie de rabia, no contra ella ni contra Adam, ni contra nadie en particular. Rabia por la vida. Por las cosas que suceden.

Mientras saco el enésimo pañuelo para secarle las lágrimas, Seline hace algo que me coge por sorpresa. Me abraza. Lo hace de pronto, impulsada por una irrefrenable necesidad de calor. Un calor que mi cuerpo no le transmite. Permanezco inmóvil, rígida, con los músculos tensos, encerrada en una coraza que no deja pasar nada.

Siento que sus brazos aflojan la presión. Por fin se separa de mí, se seca los ojos con el dorso de la mano y me dice:

—Gracias.

—Somos amigas.

Nos arreglamos un poco y volvemos a clase.

—Qué fría estás, Alma —murmura Seline, cuando nos acercamos a la puerta de nuestra clase—. ¿No te encuentras bien?

—Sí, no... Estoy bien —le respondo, indecisa.

Quizá un día llegue a entender por qué un simple abrazo me hiere más que una cuchillada.

24

Cuando el director nos convoca a todos en el gimnasio, ninguno de nosotros tiene la mínima duda sobre el motivo de la asamblea.

Scrooge, de pie sobre un banco para añadir unas decenas de centímetros a su mísera estatura, espera que todos los cursos se encuentren reunidos sobre la cancha de linóleo. Hace pruebas con un micrófono que se acopla.

—Uno, dos… probando… Silencio, chicos. ¡Silencio!

El rumor de fondo sube y baja, como un mar. Él no parece tener prisa. Se frota insistentemente las manos, haciendo protestar a los altavoces. Muestra una satisfacción insólita. Su complacencia se adivina por la ligera curvatura de sus labios finos y oliváceos. Si lo recuerdo en el futuro, desde luego no será por su simpatía.

A mi lado está Agatha, Seline al otro lado y, cerca de ella, Naomi. Esperamos apretadas entre el resto de compañeros del colegio. Busco a Morgan entre la multitud y por fin lo localizo, en el otro extremo del gimnasio. Tengo la impresión de que él también mira en mi dirección y, por un momento, como sucedió en el Zebra Bar, es como si en este gimnasio estuviéramos sólo nosotros dos. Aparto inmediatamente la mirada y cierro filas con mis amigas. Aunque sólo sea físicamente, en este momento estamos unidas.

Pasan otros largos minutos en los que Scrooge espera, con la paciencia de un sicario, que en la sala reine el más absoluto silencio. Sus ojos son dos fisuras que escrutan el ambiente como un sonar. Y yo, apretujada entre las paredes blancas y el suelo azulado del gimnasio-caja, me siento como una de las tantas hojas caídas que quedan en el fondo de una piscina en invierno y que allí se marchitan.

—Os he convocado, chicos... Os he convocado... para haceros un anuncio importante.

A espaldas de Scrooge se abre la puerta que conduce al patio. Entran dos personas. Sus siluetas se recortan en el rectángulo de luz: la secretaria de Scrooge, una mujercita pequeña y redonda con las mejillas siempre rojas y una sonrisa idiota impresa en el rostro, y Adam. Las heridas del rostro casi le han desaparecido. Pero en cualquier caso tiene la mirada gacha y aire de resignación.

Se hace un silencio absoluto.

—Todos estáis al corriente —grazna Scrooge al micrófono— de lo ocurrido en mi despacho hace unos días. Pues bien, hoy quiero que todos sepáis que tras una larga y minuciosa investigación se ha hallado al culpable... ¡Adelante!

La secretaria da un golpecito en el hombro a Adam, como si le invitara a que caminara más deprisa. Él la sigue, sin levantar en ningún momento la mirada y posarla en la compacta congregación de compañeros suyos que lo miran como si se tratara de un condenado a muerte. Los dos llegan hasta el banco al que se ha encaramado el director.

—Ven más cerca, muchacho, hacia aquí —grazna de nuevo Scrooge, indicando el espacio que tiene delante.

Adam obedece.

Ahora lo veo bien. Lleva puesto un suéter negro con una gran calavera naranja delante, vaqueros y zapatillas de deporte con los cordones desatados.

Cuando Adam le pasa por delante, el director le pone una mano seca sobre el hombro derecho. Adam se queda bloqueado, como si hubiera recibido una sacudida eléctrica. Los dedos nudosos de Scrooge se hunden en el suéter como garfios.

—Has cometido un error, Adam —recita, como si fuera un predicador—. Has violado las normas de este colegio. Has entrado en mi despacho y lo has saqueado como el peor de los vándalos. Has traicionado mi confianza, la de los profesores de este colegio y también la de tus compañeros. —Después levanta la voz, lanzando una mirada a la atenta platea—: Quiero que todos lo miréis bien. Esto es lo que le pasa a quien no cumple las normas. —Con un ligero empujón, Scrooge aleja a Adam unos pasos de su posición, como si fuera una basura indigna—. Adam, estás expulsado temporalmente.

A nadie le sorprende; sin embargo, sentir pronunciar una condena es algo que ejerce un extraño encanto. Hace palpitar el corazón.

—La expulsión durará tres meses. Y perderás todo el año de estudio. Ni siquiera un estudiante modelo, algo que desde luego no eres, podría recuperar tantas horas perdidas. Pero eso no es todo.

Oigo claramente a decenas de compañeros míos que tragan saliva a la vez.

—Tras debatirlo con tu padre hemos decidido que, durante los meses de suspensión, no podrás quedarte apoltronado en casa jugando a los videojuegos, sino que vendrás cada día al colegio. Te ocuparás de la limpieza.

Del público surgen comentarios y exclamaciones, como un banco de niebla flotando sobre nuestras cabezas.

Los labios de Scrooge se cierran en una mueca complaciente. Su micrófono se acopla. La secretaria parece un salmonete brillante y plateado, listo para lanzarse al aceite hirviendo. Adam, en cambio, está inmóvil y en silencio: sin duda está sufriendo la mayor humillación de su vida.

Pero después, al cabo de un rato, levanta la mirada: sus ojos arden de rabia y recorren nuestras caras, como en busca de alguien. Se mueven rápidos, sin vacilar.

Y se detienen en…

—¡Podéis iros! —ordena el director en aquel momento, rompiendo la formación—. ¡Id, respetad las normas, haced caso de lo que se os enseña y no tendréis nada que temer!

—¿Por qué te ha mirado Adam de ese modo? —le pregunto a Agatha en cuanto salimos del gimnasio.

—No me miraba a mí —responde ella, encogiéndose de hombros.

—Lo he visto.

—¿De verdad? ¿Y qué es lo que has visto?

—Que te buscaba con la mirada.

—Yo, en cambio, he visto que te buscaba a ti.

Me quedo perpleja. Por un momento yo también lo he pensado. Adam ya me había lanzado una mirada incendiaria en las escaleras, tiempo atrás. Pero esta vez he sentido sus ojos pasando por mi rostro sin prestarle atención, para fijarse después como clavos en los de Agatha.

—Es por lo del spray —apunto.

Ella no dice nada.

—¿Has contado algo? —insisto—. Después de la emboscada, quiero decir.

—¿Y a quién se lo iba a contar?

—No lo sé, Agatha. ¡A alguien! ¿No habrás hablado de ello con Scrooge?

—¡Yo no hablo con Scrooge! No hablo con las autoridades, de ningún tipo. Lo único que me han traído siempre son problemas. Además... —Hace una pausa— ¿Qué crees que habría podido contarle? «Mire, señor director... Adam grabó a una amiga nuestra semidesnuda y nosotras, para vengarnos, le esperamos en el río con un spray de gas pimienta. Creo que es él quien le ha quemado el despacho, hasta la vista.»

Desde luego, tiene razón. He dicho una tontería. Agatha no tenía ningún motivo para ir a hablar con Scrooge. No cree en ninguna forma de autoridad, ni en la policía ni en las instituciones, y mucho menos en el director del colegio.

Sin embargo hay un detalle que se me escapa. Algo que tiene que ver con aquel anillo. Y quizá con Morgan.

El dragón marino.

—¿Tú sabes lo que es un dragón marino? —le pregunto.

—¿Cómo?

—He oído decir que el anillo de Adam tenía grabado un dragón marino.

—A mí, como si llevaba un dragón de carne y hueso. Lo que importa es que lo hayan pillado.

Asiento. Tiene razón. Lo que cuenta es que lo hayan pillado.

—Y así Seline queda vengada —añade Agatha, unos pasos más allá.

—¿Qué tiene que ver Seline?

—Estamos hablando de Adam, ¿no? —me responde, seca—. ¿La ves? —Con un gesto de la cabeza indica la frágil espalda de Seline, que camina como si la decisión de Scrooge le afectara a ella y no a Adam.

—¿Y tú crees que está contenta? —pregunto, con aire de desprecio.

—Tendría que estarlo.

—Le vaya como le vaya a Adam, ella está destrozada. Él le gustaba.

—Adam es un cabrón y ha recibido lo que se merecía.

—Perderá el curso.

—También Seline ha perdido algo.

—Es cierto. Pero…

Agatha se detiene de nuevo a mirarme:

—Plantéatelo así. Esa cosa marina…

—El dragón.

—El dragón marino ha sido como una mano divina.

—¿Qué quieres decir?

—Sólo que quizás existe cierta justicia —explica—. O si no existe, nos la podemos crear.

Sin añadir nada más, emprende la subida por las escaleras para volver a clase.

Dejo que los demás me adelanten, empujándome y alborotando alrededor. Miro la sombra negra de Agatha. El espectro en que se ha convertido Seline. A Naomi, silenciosa.

Busco a Morgan.

No lo veo.

Pienso en él más a menudo de lo que querría.

25

Son poco más de las cinco. Está oscuro, pero algo menos que los días anteriores. Los días se están volviendo más largos.

Estoy en una parada de autobús, a la espera de que llegue el que lleva a Naomi y Seline. Hemos decidido pasar una tarde de compras en un intento de levantarle un poco el ánimo a Seline.

No le he dicho a nadie lo que sucedió en el baño; no quiero que Seline se sienta traicionada. Podrá contarlo ella misma cuando lo considere oportuno, pero mientras tanto tiene que aprender a fiarse de mi discreción, si quiero que confíe en mí.

Empieza a llover, así que me refugio bajo el toldo de una tienda. Me pongo a mirar alrededor, pero no hay autobuses a la vista.

Si tuviera reloj, lo consultaría.

Suspiro: odio esperar.

Mientras me ciño la chaqueta, atisbo al otro lado del cruce la papelería en la que compré el cuaderno violeta. Veo la luz que se filtra a través del escaparate. ¿Soy yo la que he citado a las otras precisamente aquí, en este lugar?

Volver a ver aquella tienda, hoy que también llueve, me suscita emociones enfrentadas: por un lado querría alejarme de aquí lo más rápidamente que pudiera, porque aún tengo nítido el recuerdo del homicidio que he descrito en el cuaderno; por otra parte siento una insólita curiosidad que me tienta a cruzar la calle y volver a echar un vistazo a aquel escaparate.

Compruebo la calle una vez más: sólo coches que pasan como flechas, levantando olas de agua a su paso.

La lluvia cae ahora pesada y densa. Como la otra vez.

Dejándome llevar por las coincidencias, cruzo la calle y llego hasta la papelería.

El escaparate esta vez es sorprendente, sin duda obra de un artista. Hay una pequeña maqueta que representa algunos edificios y zonas de la Ciudad (reconozco el teatro, el centro comercial, el puerto viejo, el puente de hierro que conduce al casco antiguo y otras cosas), hecha en su totalidad de plumas y bolígrafos. Los hay de todos los tipos y para todos los gustos, en una gama cromática que tiene el poder de dar un aire alegre a esta metrópolis de muertos.

Sin pensármelo, empujo ligeramente la puerta de madera con un gran cristal central y, en cuanto meto un pie dentro, el viejo timbre desafinado anuncia mi presencia. Es todo como la primera vez: familiar. Y tranquilizador. Me quedo inmóvil, con la ropa goteando en el umbral, dudando sobre si seguir adelante o no.

En el interior de la tienda hay solamente una clienta: una señora mayor enfundada en un abrigo de pieles que huele a naftalina y a pelo mojado, con un sombrero coronado por una gran pluma multicolor de quién sabe qué tipo de pájaro. Está comprando tres cuadernos de tapa azul y unos pasteles de colores.

—Lo siento, señora, pero se me ha acabado el pegamento en frasco —le está diciendo el hombre-ángel, con sus gestos amables y su sonrisa serena—. Si quiere volver a pasar mañana, lo encontrará con toda seguridad.

La señora de las pieles farfulla una respuesta y empieza a sacar de un monedero redondo una serie infinita de minúsculas monedas, que alinea en el mostrador como fichas de póquer. Mientras lo hace, siento las gotas de lluvia que me caen del pelo empapado al suelo. Una a una, como en cámara lenta. La sensación es la misma que la primera vez: parece que aquí dentro se detenga el tiempo. El vendedor, los objetos a la venta e incluso los clientes pertenecen a un mundo que ya no existe. Ni siquiera la ciudad reproducida en el escaparate es la misma. Es como si hubiera entrado en una instantánea de hace muchos años, cuando quizás aún había alguien que vivía aquí realmente, que no estaba simplemente de paso, como todos nosotros. Dejo que la señora se me acerque y, cuando advierto su olor a naftalina, le abro la puerta.

Ella levanta el rostro ajado por el tiempo y muestra una sonrisa de pequeño roedor. Lleva los labios pintados de rojo encendido, como las divas del cine de hace muchos años.

—Gracias, encanto —me susurra, sorprendida ante ese pequeño gesto amable.

Yo me hago a un lado, para evitar que su mano temblorosa y llena de manchas marrones alcance a rozarme la mejilla. Y luego me acerco al hombre-ángel.

—Buenos días, señorita —me saluda—. Un momento y enseguida estoy con usted.

Trastea con unos botes tras el mostrador y luego cumple su promesa y me concede toda su atención.

El hecho es que yo no necesito nada.

O eso creo. Se lo digo, y luego añado:

—Sólo quiero echar un vistazo.

—Naturalmente. Si me necesita, aquí estoy.

Sin dejar de sonreír ni un momento, empieza a extraer de algunas cajas montones de cuadernos con la tapa a cuadros escoceses.

Echo un vistazo a través de los cristales para asegurarme de que las chicas no han llegado aún. Una cortina de lluvia lo empaña todo. Lentamente, me concedo una pequeña inspección de los tesoros de la papelería.

Sobre los estantes de madera hay un poco de todo: carpetas de cartón, álbumes, cuadernos de diferentes tamaños, pasteles, cubiletes organizados por colores en un expositor con tantas separaciones como colores hay en venta y una serie infinita de plumas en contenedores cilíndricos. Son las plumas las que llaman mi atención, quizá por efecto de la fantasiosa vitrina. Plumas negras, plumas azules y plumas rojas. Más allá, estilográficas de más categoría, con largos plumines afilados. Las hay para todos los gustos: de madera, de goma de colores, con plumas de ave, cubiertas de lentejuelas, de piel brillante… Parecen las minúsculas armas de un pueblo de duendecillos. Las recorro rápidamente con la vista, deteniéndome en la última, al final del estante, expuesta en un estuche con el fondo violeta y la tapa transparente. A primera vista me recuerda uno de esos viejos lápices que se afilaban con la hoja de una navaja. Pero en realidad es una estilográfica afilada, hecha de metal brillante y de sección triangular. Parece un objeto llegado del espacio.

La acaricio con la vista y luego, incapaz de resistir la tentación, rozo la caja con los dedos.

—Si le gusta, le puedo hacer un precio excelente —me propone el vendedor.

—A decir verdad no tenía intención de comprarla. Nunca he usado una pluma como ésta.

—Y apuesto a que tampoco había visto una tan bonita.

—No... —digo, algo vacilante—. Realmente, no.

—Están hechas todas a mano y van numeradas. ¿Lo ve? —me explica el hombre-ángel, abriendo la cajita y mostrándome un pequeño número grabado en uno de los tres lados de la pluma: el 11.

—Será muy cara, imagino...

—¿Cuánto puede gastar?

Segura de que está bromeando, le enseño lo que llevo en el bolsillo. No es mucho.

Él, en cambio, parece satisfecho.

—Es perfecto. Suficiente.

—¿Está seguro? —reacciono, perpleja—. Me parece poco para una pluma como ésta.

—Y efectivamente lo es. Pero... la diferencia podría ponerla usted.

—¿Yo? —respondo, sorprendida, señalándome con el dedo.

Él sonríe. Con un gesto tranquilizador vuelve a meter la pluma en la cajita y me la tiende.

—Las plumas como ésta no tienen precio. Hay que quererlas. Quien no sabe usarlas, aunque crea poder permitírselas, las mata.

—Me está asustando —confieso, aceptando la pluma.

—Oh, no tiene que asustarse, en absoluto. Verá, esta pluma le será muy útil. Pero si me equivoco... siempre puede devolvérmela. Y yo le devolveré el dinero que me ha pagado.

Me meto la pluma en un bolsillo y, algo confundida, salgo de la papelería. Una vez fuera, siento un escalofrío repentino, pero no por la intensa lluvia. Advierto una extraña energía que vibra en el aire.

Miro mi nueva estilográfica afilada.

La número 11.

Ese número no significa nada para mí.

Un cuaderno violeta.

Una pluma de valor inestimable comprada por cuatro chavos.

¿Es posible que todo lo que me sucede parezca tener un significado escondido? ¿O es que me estoy volviendo paranoica?

Al otro lado de la calle aparece una gran sombra oscura que escupe gasolina dejando tras de sí manchurrones grisáceos. Es el autobús de las chicas. Se detiene mugiendo, abre las puertas de fuelle y deja salir a sus desconsolados pasajeros, como un enorme pez expulsando sus huevos.

Naomi me saluda levantando una mano.

Tengo los dedos helados.

«No siento afecto por los objetos», querría haberle dicho al hombre-ángel. Pero la puerta de la papelería ahora ya está cerrada a mis espaldas y el timbre desafinado ya ha decretado mi salida de esa tienda atemporal.

Nunca he sentido afecto por ningún objeto ni por nadie. A excepción, quizá, de aquel cuaderno violeta.

«Y de Lina», pienso inmediatamente después, con una punta de vergüenza.

Claro. Mi hermanita.

La cabeza empieza a palpitarme de nuevo, levemente, al ritmo de unos truenos lejanos.

—¿Te encuentras bien? Tienes una cara… —me pregunta Seline.

—Sí, claro —respondo, casi molesta. Al fin y al cabo, es ella la que está mal, ¿no?

—¿Por dónde empezamos? —pregunta Naomi—. ¿Zapatos?

—¿Por qué tanta prisa?

—Quiero comprarme un bonito par de zapatos.

Me la quedo mirando fijamente, escrutándola con los ojos.

—Bueno, bueno… A lo mejor tengo una cita esta noche.

—¿Con tu nuevo novio?

—No es mi nuevo novio.

—Con él, en cualquier caso, ¿no?

—Sí.

—¿La famosa y exclusiva fiesta sorpresa?

—Espero. No me ha dicho nada, pero por lo que hablaba con sus amigos…

Me dirijo a Seline:

—¿Zapatos?

Ella sonríe, sin mucho entusiasmo.

—Por mí vale.

Entre otras cosas, porque los zapatos probablemente sean lo único que puede probarse sin bajar de talla.

—Desde luego, ¡qué mal momento para esta lluvia de las narices! —exclama Naomi, batallando con el paraguas.

Camino detrás de ellas, evitando los charcos. Cuando pasamos junto a la papelería me doy cuenta de que las luces del interior ya están apagadas.

26

La fantástica noticia que me encuentro en cuanto pongo un pie en casa es que pasaré la velada en la freiduría de Gad con Jenna y Lina. Por suerte estas cenas no son muy frecuentes, pero de vez en cuando Jenna nos hace participar para darle un gusto a Gad.

Dejo en el pasillo la caja con mis botas lila recién compradas. Lina tiene una sonrisa radiante como el gajo de una naranja que le divide el rostro en dos. Irradia felicidad. No puedo evitar responder que por mí está bien.

—Por si os interesa mi opinión —añado, sarcástica.

—¡Ponte algo bonito! —me grita ella desde su habitación. Voy hasta allí, me apoyo en el marco de la puerta y me la quedo mirando. Sólo lleva puestas unas braguitas y debo admitir que, pese a los embates de la vida y lo mucho que ha sufrido, sigue siendo una mujer muy guapa.

—¿Por qué tendría que ponerme algo bonito?

Mi objeción da lugar a dos posibles conclusiones: «¿… para que se impregne para siempre de olor a aceite rancio?» o «… si no tengo nada bonito».

—Porque estás mucho más guapa cuanto te vistes como Dios manda.

Jenna no suele decirme que soy guapa. En realidad nunca me hace cumplidos, y no estoy segura de que esto lo sea.

Resignada a la idea de tener que sacrificar un vestido y someterlo a esos olores nauseabundos me dirijo hacia mi habitación.

—Ah, se me olvidaba. Estará también Tea. Ha decidido trabajar con su padre —añade Jenna mientras intenta abrocharse la falda.

Doy marcha atrás.

—Espera. Ya te ayudo.

Ella me deja que lo haga, disfrutando de ese momento de proximidad entre las dos. Mientras tiro de la cremallera, siento que contiene la respiración para meter barriga. La falda, en cualquier caso, le sigue quedando como un guante y Jenna se mira al espejo del interior del armario con un suspiro de alivio.

—¿Tea? —pregunto.

—Sí. Gad estaba muy contento.

En ese momento ato un par de cabos y pienso en dos cosas. La primera es que la pobrecilla no ha sido invitada a la fiesta exclusiva de Tito. La segunda es que tiene intención de robar a su padre.

—¿Te ha dicho cómo ha sido?

Jenna se abrocha el sujetador y empieza a revisar las blusas colgadas en el armario en busca de una decente.

—Nos lo dirán esta noche, creo. Parece que Tea ha sentado la cabeza y le está ayudando en el local. Él le está enseñando a gestionar el negocio.

Así que eso es lo que hará. Esperará el momento oportuno, cuando su padre se fíe completamente de ella, y le desvalijará la caja. O quizá saque cada día un pellizco extra para cubrir sus gastos. Qué mala pieza.

Parece que mi expresión deja entrever mis pensamientos, porque Jenna me pregunta qué pasa.

—Nada —respondo, sacudiendo la cabeza—. Tea no me resulta simpática, eso es todo.

—Ya lo sé, pero intenta ser amable si puedes.

—Probaré.

Recupero mis botas nuevas. Las echo sobre la cama.

Luego me refugio en la ducha.

Jenna se ha puesto muy elegante. Al final ha escogido un vestido negro que no le veía puesto hace años y la he ayudado a abrochárselo por detrás del cuello. Lina ha querido ponerse su conjunto amarillo canario, combinado con la diadema de la que salen dos loritos montados sobre muelles. Parece una muñequita. Y lo sabe, porque me mira con una expresión fantasiosa, toda sonrisas. Yo, en cambio, me he decidido por un conjunto de falda y top ajustado estampado con motivos geométricos en verde, violeta y negro.

—¿Y Evan? —pregunto por costumbre.

—Hoy no lo he visto.

Frente al espejo del baño, Jenna toma el frasco de perfume y le extrae las últimas gotas.

Lina sacude la cabeza: ella tampoco ha visto a nuestro hermano.

—Mándale un mensaje.

—No creo que sepa leer.

—¡Alma!

—Tiene llaves. Si quiere volver, puede hacerlo.

Mi madre no insiste. Abre la puerta de casa.

—Voy a buscar el coche —anuncia.

Nosotras también salimos al rellano y la seguimos hasta el portal. Vemos a nuestra madre sumergirse en las sombras de la noche y volver a aparecer poco después a bordo de nuestro utilitario rojo, compacto como un tiburón y amplio como un triciclo. Lina se sienta atrás mientras yo ocupo el sitio de delante, codo con codo con Jenna. La radio dispara una insoportable retahíla de campanillas y mugidos de ballenas.

—¿Es realmente necesario oír esto?

—Querida, es música relajante. Déjate transportar.

—Sí, claro, al manicomio.

Ella ya no me escucha y, pese a los teóricos efectos tranquilizantes de esta murga, conduce su cacharro como si fuera piloto de carreras. En el fondo ha basado toda su vida en el principio de que, a fuerza de creer en las cosas, cualquiera de ellas puede hacerse realidad.

Atravesamos como una bala las calles congestionadas de tráfico, cubiertas por el brillo de la lluvia, llenas de luces. Jenna se abre paso como una profesional del volante, o quizá sea sólo cuestión de automatismos. Hace este mismo trayecto cada día. El hecho es que en menos de media hora nos encontramos frente a la freiduría.

Un cartel amarillo y rojo sobre la puerta de ingreso muestra el nombre en grandes caracteres: GUSTIBUS. Un término en latín, culto, típico de Gad. Pero sólo hay que levantar la mirada y ver el resto del edificio y la poesía desaparece. Es alto y moderno, con grandes ventanales y mucho cemento, como muchas de las construcciones del alrededor. A lo lejos centellea la gran H luminosa del hospital. Imagino a Gad, las noches que mi madre tiene guardia, cerrando la freiduría y llevándole exquisiteces en las cajitas para fritos que se ha hecho traer expresamente de no sé dónde. Después de dos hombres egoístas e inmaduros, por lo menos esta vez Jenna ha tenido el buen gusto de escoger a uno amable.

Entramos en el local y sale a nuestro encuentro aquel olor que me es ya tan familiar.

La freiduría de Gad consta de un salón de tamaño medio, con una larga barra en la que se exponen las delicias de la casa como alhajas en una joyería. En el lado contrario, junto a una colosal gramola, hay unas cuantas mesas amarillas con sus respectivos bancos cubiertos de cojines rojos.

En el techo, un extractor industrial emite un zumbido rodeado de una telaraña de tubos de cobre. Una jungla de hileras de banderines con publicidad de diferentes cervezas cuelga de todas las esquinas, como una maraña de lianas.

En cuanto nos ve llegar, Gad nos recibe desde detrás de la barra con una gran sonrisa. Parece realmente contento.

—¡Bienvenidas! ¡Poneos cómodas! ¡Voy enseguida!

Nos indica la última mesa de la fila, la más tranquila y apartada, sobre la que se ve un cartelito de RESERVADO apoyado en dos muslos de pollo de plástico.

En el local hay cierto movimiento. Otra familia —padre, madre y dos hijas—, sentada a unas mesas de la nuestra, consume alas de pollo con la voracidad de quien no ha comido en meses; una pareja de mediana edad tiene la mirada fija en la espuma de sus jarras de cerveza en busca de algún tema de conversación; dos chicos evidentemente gays esperan frente a la barra su pedido para llevar.

Tea asoma inesperadamente desde la cocina. Lo hace con ademanes de dueña del negocio.

—¡Jenna! —saluda. Y luego—: ¡Alma! —Después baja la mirada y se dirige a Lina—: ¡Y mi primita preferida!

Gad observa la escena, sonriendo. Ahora su felicidad es completa.

Tea quiere besarnos en las mejillas.

—Buenas noches. Hola, chicas.

—Gad ya me ha contado —dice mi madre, abrazándola—. Estoy muy orgullosa…

—Gracias.

—Tu padre te necesitaba.

Ella sonríe, falsa. Se arrodilla para besar a Lina, que no se deja tocar la diadema, y luego llega hasta mí.

Le tiendo la mano, rígida e indiferente, manteniéndola alejada.

—Hola, Tea. ¿Cómo estás?

—Muy bien, gracias. ¿Y tú? ¿Por fin te has echado novio?

Me la quedo mirando. El peto a cuadritos blancos y rojos le queda igual de bien que un *kilt* escocés a un beduino. El cabello, ralo, no ha visto un champú en semanas. Y está perdiendo el esmalte negro de las uñas. Si supiera que estoy al tanto de su sucio plan, seguro que no se mostraba tan burlona.

Pero todo a su tiempo.

—No, nada de novios. Tengo otras cosas que hacer.

—¿De verdad? ¿Como qué?

—Vivir.

Jenna me lanza una mirada. Me quito el abrigo y lo cuelgo sobre los demás, donde probablemente absorberá el olor a frito más que ninguno. Luzco mis botas nuevas. Y observo que Tea las ve.

—¿Qué os puedo ofrecer? —pregunta Gad desde la barra con una voz atronadora, como una divinidad griega.

—Sí, venga, ¿qué os apetece? —lo imita su hija.

—¿Pollo, pollo o pollo? —la imito.

—Tea, ¿has dado la vuelta al cartel? —pregunta Gad. Luego, bufando, lo hace él mismo: se acerca a la puerta y pone el cartel en posición de CERRADO—. Así estamos un poco más tranquilos. —Nos sonríe, a nosotros y a los otros clientes.

—Así pues, ¿qué vais a tomar? —repite, dándole un beso a Jenna—. ¿Os gustaría un cabrito sen-sa-cio-nal?

No me apetece, pero permanezco en silencio.

Optamos por dos de cabrito sensacional, alas de pollo fritas y una pirámide de croquetas para Lina. Gad vuelve tras la barra y se apresta a freírlo todo en las diferentes cubetas de aceite. El olor de la masa me penetra en la carne como un veneno.

Empezamos a comernos el cabrito y realmente está bueno. Cuando la otra familia, los gays y la pareja de zombis salen de la freiduría, Gad y Tea se quitan los delantales y vienen a sentarse con nosotras. Empieza así la típica conversación, anécdotas e historias ya conocidas. Jenna, con su vestido negro, está radiante. Yo le sigo el juego y sólo presto atención cuando el tema de conversación pasa a ser Tea y su trabajo en la freiduría.

—¿Y tu novio cómo se lo ha tomado? —pregunta Jenna.

—Diría que bien. No le disgusta saber que trabajo en un sitio donde siempre puede encontrar algo de comer.

Es bien sabido que Michi, el novio, nunca desprecia una cena gratis.

—¿No le has dicho que se pase por aquí? —pregunta Gad, sorprendido—. Podía venir, ya que estábamos todos.

Por lo que parece, Evan ya ha conseguido que lo excluyan de la idea de «familia».

—No —responde Tea—. Bueno, sí, pero no podía.

—¿Y eso? —le pregunto, maliciosa.

—Le han invitado a una fiesta a la que no podía faltar.

Debe de ser la misma a la que han invitado a Naomi.

—¿Y tú cómo es que no has ido?

—Porque yo ahora tengo un trabajo. —Mira a su padre, como si buscara su aprobación—. Quería estar contigo, papá. Y con ellas, claro.

Qué mentirosa. Luce sonrisas y miradas radiantes con esos ojos grises gélidos que tiene. Mi padre, no sé por qué, me decía que no me fiara nunca de las personas con ojos grises. Quién sabe, quizá fuera precisamente una mujer de ojos grises quien lo apartó de nosotras.

—Total, todas las fiestas son iguales —dice alguien.

El reloj en forma de pollo que hay colgado en la pared de enfrente indica que son poco más de las once.

—Nosotras tenemos que irnos —anuncia Jenna—. Hay quien debería estar ya en la cama.

Lina está feliz y satisfecha frente a su plato vacío.

Gad se levanta para acercarle el abrigo.

—Sí, claro. Está bien.

—¿Necesitas que te eche una mano, Gad? —pregunta Jenna, atravesando el local desierto.

—No te preocupes. Ya me ayuda Tea.

Jenna lo besa rozándole los finos labios. Deja que la ayude a ponerse el abrigo y dice:

—Entonces nos vamos. Gracias por la cena.

—Gracias, Gad —digo yo, sonriendo—. Estaba todo muy bueno. —Jenna parece aprobar mis palabras—. Tea…

—Alma…

Salimos del Gustibus y, poco después, atravesamos a toda mecha las calles de la Ciudad. Lina, en el asiento trasero, ya ha caído dormida, harta de croquetas de patata y de pollo frito.

—Creo que Tea ha hecho lo correcto. Gad está muy contento —comenta Jenna, cuando ya estamos llegando a casa.

—No me fío de ella.

—Alma… eres una desconfiada.

—Dile a Gad que compruebe la caja cada noche.

—¡Alma!

—Tú díselo, ¿vale?

Sin esperar una respuesta bajo del coche, echo el respaldo hacia delante y estiro los brazos para coger a mi hermana. Me la cargo en brazos, con cuidado de sacarla sin golpearla contra el coche. Es ligera como un pajarillo.

Levanto la vista para observar el cielo.

En medio de las nubes, sobre los tejados exhaustos de esta Ciudad, veo de pronto el brillo de una estrella. Me aprieto a Lina contra el cuerpo, sorprendida.

Es un milagro irrisorio, pero me basta por hoy.

27

No sé qué hora es, ni si es de día o de noche, pero el teléfono de casa suena de pronto, haciéndome dar un bote en la cama.

Es de noche.

Me muevo a tientas, como un buzo, y corro a responder sin encender ni una luz. Jenna no lo ha oído: duerme con tapones; Evan probablemente aún no ha vuelto; Lina quizás esté ya de pie al fondo del pasillo, pero aunque quisiera no podría responder. El único teléfono que hay en casa está a la entrada. Siento un aire gélido que se filtra por debajo de la puerta. Tengo los pies desnudos sobre las baldosas.

Levanto el auricular.

—¿Sí?

Me duelen los ojos. Debe de ser noche cerrada.

—¿Sí? —repito.

No oigo nada más que un débil rumor de fondo. Y luego un zumbido, seguido de un hilo de voz:

—Alma…

—¿Quién habla? ¿Oiga?

—Ssssoy… N… omi

—¿Cómo?

—N… ao… mi.

El corazón me da un salto.

—¿Naomi? ¿Eres tú? ¿Qué ha pasado?

—Ve… n… bs… car… me…

—¿Dónde estás?

—Igle… sia… cas… co… antig… o

—¿En la iglesia del casco antiguo?

—Po… rf… avor…

—¡Voy enseguida!

Me precipito a la habitación para cambiarme. Un par de tejanos, un suéter de cuello alto. Miro el despertador: son las cinco, más tarde de lo que pensaba. ¿Qué hace Naomi en la calle a estas horas?

—La fiesta —me digo.

Busco las zapatillas de deporte. Me las pongo. Salgo de la habitación.

¿Qué puede haber pasado?

Por un momento considero la posibilidad de despertar a Jenna y pedirle que me acompañe con el coche, pero luego abandono la idea. Muy probablemente Naomi esté borracha y no puedo arriesgarme a hacerle pasar un mal trago llegando con mi madre. Tendré que arreglármelas: no puedo ir a pie. En bici tampoco. Abro el armario y hurgo en el primer cajón. Hago una inspección general. Bajo las medias de nailon están mis ahorros. Cojo un montoncito de billetes arrugados.

Intentando no hacer demasiado ruido, vuelvo a la entrada, cojo la guía del mueble bajo el teléfono y encuentro el número de los taxis.

Les doy mi dirección susurrando.

227 AG en dos minutos.

Perfecto.

Busco las llaves, las encuentro, echo una mirada al pasillo y con un gesto le indico a la sombra que podría ser Lina que vuelva a su habitación. Abro lentamente la puerta, salgo y la cierro igual de lentamente.

Dos minutos.

El taxista es oriental, de rostro ovalado e inexpresivo. Conduce como un caracol fatigado y cada vez que habla parece haberse tragado una radio.

Yo respondo con monosílabos, entre otras cosas porque a duras penas entiendo una de cada tres palabras que dice.

—A la iglesia, casco antiguo.

Me pregunta algo que no entiendo. Me dejo caer en el asiento y empiezo a mordisquearme nerviosamente una uña.

¿Qué le habrá pasado a Naomi?

Enseguida tendré una respuesta, y me temo que no me gustará.

El cielo se destiñe por el este y por las calles empieza a aparecer el tráfico de primera hora. Pasamos junto al estadio, una enorme olla ovalada sin vida. Inerme, sin su enjambre de aficionados.

Justo delante tenemos el puente del aeropuerto. Nos lanzamos por él dando botes, pasando bajo los cables de metal que lo mantienen suspendido en el aire. Lo ha proyectado un arquitecto japonés que ha muerto antes de que el puente estuviera acabado y que pidió que lo emparedaran en el pilón central. No ha sido posible hacerlo por cuestiones legales. Bajo el puente discurre el río, negro e hinchado con las lluvias de los últimos días.

Llegamos a la circunvalación y dejamos el aeropuerto atrás, con su tráfico de vuelos internacionales. Los carteles pasan veloces por la ventanilla: cuando llegamos al que indica el acceso al casco antiguo, el taxi se desvía. Pienso en lo mucho menos que se tardaría si los coches también pudieran usar el puente de hierro. Recorremos un paseo largo y ancho, con al menos tres carriles en cada sentido. Miro la hora en la pantallita luminosa que brilla bajo el retrovisor: son las cinco y treinta y cinco.

Espero que Naomi no se haya movido.

Algo más allá, a la izquierda, observo la silueta de un rizo de la montaña rusa que sobresale tras un muro. Un arabesco de hierro negro que se recorta contra el cielo. Contengo un escalofrío: es el viejo parque de atracciones de la Ciudad. Bueno, ahora es el nuevo. Se me había olvidado la inauguración: el 19 de febrero a las 20:30. Se me hace un nudo el fondo de la garganta que me hace difícil incluso respirar.

Es esta noche.

Tengo un desagradable presentimiento.

Me muerdo un dedo y cierro los ojos.

El parque de atracciones desaparece entre las luces del alba.

El taxista me dice algo que no entiendo.

Cuando llegamos a la Iglesia Vieja, con su cementerio, el cielo ha asumido un tono lechoso.

Veo el campanario de piedra que se levanta por encima de los tejados.

—Párese aquí —ordeno—. Y espéreme, por favor.

Bajo corriendo del coche. Es esa hora irreal en la que la luz artificial de las farolas aún encendidas y la luz natural del sol, ya a punto de salir, aclaran las sombras.

Rodeo a toda prisa el perímetro de la iglesia hasta la escalinata que lleva a los arcos de la entrada. Allí, bajo el pórtico, veo el cuerpo agazapado de Naomi.

Me precipito hacia ella.

—¡Estoy aquí, Naomi! ¿Me oyes?

Diría que no. No se mueve, parece aturdida, no consigue mantener los ojos abiertos. Pero no se trata de una simple borrachera. Tiene una serie de pequeñas heridas en el rostro, está muy pálida y pierde sangre por la nariz.

—¿Naomi?

Pruebo a darle una bofetada para ver si reacciona.

—Ayú... da... me —es lo único que consigue susurrar, sin abrir los ojos en ningún momento.

La agarro de un brazo, que me paso por encima de los hombros, la levanto y consigo a duras penas llevarla hasta el taxi.

—¡Ayúdeme, por favor! —grito.

Pero el oriental, al ver a Naomi trastabillando agonizante, se asusta. Enciende los faros, acelera y se va. Lo esquivo y, en cuanto me doy cuenta, ya ha desaparecido por las sinuosas calles del casco antiguo, sin cobrarse siquiera la carrera.

Naomi cada vez me pesa más; prácticamente la llevo a rastras.

Cuando ya no puedo más, la apoyo en un banco y me dejo caer yo también sobre el respaldo, con la respiración acelerada.

Meto una mano en el bolsillo en busca de alguna moneda para llamar a casa. Pero mis dedos encuentran otra cosa: el dragón de papel. Lo saco: el número de la cola aún se lee bien.

Corro a la cabina telefónica más próxima. Últimamente las han quitado ya casi todas. Meto las monedas. Una, dos, tres. Siguen cayendo.

Marco el número y Morgan me responde al segundo tono.

Tengo la sensación de que esperaba mi llamada.

28

Morgan está sentado a mi lado, en la sala de espera de urgencias. No dice nada. Yo tampoco. Pienso en nuestro encuentro, en cómo se ha precipitado tras mi llamada y en su mirada preocupada hasta que se ha dado cuenta de que no me pasaba nada.

Hemos cargado a Naomi en el coche y la hemos llevado corriendo al hospital, confiándola a los atentos cuidados de los médicos.

Son las siete.

—¿Cómo te encuentras?

Tiene una mirada dulce.

Percibo el contacto de su brazo junto al mío. Irradia una energía reconfortante. Apoyo la frente entre las manos.

—No soy yo la que estoy mal.

—Se pondrá bien.

—¿Tú qué crees que le ha pasado?

Morgan tensa imperceptiblemente los músculos.

—No tengo ni idea. Parecía… —resopla, agitando las manos—, drogada, o algo parecido.

—Yo también lo he pensado. —Aprieto los puños y añado, susurrando—: Tito.

Él se recuesta en el respaldo de plástico de la silla.

—¿Quién es ese Tito?

Habitualmente prefiero no hablar de las cosas de mis amigas con otras personas, pero es una emergencia.

—Es uno con el que va hace poco.

—¿Alto, cola de caballo, ojos de chino?

—¿Lo conoces?

—No exactamente —responde, sacudiendo la cabeza.

—Pero no parece que te caiga muy bien.

—No. Sigue.

Lo miro.

—Has dicho que parecía drogada. Puede ser. Es posible que le hayan obligado a tomar algo. Y después… los cortes que tenía en la cara… Podría haber sido Tito.

—¿Cómo estaba estos últimos días?

—Contenta. Hemos ido juntas a comprar un par de zapatos.

—Entiendo. ¿Y después?

—No hay mucho más que decir, salvo que ese tipo a mí tampoco me gusta. No lo conozco, pero conozco a alguien que trata con el mismo grupo, y…

«Pero qué estoy diciendo», pienso, interrumpiendo mi disertación de pronto. Morgan va con Adam. Adam, que ha hecho circular el vídeo de Seline y que ha incendiado el despacho del director. Y hasta han ido juntos a la piscina.

—¿Por qué te has parado?

—Por nada. —Sacudo la cabeza—. Ya he acabado. No había más que decir.

—¿Naomi te ha dicho qué tipo de fiesta es ésa a la que iba a ir? ¿Dónde era? ¿En un local, o en otro sitio?

Me muerdo el labio antes de continuar:

—No, ni siquiera ella lo sabía. Era una fiesta sorpresa. Una fiesta exclusiva. Una de esas cosas que odio.

Lo miro.

—Ha sido él, ¿verdad? ¿Tú crees que ha pasado en la fiesta?

—Es probable. —Morgan asiente.

—Van dos —murmuro—. Primero Adam con Seline. Ahora Tito con Naomi.

—¿Dos qué?

—Nada, nada. Pero… si ha sido él quien la ha dejado en ese estado, te aseguro que lo pagará.

—¿Y cómo quieres hacérselo pagar?

En aquel preciso instante tengo la sensación de que Morgan sabe lo de la emboscada en el río. Pienso que Adam se lo habrá contado. Ese maldito gusano de Adam. Sin embargo no veo ni rastro de reproche en los ojos de Adam. Lo veo serio, preocupado, pálido. Nada más. Le aguanto la mirada todo lo que puedo, hasta que nos interrumpe la llegada del médico de guardia. Es un hombre alto y grande, con una espesa barba oscura y cara de primate. Parece confundido y cierra repetidamente los ojos, como para concederse unos segundos de reposo.

—¿Son ustedes quienes han traído a Naomi?

Morgan se pone en pie.

—Sí.

—¿Y han avisado a sus padres?

Yo permanezco en silencio.

—Nuestros padres están fuera de la ciudad; yo soy su hermano. Soy mayor de edad. —Miente con una rapidez que me deja sin palabras. Me señala—. Y Alma es mi novia y compañera de clase de mi hermana.

—Bueno. Naomi no llevaba documentos encima. ¿Cuántos años tiene? Si no es mayor de edad tendrá que firmar usted los documentos del ingreso.

Morgan se queda en silencio. No tiene la mínima idea de si Naomi es mayor de edad o no.

—Ha cumplido los dieciocho hace poco —intervengo yo. «Por suerte», pienso—. ¿Cómo está?

—Ni mal ni bien, y... tengo que admitir que he tenido dudas sobre si llamar o no a la policía. Dadas las circunstancias, quizá me sean más útiles ustedes. ¿Cómo la han encontrado?

Explico lo de la llamada de Naomi y cómo a continuación hemos ido a buscarla.

—¿A la Iglesia Vieja, dicen? ¿Y por casualidad no tienen idea de lo que hizo anoche su hermana? —le pregunta a Morgan.

—No sabemos nada —respondo yo por él.

—¿Tiene novio?

—No habla mucho del tema.

El doctor se me queda mirando.

—No —añado yo—. En este momento no.

—Y... perdonen la pregunta, pero su hermana, que sepan ustedes, ¿va con alguna de esas... bandas... o grupos extraños?

—¿Por qué nos hace todas estas preguntas, doctor?

—En primer lugar porque no puedo preguntárselo a ella, dado que está sedada y duerme profundamente. Y teniendo en cuenta lo que le han hecho...

—¿Qué le han hecho? —pregunta Morgan.

—Cuando la trajeron estaba en un profundo estado de confusión. Ha empezado a delirar y a pronunciar frases sin sentido en cuanto la hemos tendido en la camilla. Presenta una tasa de alcohol en sangre del 2,35 por ciento, no muy alta. Pero sobre todo tiene pequeños cortes y quemaduras por el cuerpo que no recuerda haberse hecho. Y extrañas muescas afeitadas en la cabeza y en la zona genital.

—¿Cómo? —exclamo, llevándome las manos a la boca.

—¿Qué tipo de cortes? ¿Son profundos?

—Diría que no. Parecen más bien minúsculas incisiones, muy pequeñas y profundas...

—¿Y las quemaduras?

—Circulares, extendidas por todo el cuerpo: cigarrillos.

Cierro los ojos, horrorizada.

—¿Quiere decir que le han apagado cigarrillos en la piel?

El médico asiente, con expresión grave.

Yo casi tengo miedo de hacer más preguntas:

—¿Y las muescas afeitadas?

—Son más bien burdas. En la nuca, bajo la oreja izquierda y en la zona púbica.

—¡No me lo puedo creer!

El médico se encoge de hombros cerrando los ojos, como si fuera a dormirse.

—A pesar de todo, en conjunto su hermana no corre ningún peligro. Se recuperará físicamente.

—¿Es posible que la hayan drogado?

—Si quiere mi opinión, señorita, estoy casi seguro. Tiene unos pequeños orificios de aguja en el tobillo derecho. En cualquier caso, estamos a la espera de recibir el resultado del examen toxicológico. Le diré que es su equilibrio psíquico el que me preocupa. No descartaría que, al despertarse de la sedación, pueda seguir bajo shock. Quizá sería conveniente que visitara a un experto.

—¿Necesita un psiquiatra?

Garabatea rápidamente algo en un papelito y se lo pasa a Morgan.

—Conozco a uno muy bueno en este tipo de cosas. Se llama Mahl, y tiene la consulta por la zona de la estación de tren.

Me quedo sin palabras. El doctor Mahl, especialista en traumas de adolescencia. Es el mismo psiquiatra al que me llevó Jenna tras el accidente.

Morgan lee la nota y se la mete en el bolsillo.

—Gracias, doctor.

—Si pasa bien el día y la noche, mañana podrá volver a casa. La encontrarán en la habitación número 7. Pero insisto... Para ayudarla, lo más importante es intentar entender qué le ha pasado y cómo le han hecho... esas heridas.

—¿Puedo verla ahora?

—No hasta que se despierte. Es mejor que vengan más tarde. Y... —El médico se rasca la cabeza, pensativo—, de manera extraoficial... ¿puedo hacerle una pregunta?

Morgan asiente.

—No quiero entrar en los hábitos íntimos de su hermana, pero... Es una niña, aunque sea mayor de edad, y... Hay otra cosa que me preocupa: ha mantenido repetidas relaciones sexuales, con diferentes hombres.

—¡No! ¡Naomi no! —exclamo.

Es absurdo. Naomi nunca ha sido así. Nunca ha buscado a los chicos sólo para llevárselos a la cama. Es más, siempre ha creído en el amor verdadero. El mismo que siempre le he dicho yo que no existe. Así que mucho menos aceptaría participar en... una orgía en toda regla.

—¿Quiere decir que ha sido violada? —pregunta Morgan.

—No, no hay ninguna señal de violencia sexual. Es posible que las relaciones se produjeran tras la administración de estupefacientes con efecto alucinógeno.

El médico mira el reloj, cansado.

—Si no tienen más preguntas, yo tengo que acabar mi turno.

—No. Está todo clarísimo. Gracias, doctor —responde Morgan por ambos.

Yo no puedo ni hablar. Los pensamientos viajan por mi cabeza tan rápido que no consigo aferrarlos para expresarlos. El corazón me late con fuerza y me cuesta respirar.

Nunca había necesitado el apoyo de los demás, pero ahora no puedo negar que me hace falta. Hay algo maligno a mi alrededor. Algo que no consigo comprender, pero que es como si me rodeara.

Me alegro de que Morgan esté aquí.

Y

Cuando llego a casa hace rato que es de día.

He tomado un taxi, pese a que Morgan se ofreciera a acompañarme. Necesitaba estar sola un rato. La casa está en silencio. En el mueble de la entrada, un mensaje de Jenna me avisa de que ha salido con Lina de compras. Sin duda cree que aún estoy en mi habitación durmiendo. No ha abierto la puerta, y no se ha dado cuenta de que he salido. Camino por el pasillo como una marioneta con los hilos cortados.

Me dirijo a mi habitación.

Un tímido sol asoma entre el gris de la masa compacta de nubes e ilumina, a través de los cristales aún marcados por la lluvia, las motas de polvo del aire. Flotan desordenadas, en un vórtice en el que por un momento querría perderme yo también para que me llevara bien lejos.

La cama aún está deshecha, tal como la he dejado al irme. Me parece como si hubiera pasado un día entero desde que sonó el teléfono. Y no han sido más que unas horas.

Por el suelo hay de todo: ropa, periódicos, un cepillo. Aparto un poco las cosas y vuelvo a meterlas en el armario. El cuaderno violeta ya no está bajo el montón de suéteres, zapatillas de deporte y viejos álbumes. Empiezo a sacarlo todo. El fondo del armario está limpio, no hay ni rastro del cuaderno.

—No... —murmuro—. Por favor... no.

Siento el pánico en mi interior, ascendiendo como el agua hacia el borde de un vaso. Miro alrededor y doy unos pasos atrás, hacia el escritorio. Aparto los libros del colegio, pero tampoco está ahí. Inspecciono cada ángulo de la moqueta de color gris ratón y estornudo cuando paso frente a la luz del sol. Me arrodillo para mirar debajo de la cama. Y por fin lo encuentro. El cuaderno está ahí, junto a un viejo conejo de peluche olvidado desde quién sabe cuándo. Lo recupero y me lo apoyo entre las rodillas. Casi me da miedo abrirlo. Por la curvatura de la tapa, entiendo que entre las páginas ha quedada atrapada una pluma.

Sudo frío, siento la sangre helada recorriéndome por las venas, mientras lentamente abro la tapa violeta.

Lo primero que veo es la estilográfica que he comprado en la papelería la tarde anterior. La que lleva el número 11.

La pluma sin precio.

Después veo las líneas, escritas con una caligrafía vacilante e inclinada.

La inauguración ha sido un éxito. Toda la Ciudad ha podido admirar su trabajo de años, la perfección de su proyecto: las montañas rusas más altas y vertiginosas que nadie ha creado. Giulian se recrea en el interior de su oficina prefabricada construida en el interior del parque de atracciones durante las obras, complacido al pensar en los honores recibidos…

—¡No! ¡No! —grito, lanzando lejos de mí el cuaderno y la pluma estilográfica.

La pesadilla ha vuelto a empezar.

29

Han pasado un día y una noche, largos y densos como la niebla de invierno. Ningún homicidio. Pero quizá sea pronto. Quizá sólo sea cuestión de tiempo. De nuevo noche. Y de nuevo día. El día en que dan el alta a Naomi.

Estoy aquí, frente al hospital, con Morgan.

—¿Te apetece un café mientras esperamos que nos dejen pasar? —me propone él.

Faltan diez minutos para la una, cuando empieza el horario de visitas.

—Sí, realmente me hace falta. Gracias.

Le he dicho que no quería que me acompañara a buscar a Naomi, pero él ha insistido y yo he cedido. En el fondo, puede seguir haciéndose pasar por su hermano. Y su presencia me da seguridad.

Caminamos uno junto al otro, por el pasillo que va de urgencias a la entrada principal del hospital. A cada paso temo encontrarme con Jenna, a quien no he contado nada de lo ocurrido. No sé si ya ha vuelto a casa. Sólo espero evitar las mil preguntas que me haría si me encontrara allí con un chico que no conoce.

Llegamos al bar sin incidentes.

En la barra hay pastas y bocadillos de todo tipo, pero sólo pedimos café. Parece que ninguno de los dos tiene apetito.

En la esquina hay un expositor con los periódicos. Sin pensarlo me acerco, como atraída por aquellos titulares en caracteres negros.

—¿Adónde vas?

—A ver el periódico.

—Déjalo —intenta disuadirme Morgan—. No cuentan más que desgracias e historias de gente que se mata.

Y gente a la que matan, exacto. Con el estómago en un puño, pienso en las pocas frases que he escrito en ese maldito cuaderno y dejo de oír la voz de Morgan.

Cojo un ejemplar del periódico local.

Miro la fotografía en primera página, esperando equivocarme. Sin embargo ahí está: es el viejo parque de atracciones. Con aquellas malditas montañas rusas. Y un titular que me hiela la sangre: ÚLTIMA CARRERA MORTAL PARA UN JOVEN INGENIERO.

Ya sé cómo se llama. Lo he escrito: Giulian.

Me tiemblan las manos. Abro el periódico. En la tercera página también hay una foto que no deja lugar a dudas: el cuerpo de un hombre con una soga al cuello cuelga de la curva más alta del bucle de la muerte, como el péndulo de un reloj gigantesco.

Es horrible. Aún más horrible que el primer homicidio. Y tiene algo de surrealista.

Morgan se queda mirando el periódico por encima de mi hombro.

—Pero ¿cómo lo ha hecho? —pregunta.

—¿El qué?

—¡Esa curva es prácticamente inaccesible! ¿Cómo ha conseguido colgarse de ahí arriba?

También el publicista crucificado apareció colgado en alto. Y también en aquel caso se preguntaron cómo había sido posible. Macabras analogías fruto de una mente enferma, que cree en el terror para difundir el caos.

—No se ha colgado.

—Está ahí escrito: «Quedan por descubrir las razones del suicidio…».

Morgan lee conmigo lo sucedido. Curiosamente, parece tener una teoría propia sobre la dinámica de aquella muerte. Mientras tanto, nuestros cafés se enfrían en la barra.

Por lo que dice el artículo, la policía baraja la hipótesis del suicidio porque, tras un primer examen, no se han encontrado muestras de violencia en el cuerpo. La esposa del joven ingeniero, desesperada y a la espera de su segundo hijo, habla de su marido como un hombre alegre y feliz, sin ningún motivo para suicidarse.

«No tiene sentido —pienso— que se haya quitado la vida un hombre que espera un hijo, y menos aún la noche de un importante éxito profesional. Algo no cuadra. Quizá tiene razón Morgan. O quizá sea otro terrible homicidio que he soñado y descrito.»

—Pareces preocupada.

Cierro el periódico, intentando disimular la tensión.

—Primero el publicista; ahora este ingeniero. En la Ciudad hay alguien que no quiere que tengamos un parque de atracciones nuevo.

—No resulta tan sorprendente. Quién sabe los intereses que hay detrás de todo esto. Política, comisiones, dinero sucio… —dice, pero no me parece realmente convencido.

Y mi cuaderno violeta, entonces, ¿qué tiene que ver?

—No lo sé… —murmuro—. Pero es como si…

¿Qué más puedo decirle? ¿Que he «sentido» los dos homicidios y que de algún modo que no me explico, de noche, como una sonámbula, los he descrito en un cuaderno violeta adquirido en una papelería del centro? ¿Que el cuaderno me lo ha vendido un hombre-ángel y que, desde que lo tengo, es como si hubiera entrado en contacto con un diabólico asesino?

¿Que alguien está torturando a mis amigas?

¿Y que todo esto puede acabar volviéndome loca, o que quizá ya lo esté?

¿Qué más puedo decirle?

—Total, nunca sabremos cómo han ido las cosas realmente —exclamo—. Es un caos.

—Sí, es un caos total —comenta Morgan, pensativo. Después, de pronto, se espabila—: Vamos. Se está haciendo tarde.

Deja dos monedas sobre la barra y se dirige hacia el pasillo.

Ahora él también parece muy tenso.

Ni siquiera hemos tocado los cafés.

Y

Las puertas de las habitaciones del hospital dan todas al pasillo, y las ventanas, en el lado contrario, dan a un enorme aparcamiento. Nos cruzamos con un par de figuras temblorosas que se arrastran agarradas a los postes con ruedas con bolsas de suero colgando, o bolsas transparentes de drenaje llenas de un asqueroso líquido rojo. Yo nunca me expondría de ese modo a los ojos de todos; antes me tiraría por una de las ventanas. Todos estos pobres diablos podrían salir de su habitación y lanzarse al vacío: sería un camino hacia la muerte más digno para unos cuerpos sin esperanza.

Morgan ahora camina a mi lado. No ha vuelto a hablar después de leer el artículo sobre el ahorcado de la montaña rusa y tengo la impresión de que no tiene intención de hacerlo. Mejor, porque yo también me he quedado sin palabras. Ahora lo siento distante, perdido en un mundo lejano y sólo suyo, en el que no hay sitio para mí. Es curioso cómo alterna momentos de dulzura infinita, llenos de miradas y palabras compartidas, con otros de irremediable lejanía, en los que da la impresión de que un simple contacto quemaría como el fuego.

Llegamos a la habitación número 7. Morgan me la indica y se detiene: ha decidido esperar fuera.

—No tengas prisa —dice—. Yo te espero aquí.

Entro.

Naomi está sentada en la cama, completamente vestida y con el bolso en la mano. Está pálida como un cadáver y tiene la mirada perdida de un perrillo abandonado.

Improviso una sonrisa.

—¡Hey! ¿Cómo te encuentras?

—No sabría decirte… Alma, lo siento, yo…

—No digas nada. Ahora no. Dime sólo cómo estás.

Ella deposita el bolso sobre las sábanas.

—Es como si no fuera yo la que se mueve, la que habla, sino otra persona. Como si me viera desde fuera.

Es la misma sensación que advierto yo después de escribir.

—Has sufrido un fuerte shock —digo yo, a unos pasos de la cama—. Necesitas descansar.

Naomi no replica, pero mira alrededor, en busca de algo. Quizás un punto de apoyo para empezar a salir del abismo en el que ha caído. No obstante da la impresión de que no consigue ver ni ese punto ni ningún otro.

—He traído base de maquillaje y unas tijeras —le digo—. Ven aquí.

Vamos al baño. Ella evita mirarse al espejo. Se sienta en un taburete y se deja maquillar, con los ojos cerrados e inmóviles.

Le paso los dedos por las mejillas. Sobre la piel aparecen constelaciones de purpurina. Mis gestos son rápidos, como los de una maquilladora experta. Por suerte los cortes en la cara no son profundos y sólo le han dejado pequeñas señales que oculto bajo la capa de maquillaje. En el cuello, en cambio, tiene dos grandes quemaduras que recuerdan las manchas de una enfermedad infecciosa.

—Ponte esto —le indico, dándole una bufanda de algodón fucsia.

Naomi se la coloca alrededor del cuello, indiferente, como si realmente su cuerpo no fuera suyo.

Después empuño las tijeras y empiezo a arreglarle el pelo. Intento igualarlo como puedo. En algunos puntos aflora su cuero cabelludo, de un blanco desolador. Naomi sigue con los ojos cerrados, dejándome hacer.

—¿Aún no recuerdas nada? —le pregunto, mientras sigo cortando.

—No. En mi cabeza hay un vacío absoluto.

—¿Qué es lo último que recuerdas?

—Entramos en un bar, por la zona del río. Tampoco sabría decirte cómo se llamaba. El tiempo de bajar del coche de Tito y cruzar la calle.

—¿Y luego?

Naomi abre los ojos.

—Luego te llamé por teléfono.

—No es normal, lo sabes, ¿no?

—Lo sé. Si mis padres se enteraran… me matarían.

—No le hemos dicho nada a nadie. Tu madre cree que te has quedado a dormir en mi casa.

—Gracias.

—Así que procura que no te vean estas marcas en el cuello, o si no también me meterás en líos a mí.

—Gracias, Alma.

—Eso no es todo. Mañana llamaremos a un médico.

—¿Un médico? ¿Para qué? Yo… ahora… me encuentro bien.

Acabo de arreglarle el pelo. Podría estar recién salida de uno de esos *fashion centers* a la última moda. Y eso es exactamente lo que contará en casa: *Fashion*. No sórdido horror metropolitano.

—Se llama doctor Mahl. Es uno que conozco.

—No será un loquero, ¿no? —Asiento—. No, Alma, por favor…

Está demasiado débil como para replicar. Le cojo la muñeca con fuerza y le obligo a permanecer sentada.

—Sólo quiero estar segura de que no corres peligro, Naomi. El médico que te reconoció anoche nos ha recomendado que te llevemos a verlo, y eso haremos.

—¿Haremos? ¿Quién más lo sabe?

—Sólo Morgan. Fue él quien nos acompañó a urgencias.

Ella sacude la cabeza, desconsolada.

—Me encuentro bien, Alma. Me han… No lo sé, quizá bebiera demasiado… Dicen que puede pasar, si bebes demasiado. Nada más. Sólo he olvidado las últimas horas de la noche.

—Naomi, el médico ayer me dijo que te encontró pinchazos de aguja en el tobillo derecho. Teme que te hayan drogado.

Naomi me mira con unos ojos como platos, desorientada:

—¿Tú crees que Tito puede haberme hecho algo tan horrible?

—Si tanto cariño te tiene, ¿dónde está ahora? ¿Por qué no es él el que está contigo, para cubrirte ante tus padres y llevarte a casa? —Naomi no dice nada—. ¿Dónde se ha metido tu príncipe azul?

—Alma, yo…

Intenta volver a ponerse en pie, y yo se lo impido.

—Ahora haz lo que te digo, Naomi. Sal de aquí conmigo y con Morgan, y vuelve enseguida a casa. No llames a Tito por ningún motivo. Y si es él quien te busca, me lo dices. ¿Lo has entendido? —Silencio—. Me lo dices enseguida —insisto—. Esconde esas quemaduras que tienes en el cuello a tus padres y mañana te pido una cita con el doctor Mahl.

—No quiero ir a un loquero.

—Yo fui. Tras el accidente. Fui al mismo loquero. Intenté negarme, pero Jenna insistió. Y me fue bien. —Naomi asiente—. Sólo un par de veces, nada más. Es un tío legal. Él te puede ayudar a recordar.

—¿Y si yo no quisiera recordar?

Me mira con unos ojos irreconocibles. El lugar de la chica valiente y decidida que yo conocía lo ocupa ahora su copia descolorida.

—Naomi, escúchame bien: es absolutamente normal que ahora no quieras recordar. No pasa nada. Pero… con calma, con toda la calma del mundo, descubriremos quién te ha hecho esto. Y cuando lo descubramos…

—¿Haremos lo que hemos hecho con Adam? —susurra, chafando con los pies sus cabellos cortados.

—Si hace falta, sí —le respondo—. Tú también tendrás justicia.

—¿Y de qué me sirve la justicia? Seline ha dejado de comer desde que se ha hecho justicia.

—Tú no eres Seline.

Naomi se coge la cabeza con las manos. Yo amontono los cabellos cortados junto a la papelera y me detengo ante el espejo.

—Quiero irme a casa —dice con voz débil.

—Sólo si me prometes que irás a ver al médico.

—Está bien —concede—. Iré.

—Y que me llamarás si Tito vuelve a aparecer.

30

Naomi vive en el séptimo piso de un edificio anónimo cerca de la estación de tren. El barrio es de construcción reciente. Los edificios son modernos paralelepípedos, todos igual de altos y pintados de un amarillo pálido, separados por callejones flanqueados por arbolillos con la copa redonda. Aquí el carril bici de la ciudad se divide y rodea los diferentes edificios, pero aun así sigue estando desierto.

Por suerte la llegada a casa presenta menos problemas de los previstos. Sólo están su hermana y su madre, que sale enseguida a nuestro encuentro. La mujer tiene cara de preocupación; algunas arrugas alrededor de los ojos revelan las pocas horas de sueño de la noche anterior y anuncian la inevitable regañina.

Marti, la hermana, espera paciente junto a la madre, lista para intervenir en ayuda de Naomi.

Buena cosa, la solidaridad fraternal.

La mujer avanza, menuda, con la mirada fija. Lleva el cabello corto, como Naomi, de la que parece una versión abreviada. Marti, en cambio, es muy diferente: tiene una larga melena castaña y lacia, y unos ojos de color avellana vivos como los de un cervatillo.

—¿Se puede saber dónde has estado? —pregunta, alterada.

Naomi permanece en silencio. Sé que no podría responder ni aunque quisiera, así que lo hago yo por ella.

—Hemos ido a una fiesta y se nos hizo tarde, así que Naomi se quedó a dormir en mi casa.

—¿Y tú por qué no dices nada? —insiste la madre—. ¿Se te ha comido la lengua el gato?

Ella sigue sin hablar. Espero que consiga mantenerse en su papel.

—¡Por Dios, Naomi! Podías llamar y avisarnos. No es modo de comportarse.

—Lo sentimos mucho. No sucederá más. ¿Verdad, Naomi?

Ella consigue emitir un débil «sí».

La madre la mira con expresión inquieta.

—Bueno, por ahora vamos a dejarlo. Ya hablarás con tu padre esta noche. Vete a tu habitación, a meditar sobre tu comportamiento.

Justo lo que le faltaba.

La mujer nos da la espalda y se dirige a la cocina. Marti se queda un instante con nosotras.

—Ya la calmo yo, tranquila —le dice a Naomi.

A continuación la acompaño a su habitación y me aseguro de que todo vaya bien.

Naomi mira a su alrededor, como si viera las paredes con los pósteres, los muebles y sus CD dispuestos en una columna de madera y metal por primera vez.

—Me siento como si me acabara de atropellar un camión —le oigo decir.

Le acaricio los cabellos ralos. Es increíble que su madre no se haya dado cuenta de nada. Jenna me habría sometido a un minucioso examen radiográfico.

—Ahora métete en la cama e intenta descansar.

Bajo ligeramente la persiana y le ayudo a quitarse la chaqueta.

—Ya puedes irte, Alma. Ya me las arreglo —dice Naomi.

—¿Estás segura?

Asiente. Me resulta muy raro verla tan frágil e indefensa. Ella que es un león.

—Entonces me voy. Te llamaré pronto.

Salgo de la habitación con un nudo en el estómago y una única idea en mente: los cabrones que le han hecho eso tienen que pagarlo.

Al salir saludo a su madre, que está ocupada limpiando el polvo de un mueble y me responde con un gruñido. Supongo que me considerará responsable de lo ocurrido. Si ella supiera…

Marti me sale al paso junto a la puerta:

—Naomi está rara... ¿Va todo bien? —me pregunta.

Parece preocupada. No creo que haya visto volver nunca a su hermana de una fiesta en estas condiciones.

—Eso espero —digo yo.

No tengo más respuestas, pero las tendré muy pronto.

Salgo de esa casa todo lo rápidamente que puedo. Hasta que no estoy fuera no se me ocurre que podría haberle pedido a Marti algún detalle sobre lo que vio en la piscina, con Morgan y Adam juntos. Pero no tengo valor de volver a entrar.

—¿Cómo ha ido? —me pregunta Morgan, en cuanto salgo del portal.

—Diría que bien. Sólo estaba la madre, enfadada porque no le avisamos anoche, pero... todo normal.

—¿Y las heridas?

—Estaba demasiado ocupada regañándola para darse cuenta.

—¿Ni siquiera se ha dado cuenta del pelo?

—No.

—Mejor así. Debe de estar muy mal, pobrecilla.

—Ya —respondo, cortante.

—En el coche no ha abierto la boca.

—Es porque estabas tú. Por una parte te está muy agradecida por tu ayuda, pero por otra le da vergüenza.

—Lo entiendo, pero yo no diré ni una palabra a nadie.

—¿Ni siquiera a Adam?

No sé por qué se lo he dicho; las palabras me han salido de la boca sin que pudiera controlarlas.

—¿Por qué me preguntas por Adam?

—Me parece que sois amigos.

—Sólo es un conocido.

No sigo indagando, ni él me da más explicaciones.

Caminamos con las manos en los bolsillos, hombro con hombro, hasta el coche.

He protegido a Naomi de la mirada escrutadora de su madre. Sus padres no saben ni deben saber nada de lo que le ha ocurrido realmente. Su padre es un belicoso abogado que habría puesto la Ciudad del revés con acciones legales contra cualquier amigo de su hija. Incluida yo, ya puestos. La madre, típica ama de casa insatisfecha, estaría pegada a los talones de la hija hasta volverla loca. Se montaría un enorme jaleo que podría llegar a hacernos perder de vista cuáles son los puntos en los que hay que ahondar en todo este asunto: Tito, o los amigos de Tito, o cualquier otra cosa que haya sucedido en esa fiesta, o tras la fiesta.

Veo caras que me pasan frente a los ojos, como señales.

Estoy agotada.

—¿Puedo acompañarte a casa? —me pregunta Morgan.

Acepto sin dudarlo.

Por primera vez desde que ha empezado esta desagradable historia, consigo estar lo suficientemente lúcida como para observar el coche de Morgan. Es pequeño y deportivo, de líneas ahusadas y agresivas.

—¿Es negro o azul? —pregunto.

—Azul oscuro, como la noche.

—Como la oscuridad.

—Sí, como la oscuridad.

Cuando llegamos frente a mi casa, Morgan baja del coche y viene a abrirme la puerta. Es la primera vez que alguien tiene un gesto así conmigo. Pero estoy demasiado nerviosa para disfrutarlo.

—¿Te encuentras bien? —me pregunta.

—Sí, ¿por qué?

—No has hablado en todo el viaje.

—¿De verdad? No me he dado cuenta.

—Estás pensando mucho.

—No puedo evitarlo. No consigo desconectar el cerebro —respondo, dándome una palmada en la cabeza.

—Todo volverá a la normalidad, no te preocupes.

Esbozo una sonrisa. No sé por qué, pero tengo la sensación de que él entiende perfectamente lo que siento. Echo una mirada a la triste fachada de cemento de mi edificio.

—Ahora es mejor que me vaya... Gracias por todo.

Morgan se me acerca. Yo permanezco inmóvil.

Me mira fijo a los ojos, como si estuviera buscando en mí una confirmación a algo que le pasa por la cabeza.

Acerca su rostro al mío. Más de lo que lo ha hecho nunca.

Me quedo petrificada.

Luego levanta una mano y, con una dulzura infinita, sin dejar de mirarme, recorre con la punta de sus dedos fríos un lado de mi frente, por la sien, deslizándola lentamente por la mejilla y bajándola hasta la barbilla. Me estremezco.

—Descansa. Pareces muy cansada.

Observo el movimiento de sus labios mientras habla. Su boca me hipnotiza. Siento el contacto de sus dedos, pero no me molesta. Consigo soportarlo. Es más, deseo que continúe.

—Gracias de nuevo —digo, antes de girarme y encaminarme al vestíbulo.

Llamo al ascensor, luego me doy la vuelta.

A través del cristal del portal lo veo subirse al coche, lanzarme un último saludo con la mano y desaparecer de mi campo visual.

Lo siento cada vez más próximo. Y cada vez más misterioso.

31

Naomi está estirada sobre la camilla de tela verde. Tiene los ojos cerrados. Parece que esté durmiendo. El doctor Mahl, un metro y setenta centímetros de altura, de los que al menos diez pertenecen a su masa de cabellos rubios y rizados, está sentado en una silla a su lado. Mueve sus dedos largos y finos en el aire, acompañando su voz. Habla con un tono sosegado y monótono, como si estuviera recitando algún tipo de mantra. Su técnica funciona, porque los párpados de Naomi empiezan a vibrar, como sacudidos por descargas eléctricas.

Yo estoy sentada en una silla, apartada. En teoría no debería siquiera encontrarme en la sala, pero después de explicarle al doctor Mahl las circunstancias que nos han llevado a su consulta, sin revelar mis sospechas sobre Tito y su fiesta, me ha permitido asistir con la condición de que permanezca en el silencio más absoluto. Dice que es importante que durante el tratamiento Naomi tenga una persona de referencia que le dé confianza, y que esa persona puedo ser yo. Debo permanecer inmóvil, sin abrir la boca. No me resulta difícil. Es más, arrullada por el ritmo de sus palabras, tengo que hacer un esfuerzo por no dormirme yo también.

—Naomi, te estoy cogiendo la mano. ¿Lo sientes? —dice el doctor Mahl.

Ella asiente y emite un murmullo.

—Estamos yendo a algún lugar. ¿Dónde me estás llevando?

—Vamos a la fffiesta…

—¿La fiesta de quién?

—Ha… hay un baaar.

—¿Y tú con quién estás?

—Con Tito.

—¿Y quién es Tito?

—Un ammmigo míiio.

—¿Es sólo un amigo?

Naomi sacude la cabeza.

—¿Es tu nuevo novio?

Ella sacude la cabeza con más fuerza.

—Está bien. Venga, vamos. Entremos primero en el bar.

Naomi se estremece.

—Hace frío esta noche, ¿verdad? —Ella asiente, sin dejar de temblar—. Ponte mi chaqueta. Estarás mejor.

Naomi se relaja y el temblor desaparece.

—Ahora dejamos el bar... ¿Dónde vamos?

—A la fiestaaa.

—Hemos llegado a la fiesta. ¿Te gusta?

Naomi asiente.

—¿Quieres beber algo?

—Ti... to.

—¿Tito te trae una copa?

Naomi asiente.

—¿Qué te trae?

—Giiin tooo... nic.

—¿Cuántos te trae?

Naomi abre la palma de la mano hacia delante.

—Cinco gin tonic... ¿Te los bebes todos?

Naomi sacude la cabeza.

—¿Cuántos te bebes?

Levanta dos dedos de la mano.

«Bien —pienso—. No es tan inconsciente.»

—¿Están buenos? —prosigue el doctor. Naomi asiente—. ¿Te da vueltas la cabeza?

Se queda seria. Luego empieza a agitarse.

—¡No! ¡No! ¡No! —grita repetidamente. Luego vuelve a temblar.

—¿Tienes frío otra vez?

—¡No! ¡La aguja no!

—¿Alguien tiene una jeringa?

Asiente.

—¡Mi rooopa!

—¿Qué le pasa a tu ropa?

—¡La rooopa!

—¿Alguien te quita la ropa?

—Uhhhhm.

—¿Quién es, Naomi?

—Ahhhh.

Yo asisto a la escena, petrificada.

—¿Quiénes son?

—Ti... to...

—¿Está solo?

Ella sacude la cabeza.

—¿Cuántos son?

Abre la palma de la mano.

—Cinco.

Naomi da un respingo, como para evitar un golpe.

—¿Qué hacen?

Naomi esquiva un segundo golpe.

—¿Tienen un arma?

No se mueve.

—¿Una pistola?

Sacude la cabeza.

—¿Un cuchillo?

Sacude la cabeza con más fuerza. Luego se encoge. De pronto suelta la mano del doctor y levanta ambos dedos índice formando una cruz.

—¿Es un crucifijo?

Naomi asiente.

—¿Te han herido con un crucifijo?

Asiente de nuevo, retorciéndose como un pez en la red.

¿Qué tiene que ver el crucifijo?

El doctor Mahl vuelve a cogerle la mano.

—¡Uhhhh!

—¿Qué te están haciendo?

—¡Queeeema!

—¿Cigarrillos? ¿Te queman, Naomi?

Naomi grita. Y luego empieza a llorar.

Yo la veo retorcerse en la camilla y comprendo que está volviendo a sentir exactamente el mismo dolor de aquella noche. Me pongo en pie para poner fin a todo aquello.

El doctor Mahl me ve por el rabillo del ojo y con la mano que tiene libre me hace un gesto para que me detenga. La otra no suelta a Naomi en ningún momento.

Ahora le acaricia la frente sudada.

—¿Sientes manos que te tocan?

Naomi asiente.

Yo siento un escalofrío.

—¿Alguien… abusa… de ti?

El cuerpo de Naomi vibra como una vela agitada por el viento. Tiene las piernas y los brazos abiertos. No suelta ni un momento la mano del doctor.

Yo sufro, en silencio.

Después, lentamente, Naomi se hace un ovillo sobre la camilla. Como un niño que aún no ha nacido. Que espera renacer. Es la misma posición en la que la encontré frente a la iglesia. Hecha un ovillo.

El doctor Mahl le acaricia la frente.

—Ya no quema, Naomi. ¿Lo notas? ¿Te das cuenta? Ha acabado, todo ha acabado.

Ella, poco a poco, parece calmarse. Después el doctor le dice algo. Vuelve a recitar su mantra. Es curioso… ahora tiene algo de religioso más que de científico.

Intenta ahuyentar algo, alejarlo.

—Por fin es de día, y tienes que despertarte —dice él, con tono suave.

Naomi, lentamente, abre los ojos bañados en lágrimas.

—¿Dónde estoy?

—Estás en mi consulta, querida.

Mahl le sonríe.

—Tengo que ir al baño.

—Muy bien. Sal al pasillo y es la primera puerta a la derecha.

Cuando Naomi sale, el doctor me invita a acercarme.

—¿Qué le parece?

—Diría que ha ido bien. Con el tiempo recordará.

—¿Está seguro?

—Lo único seguro es la muerte, querida. Pero tengo confianza. No obstante, hay otra cosa de la que querría hablarte —me dice en tono grave.

Yo le escucho en silencio.

—Temo que tu amiga haya sido víctima de una secta satánica. El crucifijo, las torturas, la droga, la violencia de grupo... Son señales importantes, pero no decisivas. De descerebrados está lleno el mundo. Pero por ahora no debes decirle nada a nadie. Y especialmente a ella. Sería muy perjudicial para su equilibrio.

Equilibrio, equilibrio... ¡Es tan difícil de mantener!

—¿Una secta satánica?

El doctor asiente.

—Desgraciadamente es un fenómeno que va en aumento. Sobre todo entre los jóvenes.

Pienso en los homicidios que describo. En la brutal ritualidad con que han sido asesinadas esas pobres víctimas.

—Hay una cosa que querría preguntarle.

—Dime.

—¿Usted cree que es posible soñar algo que luego pase en la realidad?

—Desde luego. Puede pasar. Se llaman sueños premonitorios.

—¿Cómo se explican?

—Hay quien habla de una especie de telepatía.

—¿Telepatía?

—Sí, una conexión entre mentes humanas. A veces todo se desencadena a partir de una circunstancia traumática, por ejemplo un accidente.

—¿Un accidente?

—Exacto. Como el que tú tuviste —me dice, con una mirada curiosa. Yo no muevo ni un músculo del rostro. En las sesiones que tuve con él aprendí a no mostrar nada. Al final parece rendirse—. Si te interesa el tema puedo prestarte un libro que expone una teoría muy interesante al respecto. No soy un experto en la materia, pero es un texto en el que he encontrado ideas dignas de consideración.

—Está bien, gracias.

—¿Es para un trabajo de investigación del colegio?

—Sí, exactamente —miento.

El doctor Mahl se levanta y saca de la estantería a sus espaldas un volumen marrón con el título impreso en dorado: *Soñar es sobrevivir*.

Me lo tiende.

—Aquí encontrarás lo que necesitas saber.

Meto el libro en la mochila para que Naomi no lo vea.

Ella vuelve a entrar en ese preciso instante.

El doctor le ofrece un vaso de agua que ella se bebe con avidez. Después fija la próxima visita y se despide de nosotras.

—¿Qué ha pasado? ¿Qué he dicho? —me pregunta Naomi una vez fuera.

—Todo va bien, Naomi. Todo va bien —la tranquilizo. Estoy mintiendo, otra vez.

Tengo un miedo tremendo. Y no dejo de pensar ni un momento en el libro que llevo en la mochila.

32

Acompaño a Naomi de vuelta a casa. Es mejor que no vaya sola por ahí.

Cuando salgo del edificio amarillo, me encuentro a Morgan junto al portal. No me sorprende mucho: le había hablado de la sesión con el doctor Mahl y me imaginaba que luego volvería aquí. Me alegro de verlo. Como siempre, va vestido de oscuro y, como siempre, desprende un encanto misterioso. Pero no lo admitiría ni aunque me mataran.

—Hola —me dice.

—Hola. No esperaba verte. —No sé siquiera por qué miento.

—¿De verdad?

Nos miramos, cómplices.

—¿Cómo está Naomi?

—No sabría decirte. No parece siquiera la de antes.

—¿Ha ido bien la sesión con el psiquiatra?

—Creo que sí. La ha hipnotizado y le ha hecho algunas preguntas.

—¿Y...?

Le insinúo lo de la droga y que las sospechas del médico del hospital han resultado estar fundadas. No entro en detalles sobre lo que hemos averiguado, no hablo de la violencia de grupo que ha revivido Naomi. El dolor es suyo.

—¿Qué piensas hacer?

—No pienso hacer nada. Tengo que reflexionar. —Morgan no hace comentarios—. Está claro que Naomi tiene que denunciar la agresión.

—Pero primero tiene que recordarla con todo detalle.

—El doctor Mahl está convencido de que lo conseguirá. Y una vez haya recordado todo, nombres, circunstancias, lugares, la convenceré de que vaya a la policía. Tito tiene que pagar por esto.

Morgan asiente sin convicción.

—A la policía… —murmura. No parece tener mucha confianza en la autoridad. ¿Otro anárquico, como Agatha?

De pronto me pone las manos sobre los hombros y me detiene. Me agarra con decisión, casi con dureza.

—Mantente alejada de esa gente, Alma. ¿Me lo prometes?

Me libero de sus manos, que acaban colgando a sus costados.

—Sé cuidar de mí misma, no te preocupes.

—Pero si tienes necesidad de hablar con alguien…

—No. Ninguna necesidad.

Por una parte su interés me halaga; por otra advierto una curiosidad que va más allá del caso de Naomi. Algo que me hace estar incómoda. Es como si tuviera que proteger mis secretos de él: el cuaderno, los homicidios que relato, el terror que me asalta cuando releo las palabras que no recuerdo haber escrito.

Quizá yo también tendría que volver al loquero. Pero no me fío lo suficiente de él. No me fío lo suficiente de nadie. Prefiero contar sólo con mis fuerzas para descubrir las conexiones entre estos hechos horribles; conexiones que sólo yo creo ver. Porque tengo la impresión de ser yo la conexión. Debo descubrir qué está pasando, cuál es mi papel en todo esto. No puedo seguir siendo una simple marioneta de las circunstancias.

Un dolor agudo me atraviesa la cabeza.

En cuanto llego a casa me deslizo en silencio hasta mi habitación y me encierro en ella. Cojo la mochila y saco el volumen marrón que me ha dado el doctor.

Con la mano derecha acaricio la cubierta y con el índice resigo el perfil de las letras doradas que componen el título. *Soñar es sobrevivir*: ¿Qué querrá decir?

Lo abro y empiezo a leer.

... Soñar es como respirar, dormir y comer. Es una acción que todo ser humano desarrolla desde el nacimiento, sin necesidad de que nadie se lo enseñe. Si no respiramos, no comemos o no dormimos, nos jugamos la vida. ¿Y si no soñamos?

Ilustres estudiosos han intentado dar una respuesta al problema, pero hasta ahora nadie ha comprendido cómo regular los sueños, controlarlos. Podemos decidir cómo y cuándo llevar a cabo cada una de las acciones vitales antes mencionadas, pero no podemos decidir si soñar o no, ni mucho menos qué soñar. El sueño está relacionado con el subconsciente, la parte más profunda y menos controlable de nosotros mismos.

Pienso que, si pudiera controlar los sueños, mi vida estaría resuelta. Sigo leyendo, saltándome algunas partes.

... ¿De qué modo, pues, afectan a la vida de los seres humanos? Veamos el caso de los animales, que es un útil ejemplo para explicar lo fundamentales que son los sueños para la supervivencia.

... Muchas especies animales son capaces de prever, incluso con días de antelación, grandes cataclismos naturales que podrían poner en peligro la supervivencia. En estos casos es su instinto el que los pone en contacto directo con el mundo geofísico en que viven. Y el que les hace advertir el peligro, porque de él dependen su vida y su muerte.

En el caso de los seres humanos, en cambio, se podría plantear la hipótesis de que el origen de las señales de alarma necesarias para la propia supervivencia no sea el vínculo con la naturaleza, que las sociedades civilizadas condicionan y gobiernan ya a placer, sino el vínculo con sus iguales. Porque son las acciones de cada individuo particular las que condicionan el bienestar de los demás. En este sentido, es posible explicar en parte la telepatía, la conexión de pensamiento entre seres humanos. Se entra en contacto con un objetivo común: pasarse información útil para la supervivencia.

«Interesante», pienso. Hojeo las páginas siguientes y me detengo en el capítulo titulado: «¿Qué son los sueños premonitorios?».

... Los sueños premonitorios constituyen otro instrumento por el que el ser humano es avisado de un peligro o de un evento positivo capaz de afectar a su existencia. Se sueña con familiares, conocidos, personas vivas o muertas con cuya mente se entra en contacto a nivel subconsciente.

¡Es exactamente eso! Visualizo un peligro. Pero ¿qué tiene que ver conmigo? ¿Por qué yo?

... El sueño, a diferencia del pensamiento, no requiere estar despierto. No se piensa cuando se duerme, pero está comprobado que se sueña incluso en estado de coma. Así pues, ¿de dónde nace el sueño? Nadie ha sabido aún dar respuesta a esta pregunta. Sólo se pueden plantear hipótesis sobre lo que es el sueño premonitorio: la capacidad de la actividad mental onírica de captar de un modo más o menos difuso eventos de un futuro próximo que nos conciernen.

—¿Alma? ¡La cena está lista! —me llama Jenna.

Cierro el libro con mil pensamientos en la cabeza. Ahora sé que los sueños premonitorios existen, que alguien está estudiando el fenómeno de la conexión entre mentes. Pero ¿por qué yo sueño y escribo sobre homicidios en los que no estoy directamente implicada? ¿Y con quién está conectado mi subconsciente, o mi mente?

33

Son las seis. Aún es pronto, pero sería el tercer día seguido en que Halle renuncia a su carrera matutina. Desde que la han nombrado responsable de la revista, nunca le parece que el día tenga suficientes horas. Así que se levanta y, aún adormilada, se pone los pantalones cortos. Echa una mirada por la ventana de su lujoso apartamento en el trigésimo cuarto piso de uno de los rascacielos más bonitos de la Ciudad, totalmente cubierto de ventanales de espejo, con vistas al Parque Norte. Una densa niebla lo envuelve todo a sus pies. Por encima, el cielo aún está oscuro.

Coge un par de guantes, unos auriculares y el reproductor Mp3, se calza las zapatillas deportivas y sale.

La entrada del parque está a una manzana del edificio. Halle corre a ritmo sostenido: debe recuperar la forma física. A su alrededor sólo hay un muro de niebla por el que asoma algún árbol esquelético. A cada paso recuerda los paisajes exóticos de su último viaje con él. Después, a su regreso, la ruptura, la soledad, el silencio y por fin su ascenso, el éxito que le ha salvado la vida. Halle corre y piensa en el pasado y en el presente. Del futuro ya no se preocupa. Nunca más. Mira recto hacia delante, concentra toda su energía en el esfuerzo físico. Escucha una de sus canciones preferidas y aumenta el ritmo de la zancada. Se siente fuerte y ganadora. Dentro de poco tendría que aparecer el lago artificial que ocupa el centro del parque. Las luces de las farolas reflejan extrañas figuras que se alargan en la niebla húmeda y penetrante; formas vagamente inquietantes que parecen querer atraparla. Entre una zancada y otra, siente en la espalda su-

dada un escalofrío que se le queda pegado al cuerpo como una larga serpiente helada.

Después, de pronto, se encuentra en el suelo. No puede respirar. Parece que el corazón le va a estallar en el pecho. Y tiene una rodilla pelada. Más que otra cosa, está asustada. Se gira hacia atrás para ver qué es lo que puede haberla hecho tropezar. Ve una gran raíz justo en medio del camino que estaba siguiendo. Debe de habérsele caído a uno de los jardineros que cuidan el parque. Y ella, totalmente absorta en sus pensamientos, ni la ha visto. Sonríe, mofándose de sus miedos, y se pone en pie. Siente un dolor sordo y palpitante en la rodilla. La rozadura está punteada de minúsculas gotitas rojas. Nada grave, pero tendrá que volver a casa para curársela. Siente la niebla húmeda sobre la piel. La música le penetra cada vez más en los oídos. El aliento le sale de la boca como el vapor ácido de una chimenea. Halle se pone en pie, intentando cargar el peso sobre la rodilla. No es grave. Puede seguir. Pero en ese momento una mano enfundada en un guante aparece de entre la niebla, tras ella. Aferra el fino cuello de Halle. Y el aliento deja de salir de su boca.

34

Está oscuro. Me masajeo el cuello. Aún siento las manos que me aprietan, el olor de los guantes de piel, la humedad de la niebla. Me duele una rodilla, y no consigo respirar.

Estoy en mi cama envuelta en las sábanas, como un faraón en su sarcófago. Por suerte era un sueño, aunque me ha parecido muy real.

Enciendo la lámpara de la mesita y miro la hora en el despertador: las seis menos veinte. He dormido diez horas de un tirón, pero me siento destrozada. Dejo que el recuerdo de mi última pesadilla se disuelva poco a poco, sigo masajeándome el cuello y la rodilla, respiro con más calma y disfruto del calor de la cama. La luz de la lámpara proyecta un gran círculo en el techo que me ayuda a relajarme.

Pues sí, no era más que una pesadilla. Quizá mi imaginación, sugestionada por la lectura de mis propios relatos.

Después me asalta un desagradable presentimiento.

Tengo miedo, pero por fin reúno el valor necesario para apartar las sábanas y levantarme de la cama. Y efectivamente ahí está, exactamente donde me esperaba, abierto contra el suelo. El cuaderno violeta está ahí.

Vuelvo a hacerme un ovillo bajo las sábanas, asustada. Me vienen a la mente las nanas que le canta Jenna a Lina para que se duerma. Dice que, mientras esté durmiendo en su camita, nadie la puede tocar. Nadie le puede hacer daño. Lina se lo cree y se duerme como si las sábanas fueran la más poderosa de las armaduras. A mí Jenna nunca me las cantó. O si lo hizo, no lo recuerdo. Yo tuve que construirme sola la armadura.

Fijo la vista en el círculo de luz del techo hasta que me lloran los ojos; después comprendo que no tengo elección: tengo que afrontar mis miedos, hasta los peores. Con la mano temblorosa, recojo el cuaderno y lo abro. Dentro está también la estilográfica de acero. Paso las páginas de color marfil. Ahí están: nuevas letras, nuevas palabras, nuevas líneas. Empiezo a leer. Esta vez es una mujer: Halle. Sigo su recorrido por el parque con atención, palabra por palabra. El cuello. La mano enfundada en un guante que lo aferra.

Se me hace un nudo la garganta.

«¿Por qué? —me pregunto desesperada—. ¿Por qué me está sucediendo esto? Y sobre todo, ¿qué es esto? ¿Quién es Halle? ¿Qué hace? ¿Por qué he escrito sobre ella? ¿Por qué me sentía... ella? ¿Estoy quizás en contacto mental con el asesino? ¿El asesino del publicista Alek, del ingeniero Giulian y de... Halle?»

Quizás así sea.

Estoy en la mente del asesino.

Soy la mente del asesino.

Lo sueño.

Lleva guantes de piel.

Y...

Trago saliva, aunque no me queda. Siento la garganta como si fuera de vidrio. La cabeza lanza llamadas lejanas, como de un terrible dolor ya pasado. No sé qué hacer. La simple idea de que lo que he leído en esas líneas haya pasado de verdad, o que vaya a suceder, me hiela la sangre en las venas.

Alek. Giulian. Halle.

La montaña rusa.

¿Qué tiene que ver Halle con la montaña rusa?

Querría gritar, huir, no existir. «¿Por qué yo? —sigo repitiéndome—. ¿Qué me están diciendo? ¿Y quién es el que habla en mi cabeza?»

Cierro el cuaderno y lo observo. Vuelvo a pensar en el día en que lo compré, en la necesidad repentina e injustificada que tenía de poseerlo. ¿Qué papel tiene el cuaderno en todo esto?

Lo escondo bajo las sábanas y me voy al baño. Bajo el chorro de agua de pronto me echo a llorar, como nunca antes. Alma no llora. Yo sí. Pero ¿quién soy yo? Las lágrimas disuelven mi coraza, como vinagre sobre la cal. El vapor empaña la mampara de la ducha. Ya no me reconozco: ¿Dónde ha ido a parar mi seguridad, mi agresividad a la hora de afrontar los problemas? Siempre he superado las dificultades, pero ahora me encuentro con algo más grande que yo misma, algo inmenso, que puede llegar a aplastarme.

Después de escribir el primer relato me había hecho ilusiones de que se tratara de un terrible error, de una oscura coincidencia del destino, de una broma cruel de mi sonambulismo. Pero ahora no puedo fingir que no ha pasado nada. Alguien o algo me está arrastrando a su trampa de los horrores. Me siento como una marioneta en sus manos mortíferas.

¿Existe un señor de los sueños? ¿O de las pesadillas?

¿Una criatura que controla a los sonámbulos?

Me rindo al efecto de la cascada de agua. Su chorro caliente me ayuda, me hace ver más claro, me arranca la pátina de miedo y me deja una única y terrible certeza: tengo que afrontar esta situación, sea lo que sea. Y el único modo de hacerlo que se me ocurre es el de presentarme en el lugar del delito.

Tengo que sentirlo a mi alrededor.

35

Cuando salgo de casa son poco más de las siete.

Llueve. Nada de niebla. Así que quizás aún tenga tiempo. Quizá no haya sucedido.

Halle.

Me pongo la capucha de la chaqueta y camino rápida por la calle arbolada, hacia la parada del autobús.

Las tiendas están cerradas. Llego hasta el bar de siempre, está abierto, y me meto dentro. Los periódicos aún no han llegado y, no obstante, la noticia de un eventual homicidio no puede haberse hecho pública aún. Miro la gran pantalla plana de un televisor colgado de la pared junto a la barra. Nunca me había fijado en él, entre el montón de gente que llena el bar por la mañana para desayunar. Pero ahora, en el silencio, escucho las primeras noticias. No se habla de homicidios. A lo mejor es verdad que no ha pasado nada. Pido un simple vaso de leche caliente y desde el primer sorbo siento un agradable calorcito que se me extiende por todo el cuerpo.

El camarero que está tras la barra es un hombre de mediana edad con ojos, piel y cabello oscuros al que nunca había visto. El chico de siempre esta mañana no está.

—¿Qué hora es? —le pregunto.

—Las siete y veinte —me responde, sin dejar de cargar el pequeño lavavajillas tras la barra. Me da la espalda y no me mira siquiera a la cara.

Es demasiado pronto para ir al colegio, así que decido tomar un autobús y ya pensaré qué hacer por el camino.

Una vez a bordo, mi mente vaga sin rumbo, posándose sobre el paisaje bañado en agua del otro lado de la ventanilla. A lo mejor es que tengo algún tipo de capacidad de... videncia. A lo mejor mis sueños predicen la realidad. A lo mejor tengo un don y tengo que aprender a usarlo. Puede que lo haya recibido tras el accidente del que salí prácticamente ilesa, como dice el doctor Mahl. En vez del shock, del trauma, ahora tengo... esto.

Escribo de homicidios lejanos al mismo tiempo que tienen lugar. O poco antes de que ocurran.

Oh, no.

No quiero ni pensar que sea así. No quiero creérmelo. Una vez empecé a leer un libro que hablaba de un pintor al que le faltaba un brazo y que pintaba cosas que después sucedían. No recuerdo siquiera cómo se llamaba el libro, porque me parecía una historia ridícula. Y nunca la acabé.

Bajo a una parada del colegio y decido pasar por la papelería. Sé que aún estará cerrada, pero quiero echar un vistazo. A lo mejor se me ha escapado algún detalle importante. Me levanto la capucha de la chaqueta y me encamino hacia allí. Cuando llego al escaparate, las luces están apagadas y delante de la puerta hay una persiana bajada.

Vista así, la tienda podría vender cualquier cosa.

—Claro que sí —me repito en voz alta—. No son más que estúpidas fantasías mías.

¿Qué tendrá que ver aquel hombre tan amable con los homicidios? El hecho de que le haya comprado a él el cuaderno y la pluma no puede ser más que una banal coincidencia. No es más que una papelería, como tantas otras.

Me giro y vuelvo hacia la parada. Pero de pronto me invade una extraña sensación, como si alguien me estuviera observando desde detrás del escaparate oscuro de la papelería. Me giro de pronto y, a través de la cortina de agua, me parece distinguir un movimiento.

Vuelvo atrás corriendo; gotas gruesas y veloces como balas impactan contra los charcos.

Me acerco otra vez al cristal e intento mirar dentro. La sala está envuelta en penumbra. Todo está inmóvil y desierto.

Tengo la sensación de que podrían abrir en cualquier momento.

«Sólo una coincidencia», me digo, dirigiéndome de nuevo hacia la parada.

Mientras espero el autobús, me refugio bajo la marquesina de chapa de una tienda. De vez en cuando echo un vistazo a la papelería, pero no observo ningún movimiento. Me convenzo de que no ha sido más que una fantasía mía. A lo mejor me he imaginado cosas que nunca ocurrirán. Quizás esta vez ni siquiera haya un homicidio.

Mi relato se interrumpe en el momento en que la mano con el guante aferra el cuello de la chica. ¿Y si ella consigue huir? ¿Y si esta vez el asesino no quería matar?

Halle sale de casa a las seis de la mañana, de eso estoy segura.

Se me pone al lado un hombre que también espera el autobús. Le pregunto la hora. Me responde que las ocho. Después observo que lleva un periódico bajo el brazo. «No —me repito, sacudiendo la cabeza—, es demasiado pronto para que la noticia haya salido en los periódicos. Los diarios se imprimen de noche, en gigantescas rotativas que trabajan en la oscuridad. Viajan de noche, por calles silenciosas. Llegan a los quioscos al alba, con las páginas humeantes de plomo.»

Las seis.

Si ha sucedido hoy, quizá la acaben de encontrar.

Si no, podría suceder mañana.

¿Quién es Halle?

Los únicos detalles que conozco están en mi propio relato: vive a una manzana del Parque Norte.

Reflexiono un instante. Claro; Halle vive en el lujoso barrio residencial de altísimos rascacielos, todos de cristal, que dan al parque.

Sólo tengo un modo de descubrir si mi pesadilla es real: ir al Parque Norte. Pero ahora no: sería demasiado tarde si el homicidio ya hubiera ocurrido, y demasiado pronto si tiene que ocurrir mañana.

Voy al colegio. Es lo único que puedo hacer.

36

Naomi no ha venido a clase. Durante el recreo la llamo a casa. Me responde su madre:

—Naomi tiene la gripe —dice—. Aún duerme.

Sé que no es así. Sé que la terapia que está siguiendo con el doctor Mahl es pesada y difícil. No he vuelto a acompañarla desde la primera sesión. El doctor cree que ahora Naomi ya puede arreglárselas sola, que debe hacerlo sin mí, pero ella me va informando de sus progresos. Que lamentablemente son lentos, mientras que todo lo demás transcurre a gran velocidad: los homicidios, por ejemplo.

Cuando vuelvo a colgar el teléfono siento que me ahogo. Tengo la sensación de que muy pronto el asunto de Naomi nos estallará entre las manos. No puedo ocuparme también de esto. Recorro los pasillos en busca de Morgan. Planta baja. Primer piso. Laboratorio de ciencias. Allí encuentro por fin a alguien con quien hablar.

—¿Profesor K?

Él se vuelve hacia mí, mirándome a través de sus gafas oscuras. Lleva puesta una bata blanca y un amplio delantal, guantes y mascarilla. Es evidente que está manipulando sustancias tóxicas.

—Buenos días, señorita Alma. No se acerque, por favor —me dice, con la voz amortiguada por la mascarilla. Me quedo en el umbral—. ¿Qué puedo hacer por usted?

—¿Por casualidad no ha visto a Morgan? ¿Sabe dónde está?

El profesor da unos pasos hacia mí y se baja la mascarilla. A pesar de la lentitud de sus gestos, denota un cierto estupor.

—Imagino que estará en clase.

—Es la hora del recreo, profesor.

—Entonces estará por los pasillos, o fuera, tomando un poco el aire.

Habla de Morgan como si lo conociera realmente bien.

—Está bien, probaré en el patio. Gracias.

—Adiós, señorita Alma.

Y me dirijo hacia la salida. Los rostros de mis compañeros de colegio van pasando a mi lado como figuritas decorativas. Mierda. Cada vez que no esperaba encontrarlo, Morgan aparecía por alguna parte, detrás de mí, mirándome. Y ahora...

El recreo casi ha acabado cuando llego al patio y lo veo. Está de espaldas, apoyado en la verja. Está hablando con una chica que no he visto nunca. No es de nuestro colegio. Es alta y muy mona, de cabellos oscuros y rizados. Siento un leve ataque de celos. Me quedo inmóvil en el umbral. Estoy demasiado lejos para oír qué se dicen. El sonido del timbre nos devuelve a todos a nuestras obligaciones. La chica se va y Morgan se me acerca.

Meto las manos en los bolsillos y doy dos pasos atrás.

—¡Eh! ¿Dónde vas? ¿Me rehúyes?

Si él supiera de cuántas cosas querría huir...

—Yo diría que no. ¿Me buscabas?

—Sólo he salido a tomar el aire.

—¿Un día pesado?

—Pues sí.

No quiero preguntarle quién es la misteriosa chica con la que hablaba. No debo.

—Yo salgo a menudo al patio, cuando quiero estar tranquilo. ¿Puedo enseñarte una cosa?

Hoy lo veo insólitamente alegre. ¿Será mérito de su amiga?

—No es el momento —respondo, sacudiendo la cabeza.

—¿Ha sucedido algo? ¿Con Naomi?

—Hoy no ha venido al colegio.

—Esperemos que no haya habido problemas.

—Si se viene abajo sus padres se darán cuenta. Y si descubren algo, pueden meternos en líos a todos...

—Nosotros no somos el problema, Alma. El problema es ella. Su salud.

Lo miro. Me siento casi violenta frente a aquellos ojos suyos que me escrutan, de un violeta aún más intenso.

—Lo sé... No es eso lo que quería decir. —Me siento tonta de haber ido en su busca.

Afortunadamente, él no hace más preguntas. Quizás haya comprendido lo que quiero decir. Quizá siga viva la sintonía entre nosotros.

No queda nadie a nuestro alrededor. Todos han vuelto a entrar.

—Será mejor ponerse en marcha. Yo tengo gimnasia, ¿y tú?

—Historia. Tengo que darme prisa.

En el vestíbulo nos separamos. Yo subo rápidamente las escaleras, él gira a la derecha hacia el gimnasio.

Pero al pasar frente al laboratorio de ciencias observo algo raro: Agatha en la puerta, con un frasco de cristal en la mano. Cuando me ve disimula y lo esconde a toda prisa en la mochila. Me vuelve a la mente la jeringa que le he visto hace unos días.

Agatha se mueve con aire furtivo. No me gusta. Me habré vuelto paranoica, pero tengo una sensación de lo más desagradable.

Me sale al paso.

—¡Hey!

No dice nada. Nos apresuramos hacia la planta superior para volver a clase.

—¿Qué hacías en el laboratorio?

—Nada, miraba una fórmula para la investigación —responde, ajustándose la mochila.

—¿Qué investigación?

—Una investigación que me ha encargado el Profesor K.

—¿Y el frasco?

—Me lo ha dado él. ¿Por qué me haces todas estas preguntas?

—Pura curiosidad. ¿El profesor aún estaba en el laboratorio?

—Sí. ¿Por qué?

—Tengo que preguntarle una cosa. Tú sigue, volveré enseguida.

Quiero saber qué tipo de investigación le ha encargado, y por qué sólo a ella.

—No, Alma...

Antes de que pueda detenerme ya he llegado otra vez a la primera planta.

Meto la cabeza en el laboratorio: desierto. Agatha me está mintiendo. Pero ¿por qué?

Sé que es perfectamente inútil pedirle una explicación, no dirá nada; así que cuando vuelvo a la clase me olvido del tema.

La realidad es que las dos nos escondemos algo. Pero eso ella no puede saberlo.

37

—¿Alma?

La voz de Jenna llamándome desde el pasillo penetra en mi habitación a pesar del volumen del equipo de música, que está al máximo. Acabo de volver del colegio y lo único que quiero es un poco de tranquilidad.

—¿Alma?

—¿Qué hay?

Cuando bajo el volumen ella ya ha entrado, abriendo la puerta con la violencia de un tifón.

—Ha pasado algo terrible.

—¿El qué?

—Se trata de Gad.

—¿Y?

No soporto cuando usa seis frases para contar una cosa.

—Alguien ha desvalijado la caja de la freiduría.

La noticia no me sorprende, pero finjo sorpresa.

—¡No! ¿Cuándo ha pasado?

—Anoche. Tea cerró el local, pero al salir alguien la golpeó y le obligó a darle la llave de la caja.

—¿Cómo está ella? ¿Le han hecho daño?

—Sólo tiene una ligera contusión. Nada grave. Pero esos chorizos se han llevado toda la recaudación del mes.

—Pobre Gad.

—Sí. Tú me habías dicho algo acerca de un robo hace un tiempo. Pensabas que Tea habría podido robar…

La había puesto en guardia, es cierto. Pero ahora no es momento de desenmascarar a Tea. Primero tengo que intentar usar lo que sé en mi beneficio.

—Lo decía por decir. Sabes que nunca me ha caído bien. Siento que haya ocurrido realmente.

—Sí, pero no puede haber sido ella. No puede haberlo escenificado todo.

Me muerdo la lengua para no hablar.

—En cualquier caso Gad ha presentado denuncia. A ver si los encuentran.

—¿Entonces eran varias personas?

—Según Tea eran dos.

Sin duda alguno de esos amigos suyos tan poco recomendables. Quizás el propio Tito. Tea se habrá dejado golpear para fingir la agresión y después se habrá reunido con esos dos desgraciados para celebrar su golpe juntos.

Me pongo los zapatos y la chaqueta.

—¿Adónde vas?

—Tengo un compromiso, perdona. Vuelvo enseguida.

Me voy dejando a Jenna con la mirada clavada en la puerta que se cierra a mis espaldas.

La freiduría Gustibus parece continuar con su actividad a pesar de la tragedia que ha sufrido. Desde el exterior de los cristales veo a Gad con su delantal enorme sirviendo comida frita y humeante en grandes bandejas cubiertas de papel absorbente. Poco después, tras el mostrador aparece también Tea. Tiene un pómulo hinchado y el labio superior cortado.

No ha descuidado ningún detalle. Muy lista.

Sigue en el local para no despertar sospechas. Imagino que aún aguantará un tiempo, antes de abandonar a su padre hundido en el trabajo y las deudas.

Entro y se quedan de piedra: Gad nunca me había visto entrar en su freiduría si no era arrastrada por Jenna, y Tea, por mucho que se esfuerce, no creo que consiga encontrar un solo motivo que pueda explicar mi presencia, salvo el de crearle problemas.

—¡Alma! Qué sorpresa... —Gad me recibe con una sonrisa, a pesar de todo.

—Pasaba por aquí y he pensado que podría aprovechar la ocasión.

Tea se me queda mirando, escéptica.

—Muy bien. ¿Qué puedo ofrecerte?

—Unas croquetas me irían estupendamente. Con un vaso de agua con gas. Gracias, Gad.

—Siéntate en esa mesa. Tea te lo llevará todo.

Ella no parece muy contenta.

Pocos minutos después las croquetas están listas. Tea llega con un plato humeante y el vaso de agua.

—Gracias —le digo, cortante.

—De nada —responde ella, igual de seca. Da la vuelta para marcharse.

—¿Puedo preguntarte una cosa?

Ella se detiene y me mira perpleja, ya a la defensiva.

—No tengo mucho tiempo.

—Sólo un minuto… ¿Cómo está tu amigo Tito?

—¿Conoces a Tito?

—No, pero él conoce a una amiga mía, y mi amiga, ahora, no está muy contenta de haberlo conocido. Tengo la sensación de que Tito se ha comportado muy mal. Y apuesto a que tú también sabes de qué estoy hablando. —Ahora mi tono es amenazador.

—¿Y qué?

—Pues que a mí me han enseñado que quien se porta mal recibe su castigo.

—No digas tonterías —replica, y me da la espalda, pero yo la agarro por una muñeca y la retengo.

—Si lo prefieres podemos hablar del robo que has organizado para limpiar a tu padre.

Ella se libera de mi mano y me mira con los ojos llenos de odio. Siento cómo aumenta su rabia, mezclada con el miedo a que la descubran, siempre presente.

—No sé de qué me hablas. Yo no he organizado nada de nada.

Por mucho que intente parecer segura de sí misma, advierto la angustia que le tensa la piel y le enturbia la voz.

Empiezo a hablar en voz baja, para obligarla a acercarse.

—Has escenificado un buen numerito. Felicidades. Todos te han creído, menos yo… Yo sé la verdad y sé de lo que son capaces esos desgraciados de tus amigos.

—Tú no sabes una mierda, porque si realmente conocieras a mis amigos no te meterías con nosotros.

—¿Y qué podría pasarme? ¿Qué me ibais a hacer? ¿Drogarme y apagarme cigarrillos en la piel?

Al oír esas palabras, Tea se pone aún más tensa, liberando su cólera como un gas tóxico hasta que, vacía y agotada, se deja caer sobre un banco delante de mí, como un globo sin aire.

—¿Y qué quieres que haga?

—Quiero saber dónde puedo encontrar a Tito.

—Eso no lo sé.

—¿No es tu amigo?

—Sí, pero muy pocos saben dónde vive. No se fía de nadie.

—Era de esperar... Mira —prosigo—, por su culpa una amiga mía ha acabado en el hospital y ahora ni siquiera tiene fuerzas para dejarse ver por el colegio. Se pasa las tardes entre las cuatro paredes de su habitación y el diván de un loquero.

—Lo siento.

Me da igual si es sincera o no.

—Yo también lo siento, pero siento aún más que Tito pueda seguir haciendo lo que le parece. Es un criminal, y no sé qué otras cosas podría hacer o qué habrá hecho ya.

—¿A qué te refieres?

—Tea, tus amigos son un puñado de desequilibrados que se divierten torturando a chicas normales arruinándoles la vida para siempre.

Ella baja la cabeza.

—Lo sé.

—¿Lo sabes? ¿Y no haces nada? —Se muerde un labio y mantiene la cabeza gacha—. Eres peor que ellos.

—Tú no sabes cómo están las cosas —confiesa—. Tito fue el único que me ayudó cuando me fui de casa y no tenía un céntimo.

—Sí, claro: compró tu lealtad.

—Quizá, pero no tenía elección.

—Pero ahora sí. Ahora tienes a tu padre, y puedes ayudarme a entregarlo a la policía antes de que vuelva a actuar. ¿Nunca has pensado que Tito... o sus amigos... podrían estar implicados en los últimos homicidios?

Me mira, sorprendida.

—¿Realmente crees que Tito puede tener algo que ver?

—¿Por qué no? El publicista fue crucificado. Y a mi amiga la golpearon con un crucifijo.

—Eso no demuestra nada.

—Quizá, pero no querría descubrirlo demasiado tarde.

Tea parece reflexionar, como resignada a la idea de que mi razonamiento sea más válido que el suyo.

—Está bien. Te ayudaré. Pero no debes decir que he sido yo, ni decirle ni una palabra a mi padre. ¿Me has entendido? Si no, estoy muerta.

—Te lo prometo.

—Nos vemos aquí dentro de una semana exacta. —Tea hace ademán de levantarse, pero antes de hacerlo me atraviesa con una mirada gélida—. Y no me la juegues.

—Tú tampoco.

Nos despedimos con un gesto de la cabeza.

Miro mis croquetas, que ya están frías.

Sin que me vean, las envuelvo en un pañuelo de papel y me las meto en la mochila.

Estoy segura de que a los animalillos del parque les parecerán deliciosas.

38

Es curiosa la percepción que tenemos del tiempo.

A veces nos parece infinito; otras nunca tenemos suficiente. Pero sobre todo transcurre rapidísimo en las ocasiones en que querríamos que un momento no llegara nunca.

Me paso el día frente al televisor, pero no hay noticias de nuevos homicidios.

Llega la noche. Y la noche también pasa.

Cuando suena el despertador doy un respingo en la cama. Siento una punzada en la cabeza, pero intento no prestarle atención. Me pongo la ropa que dejé preparada la noche anterior sobre una silla: un par de vaqueros negros, un suéter gris y mi chaqueta negra. En uno de los bolsillos meto la campanilla de la suerte de Lina; en el otro están el *origami* en forma de dragón y la estilográfica de acero. Siempre me he enorgullecido de no ser supersticiosa y no dejarme llevar por estúpidas manías, pero parece que hoy yo también creo en el poder oculto de ciertos objetos.

Nuestro piso está sumido en un silencio denso y pesado como una manta. Son las cinco. Es temprano incluso para Jenna. Por un instante me dejo llevar por esa calma y pienso en lo bonito que sería que el mundo fuera siempre así. En el fondo comprendo a Lina y su decisión de no querer contribuir a contaminar el aire con más palabras inútiles.

Mientras reúno valor para salir, repaso los últimos días en los que casi tengo la impresión de no haber vivido: no he visto ni he hablado con nadie de mi familia; he entrado y salido de casa como un gato, sin dejarme ver, sin hacer ruido. Como hace Evan, con su vida entre bastidores. Ya estoy harta de tener miedo. Y tengo demasiadas cosas que esconder, demasiadas incertidumbres para una sola mente y un solo corazón.

Furtivamente, abro la puerta de casa, cerrada con dos vueltas de llave, y salgo. Una vez fuera del ascensor me quedo de piedra.

La lluvia ha dado paso a una espesa niebla.

Subo al autobús número 3 y me siento en la última fila.

No soporto la idea de tener gente a mis espaldas. En el autobús hace frío y huele a loción de afeitado vieja. Pocos pasajeros, todos hundidos en sus chaquetones pesados y sumidos en sus pensamientos aún entorpecidos por el sueño. Veo a una mujer que ya no se puede decir que sea joven y observo sus manos, agrietadas y cortadas por el hielo y por el exceso de trabajo. Algo más adelante, un hombre con gafas lee aburrido un periódico gratuito que alguien ha dejado en el asiento de al lado. Y también hay una chica con varios *piercings* en la cara. A veces se gira hacia mí y me mira, como si quisiera conversación. No es ni guapa ni fea. Tiene algo de diferente, casi amenazante, en la mirada. Por si las moscas, me pongo los auriculares y enciendo mi Mp3.

El reloj luminoso sobre la cabina del conductor marca las cinco cuarenta y cinco. Ha pasado media hora desde el momento en que he subido a bordo. En quince minutos, si se cumple lo escrito en mi cuaderno, Halle tendría que salir de casa. Falta realmente poco. Siento la tensión, que aumenta inexorablemente, como la sección de viento de la pieza que estoy escuchando. Aprieto un botón y paso a otra canción, y luego a la siguiente. Busco una melodía suave.

Poco después, en la pantalla bajo el reloj, aparece el nombre de la parada siguiente: Parque Norte. He llegado.

Las puertas se abren con un resoplido chirriante. Fuera del autobús me espera una niebla espesa y densa que entre los árboles parece impenetrable. Intento orientarme, pero no es fácil. Nunca vengo a esta parte de la Ciudad, aunque se encuentra a menos de diez travesías del hospital donde trabaja Jenna y a quince de mi colegio. El rascacielos de Halle debería encontrarse en el lado sur, donde estoy yo, pero con toda esta niebla no consigo verlo siquiera.

Camino unos cincuenta metros hasta que me topo con él. Las cristaleras, el parque enfrente… es todo como en mi relato. Localizo el portal del que debería salir Halle y espero. Como siempre, no llevo reloj, y como siempre, me arrepiento. Sólo espero que todo acabe lo antes posible.

El frío húmedo me penetra en los huesos, acentuado por el miedo de meterme en un buen lío.

Intento contar los segundos que pasan escuchando el latido de mi corazón. No pasa nada. Casi empieza a consolarme la esperanza de que todo sea una locura, una trágica coincidencia de la que dentro de poco me olvidaré.

Después, de repente, oigo un ruido. Entre la niebla aparece una silueta: es una mujer vestida con pantalones cortos y sudadera.

Halle.

Se me para el corazón.

Se me para el mundo.

Moviéndome como un autómata, me escondo tras la esquina del edificio y observo a la mujer, que empieza a correr. Va hacia el parque.

Decido seguirla, aunque las piernas me tiemblan bajo el peso del cuerpo como si fueran de mantequilla.

Empiezo a correr yo también. Oigo ambas respiraciones, cada vez más cercanas y fatigadas. Me desabotono la chaqueta a pesar del frío. Tengo un nudo en la garganta que no consigo deshacer. Respiro niebla. Un cartel a la derecha indica la dirección al lago. Siento los pasos de la mujer, lejanos en este blanco y denso manto. Intento seguirla, pero después bajo el ritmo. El miedo me está paralizando. Hago un esfuerzo para continuar, pero empieza a dolerme la cabeza y el cuerpo ya no me responde. Instintivamente me llevo las manos a las sienes, que me palpitan como si recibieran el impacto de un martillo neumático.

No debo detenerme. Sin embargo me giro, obedeciendo a mis doloridas sienes y al instinto de volver atrás. Resisto. Tengo que… ¡Tengo que avisarla!

Doy un paso. Y otro.

Y después, de pronto, por entre la niebla me llega un grito ahogado.

—¡No! —grito.

Pero el miedo es demasiado intenso y todas mis energías me obligan a salir corriendo de allí, a alejarme lo más rápido que pueda. A medida que me alejo del parque y de aquel grito, el dolor de cabeza y el miedo se hacen más soportables y mi paso más ligero. Ahora casi consigo pensar mientras corro. Mientras huyo.

Llego a la calle y subo en el primer autobús que veo pasar. No sé adónde voy.

Me basta con que sea lejos de aquí.

La edición vespertina es como una condena. La han encontrado en el Parque Norte, esta mañana. Su cuerpo colgaba de la rama de un árbol con una gruesa soga alrededor del cuello. La policía, y en su nombre el responsable de la investigación, el teniente Sarl, considera que pueda ser un homicidio ritual.

De nuevo cuerdas, de nuevo un cuerpo colgado. Se empieza a hablar de una misma mano tras varios homicidios aparentemente diferentes. En los pasillos del departamento de policía se plantean incluso la posibilidad de que la muerte del ingeniero no haya sido un suicidio.

Siento mil pinchazos de fuego bajo la piel. Estaba a un paso del asesino. Si la hubiera llamado, si la hubiera detenido...

Yo sabía que moriría.

Y no he hecho nada para impedirlo.

Siento que me vengo abajo.

Es como si mi vida se estuviera fundiendo en un río de sangre. Mis amigas se separan, mis convicciones se tambalean, mi asqueroso día a día se ha convertido en algo temible. Sin ningún motivo. Sólo caos y muerte.

No puedo más, es demasiado. Tengo que empezar a comprender. Por algún lugar debe de haber alguna explicación.

Naomi.

Naomi y Tito.

El crucifijo.

Homicidio ritual.

¿Y el vínculo?

Naomi por ahora no quiere presentar denuncia, pero tengo la esperanza de que Tea me sirva de ayuda para localizar a Tito. Cada día me parece más plausible la idea de que Tito forme parte de un grupo de locos. Hay algunos detalles que me hacen pensar en ello: estaba escribiendo el segundo relato cuando Naomi me llamó interrumpiendo mi flujo de conciencia, mi comunicación con el asesino. La encontré no muy lejos del viejo parque de atracciones, lugar en que tuvo lugar el homicidio. Las montañas rusas, las vallas publicitarias, el árbol del Parque Norte. Todos ellos lugares altos.

¿Qué relación hay entre Halle y el parque de atracciones? Leo el artículo en el periódico y veo un nombre: teniente Sarl.

Si hay algo que estoy aprendiendo, a mi costa, es que las coincidencias no existen.

Teniente Sarl.

39

Convencer a Jenna para que me haga un favor sin explicarle el motivo es como convencer a un militar para que contravenga las órdenes: extenuante.

Tengo bien pensadas las posibles consecuencias de mi petición mucho antes de formularla. Y sé que la única posibilidad que tengo de conseguir algo es camelar a Jenna con actitudes que hagan que me vea con buenos ojos, como ordenar mi habitación, volver a la hora y no responderle con mala cara. No es fácil, pero he valorado todas las alternativas: presentarme en la comisaría de policía y preguntar por el teniente Sarl, responsable de las investigaciones, como una jovencita que busca emociones fuertes recopilando información sobre una serie de atroces delitos; o renunciar a las noticias de primera mano y fiarme de lo que dicen los periódicos; o vencer mis miedos e indagar por mi cuenta en el escenario del próximo homicidio, teniendo en cuenta, eso sí, que no sé si se producirá, ni cuándo.

No tengo otras vías.

Salvo por la enésima coincidencia: que Jenna y el teniente Sarl se conocen. Se hicieron amigos cuando el padre de Lina y Evan se suicidó.

En aquellos tiempos Sarl era un simple agente de policía. Se había mostrado especialmente amable con Jenna, ayudándola en uno de los momentos más oscuros de su «vida desdichada», como suele definirla ella. Llamaba a casa a menudo, a veces sólo para saber cómo estaba. Con el tiempo las llamadas fueron a menos, pero nunca desaparecieron del todo. Por un tiempo pensé que se había enamorado de Jenna, y quizá no me equivocaba, teniendo en cuenta las atenciones que le prestaba, pero ella estaba demasiado ocupada lamiéndose las heridas de su último fracaso como para ver al hombre que vivía dentro de aquel uniforme.

En los años siguientes a la muerte del padre de Lina y de Evan, la relación entre Sarl y Jenna derivó en una tranquila amistad, cultivada con felicitaciones de cumpleaños por teléfono, ocasionales invitaciones a cenar y promesas sin sustancia.

Pero había un vínculo, y aún lo hay actualmente. Un hilo del que puedo intentar tirar. Un salvavidas en el mar de incertidumbres en el que estoy naufragando.

El reloj de la cocina gorjea las cinco. Jenna canturrea en su habitación, disfrutando de su merecidísimo día de descanso. «Bien —pienso—, está de buen humor.»

Con calma me quito la chaqueta y la cuelgo a la entrada. Paso frente a la puerta de la habitación de Evan, cerrada. Agudizo el oído pero no percibo ningún ruido. Seguro que ha salido.

Dejo atrás el comedor a la izquierda, el baño a la derecha y me encuentro frente a la habitación de Lina. Echo un vistazo por la puerta entrecerrada y la veo jugando en la alfombra con las muñecas. Envidio su serenidad. A veces, mirándola, tengo la impresión de que, en algún lugar de aquel silencio, ella guarda una respuesta a la pregunta de por qué se suicidó su padre, y que la protege como un secreto.

Yo a mi padre no lo echo de menos en absoluto. Es más, vivo los cumpleaños y las celebraciones con el terror de recibir una llamada de teléfono más estéril que la charla de un médico, o peor aún, uno de sus patéticos regalos, tan equivocados que llegan a ser profundamente irritantes.

Llego a la habitación de Jenna. Mi madre está de espaldas, inclinada sobre los cajones del armario, abiertos a sus pies como una serie de bocas pidiendo comida.

Sobre la cama, un montón de suéteres y varios pares de pantalones esperan a que les encuentre un hueco.

—¿No es un poco pronto para guardar ya la ropa de invierno?

Ella se vuelve y me sonríe.

—Hola cariño. ¿Cómo es que ya estás en casa?

Su moño de cabello castaño se mueve siguiendo sus movimientos, dándole una frescura perdida años atrás.

—Tenía deberes que hacer.

Jenna me lanza una mirada perpleja, pero decide no ahondar en el asunto. Para ella será un día plácido y no querrá estropeárselo por ningún motivo, sobre todo por una tontería.

Se me ocurre ofrecerme a echarle una mano, pero me lo pienso mejor. Se trata de ser amable, no de hacerle dudar de mi salud mental.

—¿Sabes algo de tu hermano?

—No.

—¿Cómo ha ido en el colegio?

Excelente pregunta.

—Todo bien. Y hay una novedad.

—¿Sí? ¿De qué se trata?

—El profesor de literatura, que dirige el periódico del colegio, me ha aceptado como redactora.

—¡Eso es estupendo! Pero... ¿desde cuándo te interesa escribir?

«Efectivamente, desde nunca», tendría que responder.

—Desde hace un tiempo. Pero no te había dicho nada para que no te crearas falsas expectativas. No estaba segura de que me aceptaran...

Jenna se queda inmóvil con un suéter en la mano. Tiene la mirada preocupada y distante de un preso recién salido de la cárcel.

—¿Y desde cuándo tienes tantas consideraciones conmigo? —Sonrío incómoda: no se equivoca del todo—. En fin, ¿y qué necesitas?

—¿Yo? Nada.

—Venga, Alma, conozco esa mirada. Tienes algo en mente y tengo la sensación de que sea lo que sea, tiene que ver conmigo. ¿A que sí?

—Sí.

—Pues no te cortes un pelo, como decís vosotros.

Jenna tiene una percepción muy particular del mundo adolescente, anclada en los días en que ella formaba parte de él y se decían esas cosas.

—¿Aún estás en contacto con aquel amigo tuyo... el teniente Sarl?

Me mira sorprendida. Imagino que se esperaba algo completamente diferente.

—Sí... Hablamos de vez en cuando. ¿Por qué te interesa?

—Por el periódico. Querría escribir un artículo y me gustaría entrevistarlo.

—¿Un artículo sobre qué?

Deja caer el suéter en el cajón.

—Sobre unos crímenes.

—¿Crímenes? ¿Qué crímenes?

—Bueno, homicidios.

Ya está, ya lo he dicho.

Los ojos de Jenna parecen salírsele de las órbitas, como enormes huevos duros pelados.

—¿Quieres decir que en vuestro periódico habláis de ese tipo de cosas?

—Claro, se llama «actualidad». En la Ciudad no se habla de otra cosa...

—Alma, yo no sé si es el caso.

—Pues yo creo que sí. Sería una exclusiva para mi primer artículo. Nadie se creerá que haya llegado tan arriba. Tengo que resultar convincente, o me echarán a la velocidad de la luz. —Ella suspira—. Puede ser una gran ocasión para mí. Ayúdame.

No creo haberle rogado de aquel modo en los últimos diez años.

—Pero ¿por qué los homicidios? No eres más que una niña.

Cuento hasta diez para mantener la calma.

—Entonces ponte tú de acuerdo con el teniente Sarl. Él es un buen tipo, tú siempre lo has dicho. Me dará la información que necesito pasando por alto los detalles más crudos.

Jenna relaja los hombros y su expresión se vuelve más serena.

—Esta bien. Le llamaré.

—¡Gracias!

La abrazo y yo misma me quedo pasmada. Dura un segundo, no más. Al menos espero que le haya gustado.

Lo importante es que podré hablar con el policía que está siguiendo la investigación. Con un poco de suerte me dirá algo que yo no sepa. Me ayudará a entender algo más —y espero que pronto—, antes de que me hunda en el abismo que siento que se abre a mis pies.

40

A las ocho de la mañana la comisaría del distrito, en el casco antiguo, parece un mercadillo. Hay quien grita para que le oigan y quien se niega a hablar. Un hombre se sostiene el brazo ensangrentado mientras un agente lo conduce hacia la salida. Dos mujeres discuten algo más allá en una lengua incomprensible. Un niño llora desesperado en brazos de una madre vestida con un tercio de la tela necesaria para cubrirle el cuerpo. Un grupo de periodistas espera en un rincón con cuadernos y máquinas fotográficas a punto como espadas en ristre.

Me acerco al mostrador de información. Al otro lado hay una mujer enorme envuelta en un uniforme que hace que parezca un globo aerostático listo para el despegue.

—¿Sí? —dice, sin levantar siquiera la cabeza para mirarme.

—He venido a ver al teniente Sarl.

—¿Tú a esta hora no tendrías que estar en el colegio? —rebate la agente, fijando en mí sus ojos claros y vacíos como los de una vaca. Tengo la sensación inequívoca de que no será tan fácil.

En la plaquita que lleva en el pecho pone «Lilia»; sin duda un nombre demasiado delicado para una mujer así.

No creo que sea asunto suyo, pero quiero ser amable. Así que me armo de toda la calma que puedo y le respondo:

—Tengo una cita; me llamo Alma.

Lilia se me queda mirando, escrutándome: está segura de que estoy mintiendo. Yo no aparto la mirada, segura de que será ella la que ceda. Y efectivamente al poco tiempo levanta el auricular con desenvoltura.

—Buenos días, teniente. Soy Lilia. Aquí hay una tal… una niña que dice que tiene una cita con usted.

—¡Alma, me llamo Alma!

—Dice que se llama Alma… Está bien. —Evidentemente molesta, se levanta con gran dificultad de la silla en la que estaba encajada—. Sígueme —ordena, embocando el pasillo tambaleándose de lado a lado. La miro caminar frente a mí, una enorme masa de carne que avanza moviendo el aire, imponiendo su presencia en el espacio disponible.

Atravesamos una puerta que nos lleva a otro pasillo, muy largo, al que dan numerosos despachos. Muchos tienen la puerta abierta; veo agentes gesticulando al teléfono, otros que hablan entre sí frente a una taza humeante, otros sumergidos en montones de papeles que explican muy gráficamente lo que es una «montaña» de trabajo.

Todo parece estar cubierto de una fina capa de ansiedad, como si todos llegaran inevitablemente tarde a algo. La sensación de impotencia que reina es densa y penetrante.

Es la misma que siento yo.

Hacia la mitad del pasillo la agente Lilia se detiene y llama a una puerta con una placa: TENIENTE SARL.

Golpea la madera con la gracia de un bisonte desbocado.

—Adelante —responde una voz tranquila pero profunda y muy masculina, que en algunos aspectos me recuerda la de mi padre, con sus veinte cigarrillos al día y su aversión por el aire libre.

Lilia decide mostrarse amable, o quizá sea sólo el protocolo del uniforme, pero gira el pomo de la puerta y la mantiene abierta mientras yo hago mi entrada en el despacho.

Después saluda, cierra de nuevo y se va.

El teniente Sarl no ha cambiado mucho en comparación con el recuerdo que tengo de él. Alguna hebra blanca ha hecho su aparición entre su densa masa de cabello oscuro, siempre bien peinada, y en su barba corta y bien cuidada. A sus ojos, en cambio, no les ha afectado el paso del tiempo: siguen siendo tan negros y brillantes como el caparazón de un escarabajo.

En cuanto me ve, se pone en pie tras el viejo escritorio de madera y sale a mi encuentro sonriendo. Al encontrármelo enfrente me parece más bajo y menos huesudo. Lleva puesta una camisa azul y un suéter gris oscuro, vaqueros y botas negras. Quién sabe por qué no fueron bien las cosas entre él y Jenna. Es un hombre mucho más atractivo que Gad.

—Hola Alma, es un placer volver a verte. Ponte cómoda.

—Buenos días, teniente.

Nos sentamos los dos, uno frente al otro. Entre nosotros sólo está la mesa, abarrotada de carpetas y hojas de papel dispuestas en montones ordenados. Una pipa ya apagada espera en un cenicero de acero.

Miro alrededor: las paredes están cubiertas de atestados y artículos de periódico enmarcados. A la derecha, un viejo sofá de piel verde oscuro desgastada por diferentes puntos revela las horas que ha pasado el teniente sentado en busca de sus mil culpables. Entre el sofá y la puerta, un colgador de madera consumido por la carcoma ofrece sus ramas desnudas a la única chaqueta que le he visto llevar a Sarl: de piel negra, larga hasta las caderas, con dos bolsillos delante.

Detrás del teniente y ante mí se abre una gran ventana con una cortina fina de color amarillo ámbar que tiñe la sala de una tenue luz dorada. El aire huele a papel viejo, café y tabaco.

—Debo admitir que la llamada de tu madre me ha sorprendido un poco. Hacía tiempo que no hablábamos. Me ha explicado lo del periódico del colegio y tu interés por nuestras investigaciones. ¿En qué puedo ayudarte?

—Necesitaría información sobre algunos casos que está siguiendo.

—¿Cuáles?

—Alek el publicista, el ingeniero Giulian y... Halle.

Su mirada está a medio camino entre la incredulidad y la perplejidad.

—¿Estás bromeando?

—En absoluto.

—¿Y por qué iba a querer una chica como tú escribir de estos homicidios?

—Como le habrá dicho ya Jenna, es para el periódico del colegio.

Sarl me observa con escepticismo. Es un hombre inteligente y está claro que algo no le cuadra.

—Me parece insólito que una publicación escolar se ocupe de esas cosas. No son temas para chavales.

Ahora, en cambio, me parece un ingenuo. ¡No puedo creer que realmente esté convencido de que entre los chavales no existe el concepto de violencia! Le suelto el mismo planteamiento con que he desbaratado los argumentos de Jenna, esperando convencerlo.

—La actualidad ocupa un lugar cada vez más importante en el colegio. Nuestros profesores nos animan a leer los periódicos y consideran que el del colegio tiene que contener las noticias más importantes, aunque hagan referencia a una serie de homicidios atroces. El mundo no es todo de color de rosa —le suelto. Me parece que esto último es la típica frase que Sarl podía esperar que yo pronunciara. Como el «no te cortes ni un pelo» de mi madre.

El teniente se frota el bigote con el índice de la mano izquierda. Después índice y pulgar descienden por los pómulos y alisan los pelos de la barba, brillantes como una piel de foca.

—¿Y qué querrías saber exactamente?

«Bien —pienso—. Me ayudará.» Saco de mi mochila un cuaderno para tomar apuntes y busco una pluma. Dentro de uno de los bolsillos de la chaqueta siento el contacto del dragón de papel con el número de Morgan. En el otro, mis dedos encuentran la estilográfica de acero. Está helada. Espero que aún quede tinta en el cartucho.

Pruebo a hacer una raya en el papel. Por suerte aún escribe. Tiene una tinta oscura, más gris que negra. Se desliza por las letras con la fluidez de un pincel.

—Querría saber si cree que los tres homicidios puedan estar relacionados de algún modo.

—Eso aún no lo sabemos.

—Se trataba de personas con dinero y trabajos de prestigio.

—Como miles de otras personas. Por lo que nosotros sabemos no hay ningún vínculo.

—¿Ni siquiera el parque de atracciones? El publicista fue hallado en su valla publicitaria y el ingeniero se colgó de lo más alto de la montaña rusa.

—Macabra coincidencia, ¿verdad? Es una pista que estamos siguiendo. Pero entre ellos dos y la mujer asesinada en el parque no hay ningún punto de contacto.

—¿Se sabe algo de ella? A qué se dedicaba, si tenía novio...

—Serías una buena investigadora, ¿sabes? —me responde, divertido—. Halle era jefa de redacción de una revista de moda. Era joven, ambiciosa y soltera. Aparentemente no tenía enemigos.

—¿Y qué piensa de la forma en que han sido asesinados?

—¿Qué quieres decir?

—Cuerdas. Clavos. Y los tres colgados a gran altura. El primero incluso crucificado.

Mientras hablo, siento un escalofrío que me eriza el vello.

El teniente Sarl se inclina hacia mí.

—Te has informado bien. Se ve que quieres dedicarte al periodismo. —Le sonrío. Si supiera qué es lo que escribo yo... Se aclara la garganta y prosigue—: Pero no, las similitudes entre los homicidios pueden tener diversas explicaciones. No hay una relación directa y casi seguro que no se trata de la misma mano. Estamos prácticamente convencidos de que han sido asesinados por diferentes personas. Emuladores, quizá.

—¿Asesinos que imitan a otros asesinos sólo por el placer de hacerlo?

—Exacto. En criminología ya se han catalogado y estudiado muchos casos.

—Imagino que estarán haciendo análisis.

—Se está ocupando de ello la Científica.

—¿Y...?

—Es información reservada, Alma.

Asiento. Estoy en un callejón sin salida. No sé si hablarle de mis sospechas sobre Tito y sobre su «exclusivo» grupo de desquiciados, con toda probabilidad satánicos. No querría exponerme demasiado, pero por otra parte tampoco querría perder la ocasión de ponerle la mosca detrás de la oreja. A lo mejor mi intuición conduce a una pista válida. Y yo debo sacar algo en claro de todo esto lo antes posible.

—¿Ha pensado en la hipótesis de que detrás de todo esto haya un grupo organizado? ¿Quizás una secta satánica?

—¿Una secta satánica? —Sarl parece muy impresionado por la pregunta, aunque no creo haberle dicho nada nuevo—. ¿Y tú qué sabes de sectas satánicas?

—Yo nada, pero corren rumores...

Vuelvo a pensar en el crucifijo con el que han herido a Naomi.

El teniente reflexiona. Habla con una voz profunda y gutural que marca el ritmo de sus pensamientos.

—Alma, escúchame bien... No sé qué rumores corren por ahí, pero esas cosas son muy peligrosas, sobre todo para una chica guapa y joven como tú.

¿Será posible que nadie sepa decirme otra cosa?

—Lo sé, teniente. Sólo quería conocer la opinión de la policía.

—Mi opinión es que tendré en cuenta tu observación.

Relajo la expresión de mi rostro. Él hace lo propio.

—¿Cree que podría volver dentro de unos días a hacerle alguna otra pregunta?

—¿También para el periódico?

Advierto una sutil insinuación en el tono de su voz, como si pensara que hay otros motivos tras mi interés por la investigación. Puede que sea mejor detective de lo que parece.

—Claro. ¿Para qué si no?

Sonrío por primera vez desde que he entrado en el despacho.

—Si es así, intentaré tenerte al corriente.

—Muchas gracias por su tiempo —replico, aunque sé perfectamente que me está tomando el pelo.

Me pongo en pie y vuelvo a meter mi cuaderno en la mochila; después meto la pluma en el bolsillo de la chaqueta.

—De nada, Alma. Gracias a ti por la visita. Y da recuerdos a tu madre de mi parte.

—Lo haré.

Llego a la puerta.

—¿Alma?

—¿Teniente Sarl?

—Ten cuidado. Y si vuelves a oír esos rumores... —Abre los brazos—. A lo mejor me resulta útil saber de dónde proceden, y quién los pone en circulación.

—Entendido.

Cuando salgo del despacho no sé decir si ha ido bien o mal. No me he enterado de gran cosa, pero he establecido un contacto.

Volveré.

41

A la salida de la comisaría me encuentro con una lluvia intensa que un viento caprichoso y malintencionado empuja a su antojo para no dar tregua a los peatones.

Localizo un pequeño bar en la acera contraria y eso es una suerte, ya que en la zona de la comisaría no hay gran cosa, aparte de casas decrépitas con desconchones en las paredes y alguna tienda que otra iluminada por tenues luces que huelen a miseria. A lo lejos, tras el edificio del bar, veo asomarse el campanario de la Iglesia Vieja, donde encontré a Naomi.

Me echo la capucha sobre la cabeza y me encamino al bar intentando evitar los enormes charcos por la calle, que tiene los adoquines en lamentable estado. Por todas partes hay barro y agua marrón. Agua y más agua. Siempre y por todos lados. Esta ciudad exuda agua, se alimenta de agua. La humedad del aire es tan densa que podría morderla. Trago una bocanada, que me vuelve a la garganta combinada con una rabia repentina, antigua, que no sé controlar. Es la rabia de la impotencia que me une cada día y cada noche a un papel que no es el mío, a unos hechos horribles que no quiero conocer, ni siquiera por los periódicos. Rabia de no poder hablar con nadie: ni con mi familia, ni con mis amigas, ni con Morgan. Estoy y me siento sola, enfrentándome a un monstruo invisible que puede atacarme por sorpresa en cualquier momento. Resguardada bajo el toldo de plástico beis del bar, me quedo mirando la lluvia que repiquetea contra el suelo, martirizándolo.

A continuación entro en el bar. Es pequeño y viejo, con mesitas minúsculas, todas diferentes entre sí y dispuestas de un modo absolutamente irregular. La barra frente a la entrada es negra, de un material brillante que parece madera. Está abarrotada de gente. Un camarero flaco y huesudo se afana en servir a todo el mundo con movimientos secos, rápidos y precisos. A sus espaldas, una serie de estantes montados sobre un espejo sostiene una jungla de botellas de colores. Se siente un tranquilizador aroma a cruasanes y café. Me siento a una mesa y pido un café a una mujer de unos cincuenta años de mirada apagada y labios gruesos. No me mira ni me habla. Se limita a tomar nota y desaparece tras la barra.

Ante la taza humeante intento recobrar la lucidez necesaria para reconstruir los hechos. Escribo el relato de Alek y el primer homicidio tiene lugar la noche siguiente; el segundo relato, el de Giulian, se ve interrumpido por la llamada de Naomi: también en este caso el crimen se produce la noche siguiente; tercer relato, Halle: el homicidio tiene lugar dos noches después. Hay una progresión, como si con mis escritos yo consiguiera prever cada vez con mayor antelación el momento del asesinato, que por otra parte nunca llego a describir, puesto que me quedo en el punto en que asaltan a la víctima. ¿Qué querrá decir todo eso? ¿Que me he convertido en una médium o algo por el estilo? ¿Realmente puedo «sentir» un peligro inminente, como he leído en el libro que me ha prestado el doctor Mahl?

Querría saber cuándo ha empezado todo esto: las pesadillas, los dolores de cabeza... Siempre he tenido dolores de cabeza, siempre he tenido pesadillas, desde el día del maldito accidente. Como si después de aquel batacazo del que salí ilesa —la única de las tres—, algo se hubiera modificado ahí dentro.

El resultado es que tengo esas visiones. Pero me falta siempre una pieza en cada historia: el asesino. No consigo verlo, y sigo pensando en Tito y su rebaño.

Quizá tendría que haberle dado su nombre al teniente Sarl. Quizá lo haga.

Perdida en mis elucubraciones, pierdo la noción del tiempo. El gran reloj de la pared tras la barra, redondo y blanco, con un enorme grano de café en el centro, marca casi las once. De la comisaría sale un grupo de personas entre las que distingo a algunos de los periodistas que he visto unas horas antes a la entrada. Dos de ellos, un hombre y una mujer, se dirigen hacia el bar. El resto del grupito se dispersa bajo la lluvia.

Yo espero.

En cuanto los dos periodistas entran, se quitan las bolsas que ambos llevan en bandolera y se sientan a una mesita no muy distante de la mía. Consigo captar alguna palabra suelta.

—... todos profesionales.

—Sin móvil aparente...

—Pero con la misma puesta en escena...

—Si no queremos perder el tren...

—La noticia es nuestra, Roth... ¡Se quedarán todos con un palmo de narices!

¿Roth? ¿Dónde he oído antes ese nombre? ¡Ah, claro! Lo he leído en el periódico del otro día. Saco el ejemplar doblado en cuatro de mi mochila y lo busco: Roth, el periodista que ha firmado el artículo sobre el ahorcado del parque de atracciones.

De modo que así es un periodista de verdad. Ni siquiera tengo que esforzarme en girarme para seguir mejor la escena: un enorme espejo a mi izquierda me ofrece una panorámica perfecta. Él tiene el cabello negro y liso, despeinado lo justo para que se note que es adrede, ojos claros, quizás azules, y barba de tres días, también a propósito, me jugaría lo que fuera. Es el típico tío tan encantado de haberse conocido que no le importa nadie más. Su colega no se queda atrás: rubia, con el pelo corto y los ojos color avellana. Entra en la categoría de «mona». Tiene una mirada decidida que permite intuir la clásica actitud de una profesional.

Piden dos cafés. Roth no le echa azúcar; ella tampoco.

—Ya lo sé, Eva, déjame hacer a mí...

—¡¿Para que dejes que se te escape de las manos?! Escucha lo que te propongo...

Bajan el tono de voz, tanto que no oigo nada más. Luego ella se levanta, le planta un beso en una mejilla y se va. Él la ve salir del bar, sonríe complacido y coge su bolsa verde oscuro, apoyada en la silla de al lado. Saca un bloc de apuntes con la cubierta de piel negra y un bolígrafo del todo anónimo con el que empieza a escribir algo. De vez en cuando lo deja para dar un sorbo al café.

Es el momento de entrar en escena.

—Perdona... ¿Me dejarías el boli un instante? Mi pluma no funciona —digo, mostrándole mi estilográfica de acero.

Él me analiza de la cabeza a los pies. Por su expresión diría que el resultado no le desagrada. Conozco el efecto que causo a los hombres y él no es una excepción.

—Encantado —responde, y me tiende el bolígrafo. Nos quedamos cogiendo el bolígrafo, cada uno de un extremo. El boli queda colgando entre los dos.

—¿Tinta negra? —pregunto.

—¡Exclusivamente!

—Mejor. A mí también me gusta escribir en negro.

—El negro es siempre negro. Azules hay muchos.

Asiento. Nunca he hecho algo parecido: ponerme a hablar con un hombre al que nunca he visto; generalmente es al revés. Por otra parte, si hace un tiempo alguien me hubiera dicho que me encontraría investigando sobre una serie de asesinatos, probablemente me habría reído en su cara.

—¿Eres escritor? —pregunto, lanzando una mirada al bloc.

—No, periodista.

—¿Entonces eres de esos que cuentan noticias aburridas aderezándolas con un montón de tonterías con la esperanza de que resulten más interesantes?

Me lanza una mirada divertida.

—En realidad yo cuento noticias interesantes que hago aburridas con mis tonterías... —Me limito a mirarlo—. Era un chiste —señala Roth—. ¿Tú nunca sonríes?

—Si puedo lo evito. No me gustan las líneas de expresión.

Se ríe.

—¿Y tú a qué te dedicas? Además del colegio, quiero decir.

Hago caso omiso a su puya y me concentro en mi objetivo: obtener información sobre los homicidios.

—Yo también soy periodista.

—¿De verdad? —Parece sorprendido.

—Escribo para el periódico del colegio.

—Ah, ya entiendo... ¿Y de qué escribes? ¿Crónica rosa? Muy divertido.

—Negra, como la tinta —respondo. Levanto el bolígrafo. Ahora si que está sorprendido.

—No pensaba que se hablara de eso en las publicaciones escolares.

Ya me imagino la cara de Scrooge leyendo en el periódico de «su» colegio un artículo titulado: OLEADA DE VIOLENCIA EN LA CIUDAD: TERCER ASESINATO SIN RESOLVER.

—Es una novedad. Y no es la única. Te doy un adelanto: la muerte es parte de la vida.

Se ríe otra vez.

Yo me lo quedo mirando con la máxima seriedad posible.

—Bueno, bromas aparte... ¿sobre qué estás escribiendo ahora? —me pregunta.

—Estoy preparando un artículo sobre el homicidio del Parque Norte.

—¿Cómo?

—El crimen del Parque Norte.

—Vaya. Así que vas en serio. Pues en ese caso podría echarte una mano.

Justo lo que yo quería.

—¿De verdad? Sería fantástico... Pero no querría que te molestaras.

—Figúrate. Es un placer.

—Bueno, pues gracias —respondo, conteniendo la sensación de repugnancia.

—La lástima es que ahora no tengo mucho tiempo, pero éste es mi número —dice, cogiéndome la mano y quitándome el bolígrafo de entre los dedos.

¡No me lo puedo creer: me está escribiendo el número en la mano! ¿Cómo se atreve?

Tiene los dedos muy calientes. O quizá son los míos los que están muy fríos.

Miro las cifras en negro, que destacan sobre mi piel blanca.

—Yo suelo usar *post-it*.

—Gracias por la sugerencia.

Vuelvo a cogerle el bolígrafo.

—A propósito, yo me llamo Roth —se presenta, sonriendo. Se pone en pie. Es alto, observo. Y delgado, con anchos hombros y piernas largas. En el rostro tiene unas pequeñas arrugas, apenas marcadas sobre la piel clara de la frente. Puede tener unos veinticinco años.

—Alma —respondo, estrechándole la mano. Después vuelvo a mi mesita, satisfecha. En cuanto me siento, noto un nuevo pinchazo en la cabeza. Me presiono las sienes con los dedos. Unos segundos y se me pasa.

Saco de la mochila el cuaderno en el que he tomado notas de la conversación con Sarl, para seguir con mi puesta en escena. Y escribo ideas sueltas, afilados fragmentos de una vida que hasta no hace mucho tiempo era reflejo de mí misma y que ahora no me devuelve más que imágenes inconexas. Un espejo roto, siete años de mala suerte.

Anoto preguntas, dudas, cualquier cosa.

Por el rabillo del ojo veo a Roth, que se está poniendo su chaqueta tres cuartos de terciopelo marrón. Sabe que lo estoy mirando, porque ejecuta cada gesto con estudiada lentitud.

Antes de salir levanta la mano a modo de saludo. Su rostro sonriente asoma sobre una enorme bufanda de rayas que tiene enroscada en el cuello.

Le devuelvo la sonrisa, con menor convicción, a través del espejo.

Éste, al menos, está intacto.

42

Mañana.

Para la mayor parte de las personas, incluida mi familia y mis compañeros de colegio, un día sucede al otro como eslabones de una cadena. Pero yo tengo la impresión de que me faltan muchos de esos eslabones, cada vez más. Camino como si nada hacia la parada del autobús.

Escucho música con la esperanza de encontrar una distracción, pero las notas no hacen más que amplificar las sensaciones, sacándolas a la superficie como algas arrancadas del fondo del mar por un oleaje demasiado violento.

Cuando llega el autobús, me cuelo rápidamente entre la gente que baja, ganándome miradas de odio y algún insulto, pero consigo plantar bandera en un asiento libre justo al lado de las puertas.

En el autobús hay un ambiente tibio, denso, de sudor. Miro alrededor, como hago siempre: estudiantes con sus mochilas a la espalda y el sueño aflorando en los párpados, trabajadores de mirada apagada, cada uno siguiendo sus pensamientos de soledad, de hijos problemáticos, de maridos ausentes o de mujeres sofocantes. Nadie parece feliz.

Yo, la primera.

Al fondo, junto a la máquina de marcar los billetes, hay un hombre todo vestido de oscuro. A pesar del sombrero calado en la cabeza, que le esconde gran parte del rostro, consigo captar un detalle: parece que no tiene pelo. Está de pie y se agarra a la barra de metal que tiene sobre la cabeza con una mano enfundada en un guante.

Una sacudida me recorre el cuerpo. Pienso en la mano con

un guante que salió de la niebla para agarrar a Halle. Después en el extraño tipo que me siguió hace unas semanas casi hasta el colegio. El que parecía correr tras mi bicicleta.

Es muy parecido. ¿O será el mismo?

No, no puede ser. El de la bicicleta era más pequeño y corpulento.

A lo mejor también éste me está siguiendo.

Me temo que lo descubriré muy pronto: ya falta poco para mi parada. Lo observo con disimulo, sintiéndome protegida por la presencia de tanta gente. Él mira hacia abajo, sin girar en ningún momento la cabeza. Permanece así durante todo el trayecto. Después, poco antes de que se pare el autobús, me pongo en pie y me dirijo a la salida. Él no se mueve.

Bajo a la acera y me giro a mirar. No está.

Suelto un suspiro de alivio y me encamino al colegio. Doy unos pasos y vuelvo la cabeza, por si acaso. ¡No me lo puedo creer! ¡El hombre está detrás de mí! Se mira la punta de los zapatos, como si nada.

Acelero el paso. Él también. Tomo una travesía a la derecha. Él también. Entonces echo a correr. Un auricular se me sale de la oreja y empieza a bailar al ritmo de mis zancadas y de mi corazón agitado.

Giro a la izquierda. Él no afloja; es más: me da la impresión de que está más cerca. Pero ¿quién es? ¿Por qué me está siguiendo? ¿Qué quiere? ¿Asustarme? ¿Secuestrarme? ¿Matarme?

Corro todo lo rápido que puedo. El colegio está cerca. Tengo que conseguir llegar y ponerme a salvo. ¡Tengo que hacerlo!

Tac. Tac. Tac. Tac.

Siento los pasos del hombre que me sigue cada vez más próximos. Está a punto de alcanzarme. «Tengo que correr más rápido», me repito, con la respiración cada vez más afanosa y el corazón a punto de explotarme en el pecho.

Entonces lo veo por fin. Nunca he tenido tantas ganas de entrar en el colegio. Es mi único refugio. Ojalá llegue a tiempo...

Pese al semáforo en rojo, cruzo. Tengo la desagradable sensación de que sería mejor acabar bajo las ruedas de un coche que entre las manos de mi perseguidor. Me lanzo entre los coches a la carrera. Cláxones histéricos y conductores furiosos.

Llego a la otra acera y vuelvo a girarme por última vez, esperando que el hombre haya desistido. A mi espalda no está. Miro alrededor.

Y lo veo. De nuevo me quedo sin aliento. El hombre ha cruzado la calle a pocos metros de mí y ha llegado a la misma acera. Por primera vez observo que lleva puestas unas gafas de sol, como el otro misterioso perseguidor. Está inmóvil y me mira, como si me quisiera decir: «Te puedo pillar cuando quiera».

Me quedo indecisa por un instante, cuento hasta cinco y luego salgo disparada hacia la entrada de la escuela, que está a unos cincuenta metros.

Corro con todas mis fuerzas.

No me importa lo que esté haciendo él, ni lo cerca que esté de mí. Me concentro únicamente en mi meta. Paso como un rayo por la verja y de pronto choco contra algo o alguien. Algo, o alguien, me corta el paso.

—¡NO! —grito.

—¿Alma? ¿Qué pasa? —dice una voz.

Levanto la vista. Es Morgan. Morgan que me coge en sus brazos. ¡Qué contenta estoy de verlo!

Miro a mi alrededor, asustada. El hombre parece haber desaparecido.

—¿Alma?

—Me estaban siguiendo.

—¿Estás segura?

—Sí, y no es la primera vez.

Morgan sale a la calle. Mira a la derecha, luego a la izquierda. Luego vuelve conmigo, con una expresión demasiado seria en el rostro como para no alarmarse.

—¿Has visto quién era? —me pregunta.

—Un… hombre —respondo, pero aún estoy sin aliento tras la carrera y me cuesta hablar.

—¿Y qué aspecto tenía?

—No sabría decirte… Alto, todo vestido de oscuro.

—¿Y has dicho que no era la primera vez?

—Pues no. Otro hombre, hace un tiempo, me siguió hasta el colegio.

—No era el mismo hombre.

—No.

—¿Segura?

Asiento.

—¿Y no tenían nada en común?

—Sí... Los dos llevaban guantes, sombrero y gafas de sol. Y estoy casi segura de que los dos eran calvos.

Él se queda en silencio, pensativo.

—¡Maldición! —exclama después.

—¿Tienes idea de quiénes pueden ser?

—No. Pero tienes que estar muy atenta, Alma. Mantente alejada de esos hombres.

—Pero...

—Haz lo que te digo. Vestidos de oscuro, con guantes, sombrero y gafas de sol. Y calvos. Cada vez que veas a uno... huye. Y ahora ve a clase.

—¿Tú adónde vas?

No me responde. Se dirige hacia la verja.

Estoy demasiado agotada para pensar qué querrá hacer.

«Cada vez que veas a uno... huye.»

¿Uno de qué? ¿Quiénes son esos hombres? ¿Quizá los responsables de los homicidios sobre los que escribo? ¿Será por eso por lo que me siguen? ¿Porque saben que yo hablo de ellos en mis relatos? No, es una locura; ahuyento la idea con todas mis fuerzas. Si fuera así, ya no estaría segura en ningún lugar.

Me dirijo a mi clase, con la esperanza de que el día no me reserve más sorpresas.

Naomi sigue en casa.

No obstante, aparte de su ausencia, en clase todo parece normal: mis compañeros distraídos, los profesores apáticos, el colegio de plástico. Pero es precisamente bajo la superficie del día a día por donde se mueve el fantasma de mis miedos.

«Cada vez que veas a uno... huye.»

En el recreo hablo con Agatha. Tiene los ojos cansados y enrojecidos. No parece haber dormido mucho.

—¿Cómo está tu tía?

—Mejor, gracias.

—¿Y tú? Tienes una cara...

—Estudié hasta tarde.

—¿Y para qué? No hay deberes de clase.

—Estoy acabando mi trabajo de investigación de química —me recuerda ella quitándole importancia con un gesto.

Vuelvo a pensar en cuando la vi salir del laboratorio con el frasco de cristal. Mentía entonces, y miente ahora.

—Así que haces horas extras para el Profesor K...

—Pues sí. Esperemos que valga la pena.

—Sin duda. Es un tío que sabe de lo que habla.

—Y la química es lo único que me interesa de este asco de colegio —confirma ella, asintiendo. ¿Cómo voy a llevarle la contraria?

—¿Cómo es el profesor?

Me lanza una mirada de través. Estoy invadiendo demasiado su territorio privado, y eso no le gusta.

—Como todos.

—A mí me parece un tipo bastante raro, ¿no te parece?

Hace una mueca para darme a entender que no he hecho una observación muy aguda. Con Agatha siempre es muy difícil hablar.

Decido cambiar de tema.

—Estaba pensando en Adam. ¿Lo has vuelto a ver?

—Limpia los baños.

—¿Y no te ha dicho nada?

—Nada.

—Yo no consigo olvidar cómo nos miraba cuando Scrooge nos comunicó su castigo...

—¡Otra vez con eso!

—Te digo que nos miraba, Agatha. ¡Y estaba cabreado con nosotras! Tenía los ojos cargados de odio, como si todo hubiera sido culpa nuestra. ¿Tú entiendes por qué?

Por un momento me parece descubrir algo en su mirada, que enseguida se vuelve dura e impenetrable.

—Adam puede pensar lo que quiera. Ahora ya no nos molestará más.

—¿Estás segura?

—Más le vale. Si intenta hacer algo, sabe con qué se va a encontrar.

—¿Con qué?

—Conmigo.

Esas palabras me paralizan con la fuerza de un veneno. ¿Quién es Agatha en realidad?

Me lo pregunto mientras la veo alejarse con su mochila a la espalda, envuelta en su halo de odio y soledad.

Y luego me vuelve a la mente el Profesor K.

Con sus gafas de sol.

«¡Cada vez que los veas… huye!»

43

Hace al menos cinco minutos que miro alternativamente el teléfono y el número apuntado en el dorso de la mano. Levanto el auricular y marco las cinco primeras cifras, luego cuelgo. Estoy en el recibidor. En casa no hay nadie.

Por fin me decido: lo llamo.

A los pocos timbrazos responde una voz.

—Soy Alma, hola.

—¡Alma!

Parece contento de oírme.

—Qué sorpresa. ¿Cómo estás?

No podría estar peor.

—Bien. Me preguntaba si tendrías tiempo para ayudarme con mi artículo.

Silencio.

—Sí, con mucho gusto. ¿Quieres pasar hoy?

—Vale.

—¿Sabes dónde está la redacción del periódico?

—Claro.

En realidad no lo sé, pero no quiero dar la impresión de que soy una niña a la que hay que explicárselo todo. No me costará mucho encontrar la dirección.

—¿Te espero hacia las seis?

—Perfecto, gracias.

—De nada, es un placer.

No lo discuto.

Antes de salir voy a mi habitación, cierro la puerta a mis espaldas, cojo el cuaderno violeta del armario y lo observo sin abrirlo. Tiene la cubierta lisa y suave, de un violeta intenso que me recuerda el color de algunas vestiduras de los curas. La acaricio, cerrando los ojos. Puedo sentir las palabras escritas en su interior, que me queman la piel de las yemas. Retiro la mano y vuelvo a colocar el cuaderno en su sitio.

Tengo que irme.

Los edificios que dan al Puerto Viejo son grandes bloques de ladrillo con enormes ventanas. Hubo un tiempo en que se usaban para almacenar mercancías y todo el barrio debía bullir de vida. Ahora que el puerto está en desuso, una parte del barrio ha sido incluida en un proyecto de recalificación, como suele decirse. Han puesto en marcha varios por la Ciudad, y tienen como única consecuencia unas obras llenas de ruido en las que unos enormes insectos mecánicos excavan, demuelen y reconstruyen. El resultado es una serie de edificios idénticos, casi clonados, en diversos puntos donde antes había casas, jardines y fábricas.

Recorro sin prisas el muelle de cemento que se extiende junto a los viejos depósitos. Está iluminado por las pocas farolas que quedan, con la base de hierro decorado con anclas ya oxidadas por el tiempo. La luz invade fragmentos de oscuridad, dejando a la vista únicamente una parte de la desolación que me rodea.

Un viento frío y húmedo que huele a pantano me envuelve, se me mete en la nariz, desciende por la garganta y me invade el estómago. Toso y me tapo la boca con la bufanda. A mi izquierda discurre el río, amenazante. Al otro lado, los almacenes abandonados parecen observar el agua oscura a través de los cristales rotos de grandes ventanales, en cuyo interior buscan refugio para pasar la noche unas cuantas gaviotas que chillan al viento como niños desesperados. Portones de madera atrancados con tablas clavadas cierran el paso a un ayer del que sólo queda alguna caja vieja tirada contra las paredes rojas.

Levanto la vista hacia el cielo, oscuro y apagado. Sigo caminando con las manos en los bolsillos.

El cabello se me levanta con el viento, separándose de la espalda, como si alguien me lo quisiera arrancar. Algo más allá el muelle se abre en una explanada con una serie de árboles ordenadamente distribuidos, como centinelas. Detrás se alza un almacén, igual a los demás pero completamente restaurado, con amplios ventanales con marcos verdes. La gran puerta de ingreso también está pintada en verde y está abierta. En la pared, un discreto rótulo blanco con el nombre del periódico en negro.

A ambos lados de la entrada hay dos macetas de arcilla, con sus plantas de tallo alto y hojas brillantes.

Unos focos de teatro iluminan la estructura, amplificando el efecto de que todo lo que queda a su alrededor no existe.

Avanzo decidida hacia una puerta corredera de vidrio que se abre a mi paso con un murmullo imperceptible.

Inmediatamente quedo impresionada ante la extraordinaria altura de los techos, pintados de un blanco más cándido que la nieve.

El vestíbulo de la redacción es pequeño y ordenado. Sofás de tela verde y revistas a un lado, distribuidores automáticos de bebidas y aperitivos al otro. Delante de mí, una chica guapa y sonriente se apresta a ofrecerme su ayuda desde detrás de un mostrador de madera clara como el suelo. A sus espaldas, un inmenso ventanal ofrece una panorámica completa de la redacción, dividida en dos plantas de frenética actividad, con lámparas y pantallas de ordenador, montones de libros y periódicos por todas partes.

Me acerco.

—Buenas tardes. ¿En qué puedo ayudarla?

Me pregunto si las recepcionistas nacen o se hacen. ¿Cómo se puede sonreír diez horas al día, cualquiera que sea quien esté delante?

—Estoy buscando a un redactor del periódico... Sólo sé su nombre, Roth.

—¿A quién debo anunciar?

—Alma.

—Un momento, por favor.

Veo que empieza a apretar una serie de botones en el teclado de un teléfono dotado de todos los complementos posibles.

—Roth, ha venido a verte una chica... Alma... De acuerdo —habla por un auricular—. Si se quiere sentar un instante, enseguida vendrá. —Me indica, sin dejar de sonreír, uno de los sofás junto a la pared de la entrada.

Apenas he tenido tiempo de sentarme cuando Roth aparece por una puerta detrás de la chica.

—Hola, bienvenida.

—Gracias.

—Sígueme, te enseñaré la redacción.

Me guía por el interior de un enorme *loft* ocupado por centenares de mesas blancas pegadas una a otra como fichas del Scrabble. Paneles de madera clara delimitan cada espacio a modo de cajas. Un murmullo de fondo, sordo y persistente, recuerda el zumbido de un enjambre. Levanto la mirada y observo que el techo está forrado de un extraño material blanco ondulado que parece plástico y que difunde la luz con la misma reverberación que emite el sol a través de un cielo nublado. Me molesta a los ojos y parpadeo. A mi alrededor hay gente que habla por teléfono, otros que discuten entre sí, pero me es imposible distinguir lo que dicen: todo queda amortiguado, casi sellado en el interior del restringido perímetro que ocupa cada uno. Noto una leve sensación de aturdimiento.

—¿Te gusta?

—Está bien…

—Al cabo de un rato te acostumbras.

Roth debe de haber intuido lo que pienso realmente.

—¿A qué?

—A trabajar aquí. Me doy cuenta de que al principio puede parecer raro, pero después resulta divertido estar todos juntos.

—El roce hace el cariño.

—Exacto. Ésa es mi mesa. —Señala un escritorio colmado de periódicos, libros, agendas, paquetes de galletas abiertos y latas de bebidas, todo ello formando una montaña tan alta que ni siquiera veo si detrás hay una silla o no—. Perdona por el desorden… Espera, que arreglo un poco esto para que podamos sentarnos.

Me quito el chaquetón y le ayudo a colocar unos montones de papeles en el suelo, junto al panel —donde, por otra parte, ya hay una impresora, enormes clasificadores cargados de papeles como bocadillos llenos de embutido y unos cajones con el nombre de Roth escrito con rotulador rojo.

Mientras intentamos hacernos un hueco en aquel caos nos interrumpe alguien que, a falta de puertas, se asoma por el espacio entre dos paneles.

—Roth, ¿me mandas la pieza sobre el linchamiento de ayer?

Es Eva. Recuerdo su nombre del día en que conocí a Roth en el bar. Cuando me ve, enmudece por un instante y se me queda mirando.

—No pensaba que tuvieras compañía.

En su tono advierto un sutil tono sarcástico que no me gusta nada. Se apoya en el panel con gesto seguro, a la espera de una explicación.

—Hola, soy Alma.

Se queda sorprendida de mi iniciativa.

—Y yo soy Eva.

Después, como si yo hubiera dejado de existir, se dirige de nuevo a Roth, que mientras tanto ha reaparecido de debajo del escritorio.

—Bueno, pues espero ese artículo. Cuando puedas, claro.

—Sí, te lo mando enseguida.

Eva se va, dándome la espalda, altiva como una modelo de pasarela.

—Me parece que la zona ya está accesible —proclama Roth, con la que sin duda considera una de sus mejores sonrisas, y me señala su silla.

Le doy gusto y me acomodo, con la mochila sobre las rodillas.

Luego desentierra una segunda silla de un cúmulo de abrigos y otros papeles y se me sienta al lado.

—¿Has traído el texto en el que estás trabajando?

—Sí.

Extraigo del bolsillo anterior de la mochila el cuaderno en el que he escrito la secuencia de los acontecimientos. Se lo doy y él empieza a leer.

Al cabo de un rato levanta la mirada.

—Tienes una caligrafía interesante.

Eso no me lo había dicho nunca nadie. No le doy mucha importancia, tal como suelo hacer con los cumplidos. Miro las palabras escritas sobre el papel, vuelvo a pensar en el cuaderno violeta y en mis relatos, en cómo cambia mi caligrafía según lo que escribo. Aquí es más redondeada y femenina, mientras que en mis pesadillas se vuelve inclinada y angulosa, con un trazo grueso y pesado como si quisiera marcar las frases a fuego, para siempre.

Siento un ligero pinchazo en la cabeza, pero intento no hacer caso. Tengo que obtener algo de información. Sin duda Roth sabe más de lo que dice.

—¿Qué te parece? El texto, quiero decir.

—Es un resumen de lo que ha publicado la prensa. Si quieres te ayudo a corregir la estructura.

Me acerco y le miro fijamente a los ojos.

—Yo creo que hace falta algún detalle más, aunque sólo sea para que en conjunto resulte menos banal. ¿Qué te parece?

—Alma, yo quiero ayudarte, pero hay información reservada…

—Una buena periodista nunca revela sus fuentes, ¿no?

Él sonríe.

—Supongo que será difícil hacerte cambiar de idea cuando se te mete algo en la cabeza.

—Más bien, sí.

—Escúchame —dice Roth, bajando el tono de voz—, yo no sé mucho más que tú. El teniente Sarl, responsable de las investigaciones, no ha sabido decirnos mucho al respecto. Dan palos de ciego, pero de algo están bastante seguros.

—¿De qué?

—De que no se trata de una única persona. Parece que los resultados de los primeros análisis de la Científica lo dejan claro.

Sarl me había dicho que estaba casi seguro de que se trataba de más de un asesino. Pero de todos modos un escalofrío me recorre la espalda, como si me hubieran metido en el suéter mil serpientes minúsculas, gélidas y viscosas.

—¿Te encuentras bien?

—Sí, sí.

¿Le hablo de las sectas, de Tito? No, aún no puedo fiarme.

Roth recibe una llamada de teléfono.

—¿Sí? Muy bien… Ya voy.

Cuelga el auricular.

—Perdona, Alma, pero ahora tengo que dejarte. Está a punto de empezar una aburrida reunión de redacción.

—¿A esta hora?

—La dura vida del periodista. Me hubiera gustado invitarte a comer algo, pero…

—No te preocupes. Gracias.

Habría podido sacarle más. Por ejemplo, qué tipo de resultados ha obtenido la Científica, pero intento conformarme. Muy pronto volveré a visitar a Sarl para hacerle más preguntas.

—Ha sido un placer. Déjame tu número de teléfono. Así, si tengo alguna información interesante para ti, podré informarte.

«Muy astuto», pienso. Espero que sirva de algo.

Le escribo el número en un trozo de papel.

—Haré un buen uso —promete él.

—No tienes elección.

Se despide con un suave beso en la mejilla.

No siento nada más que el deseo de salir de allí lo antes posible.

44

Cuando salgo de la redacción del periódico, sobre la calle se ha extendido una oscuridad aún más intensa.

Me pregunto si no será más seguro atravesar el puerto dando un pequeño rodeo en vez de volver por donde he venido. La mera idea de pasar otra vez frente a esos almacenes abandonados y de caminar por el muelle segado por haces de luz amarillenta me da escalofríos. Me dirijo hacia el puerto, pero enseguida me doy cuenta de que no he hecho la mejor elección. Aquí las viejas farolas son pocas y agonizantes. Algunas emiten destellos intermitentes que transforman la acera en el interior de una discoteca de polígono a la hora del cierre.

El viento ha aflojado un poco, pero sigue siendo gélido y punzante. Me encojo dentro de la chaqueta.

Sigo adelante, pensando que cada paso es uno menos que falta hasta la parada. Me pregunto por qué a nadie se le ha ocurrido construir un pasaje justo detrás de la redacción y cómo hacen los periodistas para ir a buscar un autobús sin vivir aterrorizados ante la posibilidad de que les ataque un desconocido por el camino. Después reflexiono y pienso que quizás a ellos no les persigan extraños individuos con sombrero, guantes y gafas de sol.

Me embiste una fuerte ráfaga de viento que me golpea por la espalda y me empuja hacia delante. No tiene sentido, pero me da un susto de muerte, como si aquel viento fuera el aliento de alguien a mis espaldas. Empiezo a correr. Recorro el viejo muelle y los edificios abandonados con la horrible sensación de que me siguen otra vez.

Me giro y no veo a nadie. No oigo nada, aparte de mi respiración agitada.

Llego hasta el viejo hangar de las embarcaciones, donde unos cuantos esqueletos de hierro oxidado y cascos de madera podrida yacen amontonados en una especie de fosa común.

Avanzo entre los restos lo más rápidamente posible, sin ver muy bien dónde meto los pies. De pronto siento un tirón en la pierna. Me detengo de pronto y me doy cuenta de que un gancho de metal, quizá la punta de un viejo arpón de pesca, se me ha clavado en los pantalones, a la altura de la pantorrilla. Afortunadamente sólo ha atravesado la tela, pero el corazón se me sale por la boca. Respiro profundamente y me agacho para soltarme.

En ese preciso momento una sombra oscurece la tenue luz de las farolas. Una mano se acerca. Querría huir, pero el cuerpo no me responde. Estoy paralizada. «Cada vez que los veas…»

—Alma, soy yo —susurra Morgan.

Levanto la mirada y, en cuanto lo reconozco, me siento incapaz de reprimir un llanto repentino e incontrolable, que brota como un río aprisionado por la roca durante demasiado tiempo.

Nadie me había visto llorar hasta entonces.

Él se arrodilla delante de mí.

—¿Qué haces? Estoy aquí, soy yo. Tranquila.

—Me va a estallar la cabeza —respondo a duras penas.

Me abraza y me ayuda a levantarme. Me agarra con fuerza y firmeza. Me hace sentir protegida. No le pregunto cómo es que está ahí, por qué cuando lo necesito siempre lo encuentro. Me basta con que haya venido.

—Vámonos de aquí —murmuro.

Él asiente. Caminamos a paso veloz, apretados el uno contra el otro.

Morgan lanza miradas penetrantes a nuestro alrededor, atento y en guardia, como si esperara que pudiera suceder algo de un momento a otro. Yo me seco las lágrimas de los ojos. Casi estamos al final de la zona portuaria. Consigo ver la calle a lo lejos y reconozco el coche de Morgan. Emito un suspiro de alivio.

—Acelera el paso, Alma.

—¿Por qué? ¿Qué…?

—Haz lo que te digo.

Su tono no deja lugar a réplicas.

Obedezco, pero siento la angustia que vuelve a emerger desde la boca del estómago. Intento girarme, pero él me lo impide.

—¡Corre, rápido!

La calle que tenemos delante ahora parece un espejismo inalcanzable. Morgan me suelta.

—¡Corre al coche todo lo rápido que puedas! Yo iré enseguida.

—¿Qué está pasando?

—No hay tiempo para explicaciones. ¡Corre!

Corro con todas mis fuerzas. No me detengo, porque si lo hiciera no podría volver a moverme. El miedo me envuelve como un manto oscuro y pesadísimo. Veo las luces de la calle ante mí.

Me giro, con el corazón golpeándome en el pecho como una bomba descontrolada. La cabeza me late al ritmo de un martilleo doloroso e incesante.

Entreveo dos siluetas que se recortan en el haz de luz de una farola. Están librando una violenta lucha de juegos de sombras. Así que es cierto. Alguien me estaba siguiendo. Otra vez.

—¡Morgan!

Querría hacer algo, pero el enfrentamiento dura una fracción de segundo. Una de las dos figuras desaparece de la luz y la otra empieza a correr en mi dirección. Ingenuamente, intento esconderme tras el coche de Morgan, sin saber qué hacer, mientras intento discernir si es él o no.

La silueta se acerca con paso incierto. Espero.

Los faros de un coche que pasa por allí atraviesan la oscuridad e inciden en dos ojos, intensos y luminosos.

Son los suyos.

Es Morgan.

Llega a mi altura y pasa a mi lado. Se sube al coche y con un gesto me indica que haga lo propio. Parece exhausto.

Me siento a su lado.

Morgan respira con dificultad y se sostiene la cabeza entre las manos, con los codos apoyados en las rodillas.

—¿Qué ha pasado? —pregunto.

—Ha ido bien.

Habla bajo. No estoy segura de haber entendido.

—¿Quieres explicarme qué ha pasado?

—Gente malvada, Alma.

—¿Y por qué la han tomado con nosotros?

—No lo sé. Pero… lo único importante es que ahora todo ha acabado.

—¿Qué le has hecho?

Morgan me mira en silencio. Puedo sentir el peso de sus pensamientos girando a nuestro alrededor como una pantalla, como una barrera de protección ante el mundo.

—Ya no nos molestará más. Lo he tirado al agua. Se lo ha llevado la corriente.

Me estremezco ante la idea de caer en el río, sobre todo en esta época.

—¿Volverá?

—Él no.

—¿Tú cómo estás?

—Yo estoy bien. No debes preocuparte.

—Sí, pero… ¿Cómo es que estabas ahí? ¿Me has seguido tú también?

Él mira fijamente hacia delante.

—Tú fíate de mí y estate atenta.

—Pero…

—¡No debes ir sola al puerto a estas horas! ¡No lo hagas nunca más! ¿Está claro?

Ahora parece casi enfadado. Me agarra de una muñeca, apretándola. Tiene una mirada salvaje, con las pupilas dilatadas y vibrantes. Me asusta.

—Prométeme que no te pasearás sola a oscuras nunca más. Es peligroso, ¿me entiendes?

—Yo no tengo miedo de la oscuridad.

—No es la oscuridad lo que debe darte miedo. Son sus habitantes.

—No creo en fantasmas. Ni en las criaturas de la noche.

Morgan no responde. Sacude la cabeza.

—Tú no te das cuenta de los riesgos que corres. La Ciudad no es segura.

Sin embargo sí me doy cuenta, desgraciadamente.

—Ya no soy una niña. Y en cualquier caso, no puedes decidir sobre mi vida.

Su mirada parece adoptar de pronto un tono azulado que esta noche es más luminoso que nunca.

Lentamente, acerco una mano a su rostro. No está sudado ni acalorado. Lo rozo ligeramente y siento su piel suave bajo las yemas de los dedos. Él me mira y me deja hacer. Después me acaricia la mano. Está fría. Me la aprieta, la retira de su mejilla y se la acerca a los labios. Yo no se lo impido, y me quedo expectante. Cuando siento sus labios sobre la palma de la mano cierro los ojos, dejándome llevar por una sensación que no he sentido nunca. Es hielo que me quema, me calienta y se pierde en las profundidades de mi ser.

Es como si, por primera vez, me sintiera viva.

45

Duermo un sueño pesado, que por la mañana me deja atontada, como si me hubieran anestesiado. Antes incluso de abrir los ojos, las imágenes de la noche anterior reaparecen en mi mente en un desorden caótico.

Con gran esfuerzo me levanto de la cama y, sin mirar siquiera por la ventana, me meto en el baño. La casa está en silencio. A lo mejor ya han salido todos. Disfruto de esa paz y ejecuto cada gesto con extrema lentitud. Tengo miedo de que el tiempo pase demasiado rápido y que muy pronto ocurra alguna otra cosa terrible.

Paseo un poco por casa. A pesar de las cortinas, se filtra una luz viva e intensa. Me acerco a una ventana del comedor y miro afuera. A lo lejos veo dos aviones esperando su turno en la pista de aterrizaje del aeropuerto. El río parece fluir más tranquilo. Hay un sol alegre que promete la llegada de la primavera. Su luz me da fuerza. Y me da la impresión de que este día será menos duro de lo previsto.

Por primera vez desde no sé cuánto tiempo decido ponerme algo mono. Es un vestido corto, verde, de punto, escotado sobre el pecho y muy adherido al cuerpo. Lo combino con un par de botas de gamuza bajas y un vistoso collar de piedras negras y verdes que me regaló Jenna tras el accidente.

Me pongo una chaqueta más ligera, pero antes de salir recupero la pluma de acero y el pequeño dragón de papel con el número de Morgan.

Fuera, el aire es penetrante pero agradable. Me noto ligeramente eufórica. No veo los gases tóxicos de los coches, ni oigo exabruptos rabiosos entre los conductores y los peatones.

Todo parece estar en armonía con todo.

En el vestíbulo del colegio me llevo una agradable sorpresa.

Naomi ha vuelto a clase. En cuanto me ve llegar deja a Seline, con quien estaba hablando, y viene a mi encuentro. Su rostro parece más relajado. Nos apartamos de la multitud que espera que suene el timbre.

—¡Hola, has vuelto!

—Hola, Alma.

—Qué bien, verte de nuevo por aquí.

—Yo también estoy contenta. El doctor Mahl me ha aconsejado que hiciera lo que me apeteciera, y yo estaba cansada de estar todo el día en casa —me susurra.

—Estupendo. Has hecho bien.

Está más delgada y menos vivaracha de lo habitual, pero parece que está reaccionando bien. Las marcas sobre el rostro han desaparecido y sus ojos negros han recuperado algo de brillo.

—¿Y tus padres?

—Oh, ellos están convencidos de que estoy deprimida por el colegio.

—¿Has hecho algún progreso en tus sesiones?

—Diría que sí. —Baja la mirada—. Ya lo sé casi todo. Pero aún me cuesta mucho hablar de ello.

—Entiendo. Ya lo harás en su momento. Cuando denuncies a aquellos animales.

—Alma, yo no tengo intención de hacerlo. Si lo hiciera, lo sabrían mis padres y sería un desastre, ¿lo entiendes?

—Naomi, no puedes...

—¿Has visto, Alma? —nos interrumpe Seline—. Han salido las fechas de las excursiones.

Se ha quedado hecha un fideo.

—Sí, están ahí. —Naomi me señala un tablón en la pared entre el despacho de Scrooge y la sala de profesores, frente a los baños.

Me acerco para echar un vistazo. Las excursiones son de los pocos momentos realmente divertidos en la vida de un estudiante. A mi lado, algún chaval estalla de alegría, haciendo proyectos para las noches que pasará yendo de una habitación a otra en el modesto hotel que nos albergará. Rebusco en mis bolsillos y saco la estilográfica de acero. Está helada, como siempre, pero la sensación al tacto es muy agradable. Es como una varita mágica o un arma que transmite poder.

Mientras transcribo las fechas en mi agenda, alguien se coloca a mis espaldas.

Me giro, pensando que me encontraré con Morgan, pero me equivoco. Es Adam. A diferencia de la última vez tiene una mirada tranquila que en él casi resulta inquietante: hace pensar en la calma que precede a la tormenta. Va vestido con vaqueros y una sudadera. Y lleva los guantes de goma que usa para limpiar los baños.

—Se te ha caído esto.

Me da el *origami*: debe de habérseme caído del bolsillo cuando he sacado la pluma.

—Gracias.

Intento mantener un tono neutro para no reavivar viejos rencores.

—De nada. Así se lo puedes devolver a tu amiga Agatha.

—¿Por qué tendría que devolvérselo a ella?

—Porque es suyo.

—No, te equivocas. Es mío, lo encontré en mi pupitre.

—No es posible. Lo puse yo. Y era para ella.

—Pues te equivocaste de pupitre. —Adam sonríe de un modo extraño, casi siniestro—. ¿Por qué querías dárselo a ella?

—Pregúntaselo a tu amiga. Tiene muchas más respuestas de las que tengo yo.

—¿Qué quieres decir?

—Nada que tú no sepas. Sólo que unos días antes del incendio en el despacho del director alguien forzó mi taquilla mientras hacía gimnasia y me robó el anillo del dragón.

—Estás mintiendo.

—¿Por qué iba a hacerlo?

—El anillo del dragón apareció en el despacho de Scrooge.

—Exacto, pero no estaba en mi dedo la noche en que se prendió fuego.

—¿Y por qué no se lo has dicho a Scrooge?

—¿Tú qué crees? ¿Que no lo he intentado? No me creyó.

El colegio necesitaba un culpable y yo era un culpable perfecto. Sólo por ese estúpido anillo.

—Pensaba que le tenías mucho cariño a ese anillo.

—¿Yo? —Adam resopla—. Es sólo algo que me encontré y que me ha traído más problemas que otra cosa.

—¿Dónde... dónde lo encontraste?

—¿Y a ti qué más te da?

—Dime dónde lo encontraste, Adam.

—Cerca del lago.

—¿Qué lago?

—El del Parque Norte, donde voy siempre a correr. Alguien lo perdió y yo lo recogí. No es ningún delito.

El lago del Parque Norte.

El miedo me paraliza. No, no puede ser.

—Espera... Espera... ¿Me estás diciendo que no eres responsable del incendio del despacho de Scrooge?

—Mira que si te ven hablando conmigo te arriesgas a que te expulsen también a ti.

—¿Le prendiste fuego al despacho del director?

Él se ríe.

—Perdona, pero... ¿por quién me has tomado? Aunque hubiera hecho algo así, desde luego no habría dejado una especie de cartel diciendo: «He sido yo».

Desde luego, tiene razón. Siempre he pensado que el anillo se le habría caído por error, pero ignoraba el asunto de la taquilla forzada.

—Suponiendo por un momento que te creyera, Adam, si no has sido tú, ¿quién ha sido?

—Yo de ti miraría bien a las personas que te rodean.

—¿Hablas de mis amigas?

Adam asiente.

—¿Agatha? —El nombre me sale de la boca como una mosca que después de luchar durante horas contra un cristal encuentra por fin la salida.

—¡Respuesta exacta!

—Te equivocas. No puede haber sido ella.

—No eres más que una pobre tonta. Alguno de mis compañeros la vio merodear cerca de mi taquilla el día en que la forzaron.

—Eso no es una prueba.

—Quizá no, pero es una pista.

—¿Por qué no diste su nombre?

Él se ríe, nervioso.

—¿Quieres saber por qué? Porque esa tía está como una cabra. Cuando me pillasteis en el río…

—Eso fue porque…

—¡Shhhh! Ya sé por qué fue. Pero, no me preguntes cómo, estoy seguro de que no se hubiera detenido si no hubieras intervenido tú. Agatha habría llegado a… —Le dejo acabar—. A matarme.

Entre nosotros cae un silencio pesado como el plomo. Adam por fin ha dicho lo que yo sigo repitiéndome en secreto durante semanas. Le hago una última pregunta.

—¿Por qué querías dejar el dragón de papel sobre su mesa?

—Porque quería que ella supiera que yo lo sé.

Así que un mensaje para Agatha llegó a mis manos por error. Pero quizás eso también tiene un significado. Con ese dragón en el bolsillo hablé por primera vez con Morgan en el Zebra Bar. Y él me puso en guardia sobre cualquiera que llevara el símbolo del dragón. En aquel momento pensé en Adam, pero en realidad no era él el propietario del anillo. Su portador lo había perdido cerca de un lago, en el parque donde han matado a Halle.

De pronto vuelve a dolerme la cabeza. Me aprieto las sienes entre las manos.

—¿Qué tienes? —Levanto la vista hacia Adam, culpable a su pesar—. Vete a clase, Alma —me dice—. Yo tengo que volver al trabajo.

Después se dirige a los baños. Lo miro con otros ojos. Le veo una dignidad antes insospechada.

Tras un inicio pesado, la mañana discurre tranquila.

En los pasillos, en la entrada, en el patio, busco a Morgan. Pero no hay ni rastro de él.

46

El teléfono suena del otro lado de la puerta y, como siempre, no recuerdo dónde he metido las llaves.

En casa no hay nadie.

Hurgo en todos los bolsillos. Cuando por fin las encuentro, llego justo a tiempo de descolgar antes de que el último timbrazo me eche en cara que he llegado tarde otra vez.

—Soy Roth, hola.

—Hola.

—Hay novedades sobre el caso de los homicidios.

—Fantástico. ¿Cuáles?

—Es mejor no hablar por teléfono.

—¿Dónde nos vemos?

—¿Puedes pasar por la redacción?

—Preferiría no hacerlo.

Afuera está oscureciendo y aún tengo la pesadilla de la otra noche a flor de piel.

—Yo tengo que ir a la comisaría. Podemos encontrarnos allí. Y a lo mejor después puedo invitarte a esa cena que te debo.

—De acuerdo, nos vemos allí. Gracias —respondo, cortante.

«Por fin avanzamos», pienso. ¿Habrá encontrado la policía alguna pista útil?

Escribo una nota a Jenna y se la dejo sobre el mueble de la entrada: «Voy a comer una pizza con los amigos. No volveré tarde, te lo prometo. Alma».

En realidad no tengo ni idea de cómo acabará la noche.

No me quito siquiera la chaqueta. Dejo en mi escritorio los libros del colegio, que pesan como piedras, y me dirijo de nuevo a la puerta. Quiero salir de casa antes de que pueda entrar alguien.

Pero no llego a tiempo. Oigo una llave que gira en la cerradura y a los pocos instantes me encuentro enfrente esos dos zombis de mi hermano Evan y su novia Bi.

Parecen una pareja salida directamente de un centro de acogida para vagabundos: ropas viejas que les van diez tallas grandes, suéteres con las mangas medio descosidas y horribles zapatones siempre sucios. Con el paso del tiempo han acabado incluso por parecerse. Ahora ella lleva el pelo como él: con un flequillo suficientemente largo como para cubrirle una parte del rostro, y siempre despeinado.

—Hola.

—Hola —farfullan ambos.

En las bocas semiabiertas brillan los botones de metal con los que han decidido perforarse la lengua.

—Yo salgo. He dejado una nota para Jenna.

Evan me mira con aire de suficiencia, como para preguntarme por qué le digo algo que puede constatar perfectamente solo. Estoy acostumbrada: no le importa nada de nadie. Como mucho, quizá de Bi.

Sin añadir una palabra se van a la habitación de Evan y cierran la puerta.

Sacudo la cabeza y salgo, dejándolos en su pequeño e impenetrable mundo.

Son las seis.

La oscuridad está ganándole la mano a la luz. Lo imprevisible a lo normal. El miedo al valor. Enfundada en la chaqueta, camino a paso veloz hacia la parada del autobús. Miro hacia atrás al menos tres veces. Me siento en un continuo estado de peligro, acechada por eventos que cada vez se me echan más encima, como una manada de animales hambrientos.

Vuelvo a pensar en Morgan, en lo que ha hecho por mí. El hilo que me une a él es difícil de definir. Morgan no me hace la corte ni hace nada por complacerme. Nunca me habla de su vida ni me pregunta por la mía. Es más, a menudo se muestra huidizo, y sus reacciones a veces son casi violentas.

Pero aunque no comprendo lo que quiere de mí, su presencia me da seguridad. Quizá sea la única seguridad que tengo.

Subo a un autobús medio vacío, donde afortunadamente no hay hombres vestidos de oscuro con gafas, sombrero y guantes. Me acomodo al fondo, desde donde puedo controlar quién sube y baja.

Llego al casco antiguo tres cuartos de hora más tarde. Hay un ambiente extraño, huele a viejo y a leña quemada. Unos globos de luz tenue flotan alrededor de grandes lámparas que cuelgan de unos cables tendidos entre las casas. No se ve un alma por la calle. Es como moverse por los decorados de un drama teatral: una sensación que me dura lo que tardo en girar dos esquinas. Llego al bar donde conocí a Roth: es su día de descanso y está cerrado. La comisaría está en la otra acera.

Busco a Roth entre la multitud, pero a quien encuentro es al teniente Sarl, que parece más bien sorprendido de verme. No le he avisado de que vendría. Está hablando con vehemencia a un agente.

Le saludo con un gesto y me echo a un lado para estudiar mejor la situación. Me quedo de pie, porque no hay ni un sitio libre donde sentarse.

Al poco, Sarl viene a mi encuentro.

—Alma, ¿qué haces aquí?

—Esperaba que hubiera novedades que pudiera incorporar a mi artículo.

Me escruta con la mirada. Se pregunta cómo lo he hecho para estar tan al día sobre la investigación.

—De hecho, hemos descubierto algo... Sígueme.

Reconozco el pasillo con puertas a los lados.

En el despacho de Sarl todo sigue igual, incluida la pipa sobre el cenicero. Parece que el teniente ha pasado mucho tiempo fuera.

—Ponte cómoda —me dice, después de cerrar la puerta a sus espaldas.

Me siento y él me imita, situándose tras el escritorio:

—Has llegado en el momento justo, desde luego.

—Intuición femenina.

—En eso te pareces mucho a tu madre.

Nunca he pensado en mi madre como una mujer intuitiva. Pero quizás él la conozca mejor que yo.

—Acabamos de dar la noticia a la prensa, pero... —Aguardo esperanzada—. Es algo que en parte ya te había dicho. En los escenarios de los crímenes hemos encontrado algunas muestras biológicas: pelos, presumiblemente pertenecientes a los asesinos. Los análisis de la Científica han dado resultados muy importantes. El primero es que, tal como pensábamos, no se trata de una persona, sino de varias.

Roth me ha informado bien.

Pienso otra vez en la secta, en lo que le ha ocurrido a Naomi, y me convenzo aún más de que tiene que haber una relación.

Llegada a este punto debo excluir la loca idea de que los asesinos sean los extraños hombres que me siguen. Ellos son calvos, no pueden haber dejado ningún pelo en el lugar del crimen.

—¿Y el segundo?

—Otro dato bastante inquietante. Los pelos que hemos encontrado pertenecen a personas más o menos de la misma edad. Jóvenes.

Ahí está la confirmación que esperaba.

—¿Cómo de jóvenes?

—Es difícil establecer la edad exacta. Sólo sabemos que no son muy mayores. Digamos entre quince y treinta años.

—¿Me está diciendo que podrían tener incluso mi edad?

—Podría ser.

Las palabras vibran en mis cuerdas vocales a la espera de que mi voluntad las transforme en sonidos. No sé si me puedo fiar de él.

—Teniente Sarl... —empiezo a decir. Él apoya la barbilla en las manos y me mira—. Hay una cosa que debo decirle...

—No tiene nada que ver con el artículo del periódico, ¿verdad?

—De hecho, no.

—Muy bien. Cuéntame la razón por la que has venido realmente.

Empiezo a hablar y le hablo de Tito, de la fiesta y de lo que le han hecho a Naomi. Le explico que no ha presentado denuncia porque acaba de recuperarse del shock y tiene miedo de que sus padres se enteren; por último le cuento lo que ha dicho el doctor Mahl sobre la posibilidad de que Naomi haya sido víctima de una secta satánica.

Una sola cosa no le cuento: que dentro de poco tengo que ver a Tea para que me diga dónde vive Tito.

Sarl me mira siguiendo cada movimiento de mi boca. Escucha atentamente, sopesa mis palabras como sopesaría una piedra un joyero.

—¿Es todo? —me pregunta al final.

—Sí.

—¿Y se lo has contado a alguien?

—No.

—Bien. Pues no lo hagas. Es la clásica noticia por la que se pirran los periódicos, tipo «¡Pánico en la Ciudad!». Ninguna madre se sentiría segura dejando salir a sus hijos a la calle. Y dado que no sabemos si lo que me has dicho tiene algún fundamento o alguna relación con los homicidios, es mejor que en primer lugar le echemos un vistazo nosotros. Por otra parte, si puedo darte un consejo, intenta hacer que esta amiga tuya, Naomi, presente denuncia contra sus asaltantes; de no ser así, estamos atados de manos. Por lo que dices, estos chicos tendrían que estar entre rejas.

—Lo intentaré.

Pero sé que será difícil. Eso sí, me alegro de no haber hablado a Roth de la secta. Y también me sorprende la confianza que parece tener en mí el teniente Sarl.

—¿Estás segura de que me lo has dicho todo?

—¿Por qué?

—Porque noto cuando una persona miente. Y tú me has parecido sincera, pero... es como si faltara una pieza.

—Le aseguro que no falta nada. Nada que yo sepa...

—Tú no estás implicada, ¿verdad?

Si estar implicada significa contar por escrito los homicidios unas horas antes de que tengan lugar, o ser perseguida por la calle cuando salgo por la noche, entonces sí, estoy implicada. Pero desde luego no puedo decírselo.

—No —respondo.

Él abre y cierra un par de cajones.

—Te creo. En realidad yo también había pensado en la hipótesis de que los homicidios fueran obra de alguna secta extraña. Últimamente han aparecido muchas por la Ciudad, todas compuestas por jóvenes que no tienen objetivos o esperanzas de hacer nada bueno. Nos han llegado diversas denuncias: animales desaparecidos y luego encontrados sin vísceras, extraños símbolos dibujados con sangre en las paredes de almacenes abandonados, algunos chicos desaparecidos sin más…

Me quedo horrorizada, pensando que a fin de cuentas a Naomi aún podía haberle ido peor.

—Son cosas que siempre se han dado, pero ahora la situación es más grave de lo que tú crees. En muchos casos están implicadas personas de aspecto normal, intachable, que no despertarían ninguna sospecha. ¿Cómo es ese tal Tito?

—Es un tipo particular, con los ojos achinados y una cola de cabello claro. Nunca antes había visto a un oriental rubio.

—¿Y sus amigos?

—Nunca los he visto. Al único que recuerdo es precisamente a él, a Tito, porque se movía por nuestro colegio, quizá para buscar a sus víctimas. Y cuando conoció a Naomi…

—¿No has vuelto a verlo?

—No, ha desaparecido.

—Tito. ¿Ningún apellido, dirección, nada?

—Me temo que no.

El teniente Sarl se levanta de la silla.

—Alma, te hablo como le hablaría a una persona adulta: es de vital importancia que no le cuentes ni una palabra a nadie de este asunto, ni siquiera a tu madre o a tus amigas. Y no debes escribir nada en el periódico del colegio. Sería muy peligroso. ¿Lo has entendido?

—Sí, está bien.

—Yo investigaré a ver qué encuentro con ese nombre. A lo mejor sale algo. En ese caso serás la primera en saberlo. —Asiento—. Y convence a tu amiga para que venga a la comisaría en cuanto pueda.

—Lo intentaré.

—Ahora vete a casa. Tu madre estará preocupada. Haré que te acompañe un agente con un coche.

—Gracias, teniente. Gracias por todo.

No me siento con fuerzas para rechazar esa oferta inesperada de acompañarme a casa. Después de lo sucedido, la noche me da miedo.

—No me des las gracias todavía.

Me acompaña a la puerta. Salimos juntos del despacho y llegamos a la entrada, donde me deja en manos de un policía. Salimos por una puerta de servicio. De Roth no hay ni rastro.

Cuando salgo de comisaría siento la conciencia más ligera, pero también una pesadez en la cabeza con todos esos datos que verificar, relaciones que hacer e indicios que descubrir. Espero de corazón que la pista de la secta se confirme y que mis pesadillas acaben pronto.

El coche del policía huele a café y tiene el salpicadero cubierto de manchas. El agente no abre la boca. Yo tampoco.

Apoyo la frente en la ventanilla húmeda y observo la Ciudad que pasa frente a mí con sus luces, como una incomprensible película muda.

47

De nuevo en la freiduría.

Tea está sentada frente a mí en silencio. En su rostro, un cardenal violáceo y una ligera marca en el labio me recuerdan la escenificación del robo. Entre nosotras, un plato de patatas fritas crujientes que despide un calor intenso y viscoso.

—¿Tienes novedades para mí?

Tea saca algo del bolsillo del delantal. Es un papel doblado. Lo pone sobre la mesa y lo empuja hacia mí.

Lo cojo y lo abro. Hay escrita una dirección.

—¿Es aquí?

—Creo que sí.

—¿Vive solo?

—No es la dirección de su casa, sino la del garito donde se reúne con sus amigos.

—¿Tú no has ido nunca?

—No.

—¿Cómo la has conseguido?

—Ése no era el trato. Querías una dirección; ahora ya la tienes. No ha sido fácil conseguirla.

—¿Por qué?

—Porque yo aún no me he... iniciado. Total, ahora ya lo sabes. Ellos... forman parte de una secta.

—Así que hay una especie de jerarquía. Y tú estás en los niveles más bajos.

—Eso es. Por eso no tiene que enterarse nadie de que te he dado esa dirección. Me borrarían del mapa. No hay perdón para los traidores.

—No diré una palabra, quédate tranquila. Pero tú deberías apartarte de esa gente.

—Me lo estoy pensando.

—¿Tú qué crees que hay... aquí? —pregunto, indicando la dirección.

Ella se frota la nariz, como si hubiera sentido un pinchazo.

—Parece que es un lugar especial al que poquísimos tienen acceso.

—¿Especial en qué sentido?

—Creo que ahí hacen sus ritos, los importantes.

—¿Los «importantes»? —repito, sacudiendo la cabeza.

—Quiero decir que en las fiestas experimentan, juegan, pero ahí, en ese local, no se andan con tonterías. ¿Me entiendes?

Asiento.

—¿Vas a ir? —me pregunta.

—No creo.

—¿Qué vas a hacer?

—Haré que los detengan. Pero tendría que saber cuándo se reúnen todos para que la policía los pueda pillar.

—Yo sólo sé que se reúnen de noche.

—Creo que por ahora bastará. —Me pongo en pie.

—Buena suerte —me desea Tea.

—Gracias por tu ayuda.

Sonríe.

—Es por tu amiga, no por ti.

—Entonces, ya que no es por mí, hay una última cosa que me gustaría que hicieras.

—Pensaba que con esto habíamos acabado.

—Devuélvele el dinero a tu padre. Es un buen hombre, que trabaja duro. No merece ser tratado así, y mucho menos por su hija.

—El dinero ya no lo tengo. Lo necesitaba para pagarles una deuda; no habrían tolerado más retrasos. Esos tipos no bromean. Se lo pagaré a mi padre trabajando gratis para él.

—Haz lo que te parezca.

Tea me mira, seria.

—Adiós, Gad —me despido, girándome hacia la barra. Luego salgo.

Y

Una vez fuera de la freiduría miro el cielo cada vez más oscuro. Está anocheciendo.

No me da tiempo a ir a ver al teniente Sarl antes de que oscurezca, así que busco una cabina que tenga una guía telefónica y me encierro dentro.

Marco el número de la comisaría del distrito 9 y, mientras escucho la señal de marcado, espero con todas mis fuerzas que el teniente esté allí.

Por suerte está en su despacho. Cuando la operadora me lo pasa, su voz serena me tranquiliza enseguida.

—Hola Alma. Me alegra oírte.

—Creo que tengo algo para usted —le digo del tirón.

—Te escucho.

—Es a propósito de ese tal Tito, ¿se acuerda?

—Claro.

—Tengo una dirección. —Silencio—. Podría ser el lugar donde se encuentran Tito y su secta. Donde ejecutan sus ritos, vamos. Parece que se reúnen de noche.

—¿Cómo la has conseguido?

—Lo siento, pero eso no puedo decírselo. —Le deletreo el nombre de la calle y el número—. ¿Piensa ir?

—Supongo que iremos a echar un vistazo.

—¿Y después?

—Lo ideal sería encontrarlos a todos allí, pillarlos in fraganti y arrestarles. Pero desgraciadamente no siempre es tan fácil.

—¡Vaya enseguida! —Me doy cuenta de que casi estoy gritando.

—Veré qué puedo hacer. Pero necesito que me hagas una promesa.

—¿Cuál?

—Mantente alejada de ese lugar, ¿me has entendido? Sé que te sientes muy implicada en este asunto, pero ya has hecho demasiado. No debes correr riesgos inútiles; nunca me lo perdonaría. ¿Me lo prometes?

Sarl es un tipo que sabe lo que se hace y un buen detective: lee en el corazón de las personas y prevé sus intenciones.

—Se lo prometo.

—Hasta pronto, entonces.

—Hasta pronto.

Cuelgo el auricular y salgo de la cabina.

Afuera está oscuro. Otra vez, como siempre, oscuro.

Más vale que vuelva a casa. Será una noche larga, en la que acariciaré la idea de ver a Tito y a sus amigos «exclusivos» entre los barrotes de una prisión.

48

Es de día otra vez, afortunadamente. La luz de la mañana me conforta, a pesar de un intenso dolor de cabeza que no me da tregua y que me obliga a tomar dos pastillas de analgésico.

Tendida en la cama, intento juntar las piezas del rompecabezas mientras oigo la voz de Jenna, en su habitual monólogo de cada día con Lina, acompañando el paso del tiempo. Ahora la está bañando, luego la ayudará con los deberes, después preparará el almuerzo, con la vana ilusión de que, si cocina algo bueno, eso aglutinará las diferentes piezas de su familia.

Mirando el techo blanco, me pregunto si el teniente Sarl ya habrá ido al local, si habrá encontrado algo útil. O si incluso ya habrá arrestado a esos cabrones.

Me pongo en pie.

Tengo que salir y leer el periódico. «Es de locos», reflexiono: nunca he leído tantos periódicos como el último mes. Antes de escribir en mi cuaderno violeta nunca me había importado un comino el mundo.

Me pongo unos vaqueros, un suéter y las zapatillas de deporte más cómodas que tengo. Cojo la chaqueta y salgo de mi habitación. En el comedor, Lina está mirando los dibujos animados. Me lanza una mirada rápida pero intensa, como si advirtiera la corriente de mis pensamientos. Entonces pienso en su campanita. Vuelvo a la habitación y la busco en los bolsillos de la chaqueta más gruesa que tengo. Puede parecer una tontería pero, cuando la encuentro, siento un alivio. Quizá me hubiera protegido si la hubiera llevado conmigo todas las veces que me he encontrado en peligro. La meto en el bolsillo de los pantalones, prometiéndome que no me lo olvidaré nunca más.

Me acerco a mi hermana y le acaricio el pelo, fino y suave.

—Hasta luego, pequeña.

Le enseño la campanita. Ella me sonríe, luego abre ligeramente la boca, pero de sus labios rosados no sale más que un débil suspiro, que no basta para arrastrar unas palabras que se han vuelto ya demasiado pesadas tras años de silencio.

Jenna está frente a los fogones.

—¿Sales?

—Voy a buscar un periódico.

—Te espero a comer, Alma. Vendrá Gad.

—¿Qué cocinas?

—Pato al horno.

—¿De verdad?

—Bueno, voy a intentarlo.

No creo que haya preparado nunca un plato tan complicado.

—Huele bien.

Ella parece contenta.

—Gracias. No llegues tarde, por favor.

De la puerta cerrada de Evan no salen ni ruido ni música ensordecedora, nada de nada. Ojalá ese pato hiciera el milagro...

Vuelvo a meterme la campanita en un bolsillo y salgo.

Afuera luce un sol tibio que promete. Levanto la mirada hacia los árboles a los lados de la calle. De las ramas secas despunta tímidamente alguna yema, mientras que un animado gorjeo más arriba me confirma que tras el invierno resurge siempre la vida.

Junto al quiosco hay un corrillo de personas que discuten animadamente. Me abro paso para llegar a los periódicos, pero no necesito llegar para enterarme: el quiosco está tapizado de titulares que dicen: ARRESTADA SECTA DE JÓVENES SATANISTAS. ¿ESTARÁ RELACIONADA CON LOS RECIENTES HOMICIDIOS?

De la alegría, siento que me da un vuelco el corazón. ¡El teniente Sarl lo ha hecho! Debe de haber ido a la dirección que le he dado y... ha arrestado a Tito y los suyos.

Compro varios de los principales periódicos de la Ciudad y me alejo de la gente en busca de un banco aislado para leer tranquilamente.

Por lo que dicen los artículos, la policía ha irrumpido en la obra abandonada de un edificio de las afueras, al norte de la Ciudad. La secta había construido en el semisótano su santuario, con crucifijos invertidos colgados de las paredes embadurnadas de sangre, un pequeño altar con un hostiario lleno, algunos objetos sacros cubiertos de una mezcla de sangre y humores humanos y varias jaulas en las que tenían a dos gatitos negros aterrorizados y algunas gallinas.

—Dios mío.

Un museo de los horrores, sin más. No puedo ni pensar en ello. Hojeo rápidamente los artículos en busca de lo que más me interesa. Al principio no encuentro ningún nombre, pero en el segundo periódico que he comprado descubro una fotografía con grano de los detenidos, entre los que reconozco los rasgos inconfundibles de Tito: los ojos achinados y la cola.

—¡Sí! —exclamo, apretándome el periódico contra el pecho. Lo han cogido.

La acusación presentada contra la banda aún no está clara, pero al menos durante unos días estarán en una celda. Así quizá también se interrumpa la cadena de terribles homicidios que me atormentan.

Me levanto del banco.

Tengo que enseñarle los artículos a Naomi.

49

El barrio en el que vive Naomi siempre me transmite la misma sensación idéntica: una perfección vacía. Una mujer empuja un carrito con aire distraído, luego fija la vista en mí. Apenas me dedica un pensamiento y se aleja rápidamente en cuanto el niño, rubio y angelical, emite un sonido sordo y vuelve a acaparar la atención de la mujer.

Quién sabe si tendré una familia algún día; yo que no sé siquiera lo que es el amor.

A todo esto ya he llegado a la entrada del edificio B. Aprieto un botón de la larga secuencia que cubre la pared. Poco después reconozco la voz de la madre de Naomi a través del portero automático. Le digo quién soy y una descarga eléctrica abre la puerta.

En el vestíbulo, la suela de mis zapatillas de deporte chirría contra el suelo de un blanco brillante.

En la séptima planta me encuentro con Naomi, que sale a recibirme. Tiene cara de sueño y de sorpresa. No esperaba mi visita.

—Vamos a mi habitación —me dice cuando aún estamos en el umbral.

Vive aterrorizada ante la posibilidad de que sus padres puedan descubrir alguna cosa. Pero algo tendrá que decirles, antes o después. Para eso he venido: para hacerla razonar, para que denuncie a esos criminales.

Cuando llegamos a su habitación, pequeña y ordenada, Naómi cierra la puerta a nuestras espaldas y agitando la mano frente a la boca me hace ademán de hablar en voz baja.

—¿Cómo estás? —le pregunto en primer lugar.

—Hoy no muy bien. Ayer por la tarde recibí el resultado del examen toxicológico. Me drogaron: me suministraron una sustancia que se llama ketamina.

—Nunca lo he oído. ¿Qué es?

—He llamado enseguida al médico para saber más y me ha explicado que se trata de un anestésico que si se usa en grandes dosis puede causar fuertes disociaciones psíquicas.

—¡Oh Dios mío!

—Por eso estaba tan confundida.

—¿El médico piensa que te puede haber causado algún daño?

—Dice que para que causara daños haría falta un suministro continuado, pero que tengo que hacerme más exámenes.

—Lo siento mucho.

—He acabado en las redes de una banda de cabrones desequilibrados, eso es todo.

—Hay una cosa que tienes que ver…

En la mano llevo los ejemplares de los periódicos que he comprado.

Ella los ve.

—¿Qué es eso?

—Mira tú misma.

Dejo todos los periódicos, bien doblados, sobre el escritorio, excepto uno, que abro por la página de noticias locales.

Naomi abre los ojos como platos al ver la foto de Tito y de su grupo. Después lee algunas líneas del artículo que la acompaña.

—¿Los han detenido? —me pregunta, con un tono entre la incredulidad y el terror.

—Sí, Naomi. Pagarán por lo que te han hecho.

—¿Has sido tú? —Ahora Naomi parece enfadada.

—Sólo he hecho lo que debía. No podían salirse con la suya.

—¡Pero yo te dije que no quería que esta historia saliera a la luz! No tenías derecho…

—¿Y tú qué crees que tenía que hacer? ¿Quedarme ahí, mano sobre mano, esperando que te decidieras, mientras esos cabrones volvían a hacerle lo mismo a otra?

Naomi baja la mirada. Un par de lágrimas le corren por las mejillas. Pocas veces la he visto llorar.

—Yo no puedo.

—Sé que tienes miedo. Es normal, pero pasará y encontrarás las fuerzas para denunciar el ataque.

—¡No puedo, Alma! Yo me siento muerta. ¿Lo entiendes?

—Pues deberías estar contenta de no estarlo. Deja de compadecerte. Tienes que reaccionar, Naomi, y tienes que hacerlo por ti y por todas las víctimas como tú. Nunca has tolerado las injusticias, ¿y precisamente ahora que tienes la posibilidad de evitar una te echas atrás? No es digno de ti. No es digno de Naomi.

—De Naomi no ha quedado gran cosa.

—Muy bien. Pues tendremos una nueva Naomi en lugar de la anterior. ¡Más fuerte y combativa! Saca las garras y clávaselas en la carne a esos desgraciados. ¡Míralos —le pongo frente a los ojos la foto del periódico—, con esas caras limpias! ¿Cuántas chicas más tienen que sufrir antes de que encuentres el valor necesario?

Naomi observa la foto. Las lágrimas dejan de fluir.

—Sé que tienes razón. Pero ellos me han quitado algo, la dignidad y el respeto por mí misma. Siento que me hundo en un abismo negro del que no consigo salir.

—Prométeme al menos que pensarás en ello. ¡Tienes que hacerlo!

—Está bien, pensaré en ello. Te lo prometo. Pero ahora soy yo la que te pide una cosa a ti: no hagas nada más con este asunto. Te lo ruego. Deja que me mueva según mis fuerzas. Total, ahora ya han encerrado a Tito y los otros.

—Sí, pero no los retendrán eternamente si la policía no tiene pruebas suficientes para enchironarlos. Sólo tú puedes aportar esas pruebas. Y tienes que hacerlo lo antes posible.

Naomi emite un profundo suspiro, como si quisiera liberarse de un veneno que le pesara dentro.

—Dame un poco de tiempo, Alma.

Nos quedamos un momento en silencio. Miro el despertador sobre la mesita: son casi las once.

—Hay algo que querría preguntarte —me dice luego.

—Dime…

—Morgan. ¿Qué sabe de todo esto?

No sé muy bien qué responder. No querría que se sintiera expuesta a otros juicios. Por ahora quizá sea mejor no añadir más tensión, así que le cuento una verdad parcial.

—Sabe que has sido víctima de un ataque y sabe quién es el responsable. Si no hubiera sido por él, yo no habría sabido cómo llevarte al hospital y quizá hoy no estaríamos hablando de ello tan tranquilas.

—Yo no estoy en absoluto tranquila. Ahora también Morgan sabrá lo que me han hecho —observa, señalando el periódico.

—Naomi, él vio cómo estabas la noche de la fiesta. No le hace falta leer el periódico.

—Lo sé. Ahora cuando lo veo por los pasillos del colegio me sonríe, algo que antes no hacía.

—Es un tipo sensible.

—¿Quieres decir que no se lo contará todo a sus amigos? ¿No quedaré como la incauta ingenua ante todo el colegio? ¿No acabaré como Seline?

—¡Deja de decir tonterías! No quiero oírte decir esas cosas. Lo de Seline es otra historia. Y Morgan no es Adam. Es verdad, has sido una imprudente, pero nadie habría podido imaginarse acabar en manos de un puñado de satanistas majaras.

Al oír mis palabras Naomi se bloquea, con la mirada fija en un punto de la pared blanca de enfrente. Ni siquiera parpadea.

—¿Qué te pasa? —le pregunto, preocupada.

Ninguna reacción.

—¿Naomi? —La sacudo.

Por fin parece que vuelve en sí. Me lanza una mirada vacía y desolada.

—Querría estar sola un rato —se limita a decir.

—Está bien. Te dejo.

—Alma…

—¿Sí?

—Vete con cuidado. Esa gente, Tito y sus amigos, no se andan con bromas. Si llegaran a saber que has sido tú quien los ha descubierto, te lo harían pagar.

—No veo cómo podrían llegar hasta mí. Tito no debe de saber siquiera que existo.

—Eso dices tú. Él sí se ha fijado en ti.

—¿Cómo es eso?

—Al principio no le daba importancia. Eres guapa y todos te miran, me parecía normal… Pero ahora, después de todo lo que ha pasado… Ve con cuidado.

—De acuerdo. Y tú cuídate.

Dejo la habitación, intentando quitarme de encima la desagradable sensación de haber atraído la atención de Tito. Me dirijo hacia la entrada y me voy rápidamente, antes de encontrarme con los ojos escrutadores de la madre de Naomi. Cuando salgo del edificio respiro con avidez el aire fresco y apenas consigo bloquear una lágrima en el borde del párpado.

Entre la rabia y el deseo de venganza se abre paso la esperanza de que Naomi denuncie a sus agresores. Sé que lo hará.

Pero ahora que este asunto está casi resuelto, hay otra persona que me preocupa: Agatha. ¿Qué es lo que hace realmente cuando se queda en casa en lugar de ir al colegio? ¿Por qué está siempre tan misteriosa? ¿Qué tiene que ver realmente con el Profesor K? ¿Para qué quiere todas las sustancias químicas que tiene en la cocina? Y, sobre todo, ¿puede estar relacionada de algún modo con los homicidios, con Tito y con su secta?

Estoy segura de que todas las respuestas a mis preguntas se encuentran en la casa de las conchas. Allí es donde voy a ir.

50

El casco antiguo, esta mañana, da la impresión de haberse retocado el maquillaje gracias a la complicidad del sol y de la suave temperatura: las casas parecen más dignas en su antigua decadencia, y las personas se muestran más propensas a salir a la calle.

La calle donde vive Agatha, no obstante, transmite el mismo abandono desolador de la primera vez que la vi. Algún perro vagabundo constituye la única forma de vida. Aquí ni siquiera los árboles parecen haberse dado cuenta de que estamos a las puertas de la primavera.

Ante mí se levanta su peculiar casa de conchas, inquietante e imponente. Bañadas por la luz del sol, las paredes cubiertas de valvas de molusco emiten siniestros brillos. El propio edificio es como un enorme arrecife de desventura.

No sé si Agatha estará en casa, pero mientras me aproximo veo a alguien que se acerca a la verja. Es una mujer. Lleva en la mano algo que parece una cesta, cubierta con una tela a rayas.

La veo abrir con dificultad la pesada verja y encaminarse por el caminito de entrada hasta la puerta, llamar al timbre y esperar. Me escondo, a la espera de saber si Agatha abrirá.

Un movimiento tras una ventana del primer piso me llama la atención: alguien ha apartado una cortina y la ha vuelto a cerrar rápidamente, como si no quisiera que lo vieran.

Unos instantes después se abre la puerta y aparece Agatha. Habla brevemente con la mujer y, sin dejarla entrar, le coge de las manos la cesta. Luego cierra la puerta de nuevo y la mujer se aleja.

Ella emprende el camino de regreso por el caminito y, antes de salir de la verja, se gira para echar una última mirada a la casa, como si buscara una señal, algún detalle que le aclarara algún asunto oscuro.

Poco después, la misma cortina del primer piso se mueve de nuevo. Imagino que será Agatha, comprobando que la mujer se ha ido.

¿Qué hago?

Reflexiono un instante. Sé que a Agatha no le gustan las visitas. Si quiero hablar con ella puedo esperar a que salga, o hacerlo en el colegio, antes o después de clase. Meterme de nuevo en su casa no me parece buena idea. Tampoco estoy segura de que la ventana de atrás del sótano siga abierta. Así que doy dos pasos atrás, sigo con la vista a la mujer que se aleja y después, más despacio, me encamino tras ella. Quizá se ocupa de la tía cuando la sobrina está en el colegio. A lo mejor es la enfermera de la que nos ha hablado. Aunque, ahora que pienso, cuando me metí en la casa no vi a nadie.

Puede que Agatha nos haya mentido y que no haya ninguna enfermera. Pero ¿entonces quién se ocupa de la tía cuando ella no está?

La mujer sigue caminando un par de travesías, y luego se acerca a la que quizá sea su casa. «A lo mejor no es más que una vecina», me digo.

Corro tras ella y le salgo al paso.

—¿Señora?

Ella se vuelve, me ve y luego sigue andando. Se detiene frente a una verja y la abre con una llave.

—Espere.

La señora pasa la verja y se dispone a cerrarla a sus espaldas. Yo me lanzo hacia ella. Supongo que este barrio no debe de ser muy seguro. Ahora ya ha cerrado la verja y se dirige hacia la entrada.

—Me llamo Alma y soy compañera de clase de Agatha.

Al oír estas palabras por fin se detiene y vuelve atrás.

La miro de cerca: no es muy alta, sino más bien rechoncha, sobre todo de cara, donde dos mejillas rojas y prominentes rodean una pequeña nariz de patata. Tiene el cabello gris y corto, un poco desordenado, y ojos negros, grandes y curiosos.

—¿En qué puedo ayudarte? —me pregunta, intrigada, sin abrir la verja que nos separa.

—He visto que ha ido a visitar a Agatha y a su tía. Me preguntaba si sabía algo sobre la salud de la tía.

—Sólo sé lo que me dice Agatha, porque hace ya años que no veo a Nives.

Nives. No sabía que la tía de Agatha se llamara así.

La mujer sigue con su explicación.

—Éramos buenísimas amigas, hasta que enfermó. Ahora hemos dejado de vernos y de hablarnos. Es a causa de su enfermedad —me cuenta.

—¿Así que no habla con ella ni siquiera por teléfono?

Me parece absurdo.

—Agatha dice que Nives se fatigaría demasiado, así que siempre es ella la que responde. Me da recuerdos suyos y nada más. Yo me limito a llevar algo de comer de vez en cuando y a llamar para saber de ella. Hoy he preparado un estupendo budín de calabacín a la mejorana. Espero que a Nives le guste.

—¿No entra nunca en la casa?

—No. Agatha no me deja. Por los posibles contagios. Nives puede empeorar con cualquier cosa; incluso un simple resfriado podría resultar fatal.

Me quedo perpleja: Agatha no deja entrar a nadie en esa extraña casa, ni siquiera a una querida amiga de su tía. ¿Por qué? ¿Es sólo para protegerla de los gérmenes, o esconde algo?

—¿Por qué me haces todas estas preguntas, querida?

—Es que Agatha falta mucho al colegio últimamente y yo estoy preocupada por ella.

—Bueno. No pensaba que tuviera amigos… Es una muchacha tan introvertida…

Baja sus grandes ojos negros a la espera de que yo haga algún comentario a su afirmación.

—Ya —digo—, de hecho no trata con mucha gente.

—… es violenta, a veces.

La miro, sorprendida.

—¿Qué quiere decir?

La mujer se decide a apretar un botón a la derecha de la verja, abriéndola.

—Fue hace tiempo, quizás un año. Fui a ver a Nives. Llamé

al timbre, pero no recibí respuesta. Por fin entré, usando las llaves que ella misma me había dado mucho antes de que Agatha fuera a vivir con ella. «Nunca se sabe qué le puede pasar a una mujer sola», me había dicho. Recuerdo que en la casa había un extraño olor, como de medicinas mezcladas quizá con algún detergente que se hubiera quedado abierto. No tuve tiempo siquiera de llamar a Nives cuando apareció Agatha como una furia y me sacó literalmente a empujones, ordenándome que no volviera a dejarme ver por allí. Me sentó muy mal. Luego...

—¿Luego?

—Luego ella vino a mi casa y me pidió excusas. Se justificó diciendo que estaba muy preocupada por su tía y me pidió que no cometiera más imprudencias entrando en su casa sin consultarle antes. Me pareció arrepentida y preocupada por la pobre Nives, así que la perdoné. No obstante, desde entonces no he vuelto a poner el pie en aquella casa. Sólo el señor sabe cómo estará mi amiga realmente.

Intuyo que también ella alberga alguna duda.

—¿Usted cree que Agatha no dice la verdad?

—Bueno, no quiero decir eso... Desde luego, es raro que se ocupe de la tía ella sola.

—Yo sé que también hay una enfermera...

—Hace años que no la veo. Como no sea que tiene horarios muy diferentes de los míos... Por otra parte no vivo enfrente, y también es posible que no nos crucemos —explica, pero ella misma no parece muy convencida de lo que dice.

De pronto el silencio se rompe con las campanas de la Iglesia Vieja que dan doce campanadas.

—¡Oh, santo cielo! ¡Ya son las doce! Tengo que irme, querida, o llegaré tarde y mi marido no soporta almorzar tarde. Hasta pronto —se despide, dándome la espalda y echando una carrerita por el camino hacia la entrada de la casa—. ¿Cierras tú la verja?

Lo hago y luego me quedo allí, mirándola un instante, hasta que caigo en la cuenta de que a mí también me espera un almuerzo.

Llego a la plaza de la Iglesia Vieja y me monto en el primer autobús que pasa. Me coloco los auriculares, pongo la música y dejo vagar la mirada por la ventanilla. Por un momento intento olvidarlo todo. Hago tábula rasa. Ante mí desfilan el teatro, el centro comercial y después, a lo lejos, el Museo de la Ciencia. Ahora estoy cerca del colegio. Me vuelven a la mente las palabras de la vecina de Agatha. Ella también ha visto algo poco claro, pero quizá quiere evitar posibles reacciones violentas de Agatha. Tiene miedo. Recuerdo lo que sentí en el interior de aquella casa fantasmagórica, la angustia que me envolvió, junto con aquel extraño olor. Me estremezco y al mismo tiempo me convenzo una vez más de que es precisamente detrás de esas paredes enmohecidas donde se esconde la verdad. El autobús da un bote y llega a la altura de la verja de entrada al Parque Pequeño. El verde manto de los árboles parece hoy más brillante y vivo.

El autobús se detiene y abre las puertas.

¡Morgan! Es él, de espaldas, en la entrada del parque. Y no está solo. Está hablando con la misma chica morena y de pelo rizado con la que lo vi junto a la verja del colegio hace un tiempo. No me da tiempo a ver más que unos gestos de la mano; las puertas se cierran y el autobús me aleja de allí. Me estiro por entre los asientos para observarlos mejor. Parecían llevarse bien. Pero ¿quién es ella? ¿Qué hacen allí? ¿Es ella la causa de que Morgan no haya venido al colegio los últimos días? ¿Por qué?

Me siento estúpida al pensar que Morgan se preocupaba sólo de mí. Que estaba siempre en guardia siguiendo mis pasos, como en el puerto, dispuesto a protegerme.

De ahora en adelante me las arreglaré sola, sin ayuda de nadie. Y mucho menos de él.

51

Afuera está oscuro; la oscuridad es total, llega a todas partes. No hay luna ni estrellas. Nada, alrededor del viejo gimnasio, que pueda abrir un hueco en las tinieblas.

A lo lejos, un cartel luminoso en forma de H recuerda que la esperanza, a veces, no basta.

En el gimnasio, una luz débil y tenue resiste al asedio de la noche, ahí afuera.

En el interior, unas notas interrumpen el silencio denso y pesado. Proceden de una guitarra. Alguien está tocando. Empieza con una melodía lenta, luego sigue con un ritmo más sostenido, que a ratos estalla en un arranque desenfrenado.

Más que un ejercicio de estilo parece la búsqueda de algo, de una sonoridad acorde con un malestar creciente y demasiado grande como para no dejarlo salir al exterior.

El guitarrista está sentado en un viejo sofá desfondado. Vestido con vaqueros y sudadera, con la capucha sobre la cabeza, abraza una guitarra eléctrica que ataca casi con rabia. La funda yace, abierta como un ataúd, a los pies del sofá. El forro de paño rojo es una mancha elegante que desentona con los muebles de cuarta mano dispuestos en un pequeño rincón de la inmensa sala. Unas cuantas partituras, emborronadas de notas escritas a bolígrafo, esperan que alguien las recoja del suelo de linóleo gris, sembrado de colillas de cigarrillos liados a mano.

Un par de botellas de cerveza vacías han rodado hasta una pequeña papelera desbordante de basura; por su parte, una vieja red de voleibol ha sido convertida en una hamaca que cuelga de una viga de hierro del techo, junto a alguna cuerda retorcida sobre sí misma como una gran serpiente al acecho. Las ventanas, grandes y altas, están remendadas con trozos de cinta adhesiva para reparar los agujeros provocados por alguna pedrada.

La guitarra no deja de sonar y cubre cualquier otro ruido en un radio de un centenar de metros. Cubre las bocinas de los coches que pasan a toda velocidad por la ronda de circunvalación, algo más al norte; cubre los ladridos de un grupo de perros vagabundos que deambulan por la noche en busca de alimento; cubre el chirrido de la manija de la puerta de atrás, de donde parte un estrecho pasillo que atraviesa los vestuarios. Es la única entrada abierta. Y alguien acaba de atravesarla.

Las notas viajan veloces por el aire y rebotan, enloquecidas, por las paredes, los cristales, los objetos. Los solos de guitarra se suceden, fagocitando todo lo que encuentran. Hasta los pasos de la silueta que acaba de entrar en el gimnasio. Se acerca lentamente, en la oscuridad, con un caminar lento que denota seguridad. Seguridad de haber llegado a tiempo.

El músico está demasiado ocupado con su guitarra para darse cuenta de que ya no está solo. Está demasiado concentrado en las notas que combina en nuevos acordes para sentir un objeto estrecho y largo que brilla frente a la puerta, entre el gimnasio y el pasillo. No deja de tocar. Entonces, de pronto, un ruido intenso y ensordecedor lo paraliza: una de las cajas se ha acoplado.

Y en ese preciso momento ve la figura, inmóvil en el umbral, como una estatua del ángel de la muerte.

52

Me despierto sobresaltada, temblando de miedo. Haciendo un esfuerzo, intento ligar los recuerdos de mi enésima pesadilla.

Busco el interruptor de la lamparilla, pero alguien llega antes que yo y me ciega con la luz de la lámpara de techo.

—Alma, despiértate.

Es Jenna, que ha irrumpido en mi habitación.

—¿Qué… qué pasa?

Me siento en estado de shock, no consigo entender si aún estoy soñando. Y tengo un fuerte dolor de cabeza.

—Necesito que me ayudes. Hay una urgencia en el hospital y no tengo tiempo de acompañar a Lina al colegio. ¿Puedes ocuparte tú?

Dios mío, entonces ya es de día. Farfullo un sí.

—Pero date prisa, o llegaréis tarde. Ella ya está desayunando. Yo me voy.

Con el dorso de la mano me froto los ojos. Lo veo todo borroso unos instantes; después recuerdo: he escrito otro relato.

Jenna sale de casa. Oigo cerrarse la puerta. Salto de la cama y busco el cuaderno violeta. Está ahí, en el suelo, cerrado, con la pluma de acero al lado. El armario está abierto. Debo de haberme levantado en sueños para coger la pluma del bolsillo y el cuaderno de su escondrijo.

Me tapo la cara con las manos, esperando que todo desaparezca. Pero no es así: todo sigue en su sitio, absurdo y aun así tangible.

¿Por qué he escrito otro relato? Lo primero que se me ocurre es que me he equivocado en todo, que quizá Tito y su secta no sean responsables de nada. Que entre las páginas del cuaderno me espera otro terrible homicidio y que, por tanto, no he conseguido cortar la cadena de delitos. En la puerta de la habitación aparece Lina. Me espera, silenciosa como siempre.

Me visto con lo que encuentro, me echo un vistazo rápido al espejo y me doy cuenta otra vez de que, a pesar del dolor de cabeza que no me da tregua y de las pesadillas que me atormentan, tengo un aspecto resplandeciente.

Lina me mira. Después se acerca y me echa un poco de su colonia. Sonrío y le echo un poco también a ella. Ese juego siempre le gusta.

Cojo el cuaderno violeta y lo meto en la mochila sin abrirlo siquiera. Meto la pluma en el bolsillo, me pongo la chaqueta y le pongo otra a Lina, que se carga a la espalda la cartera, más grande que ella.

—Vamos. ¿Lo llevas todo?

Asiente.

Cuando salgo de casa con la mano de mi hermana en la mía me siento increíblemente grande. Grande y asustada, como si todo el mundo se me estuviera cayendo encima. Le agarro la mano más fuerte.

Subimos al autobús y nos sentamos frente a una mujer con un maquillaje exagerado, muy ocupada mirándose una y otra vez en un espejito de bolso, y a un señor inmerso en la lectura de su inmenso periódico.

Querría leer los titulares, pero me da miedo lo que me pueda encontrar. Por fin levanto la mirada y analizo con la máxima atención la primera página: los chicos de la secta ocupan el artículo de la contra. Aparte de eso, política, noticias internacionales, deporte...

Nada. Ninguna referencia a ningún homicidio.

Aún no, por lo menos.

Mis relatos siempre se adelantan a los hechos que describen.

No puedo engañarme y pensar que no pasará nada. Ya no cometo ese error. El mal no cesa. Y los relatos y los asesinatos, tampoco.

Sin embargo esta vez es diferente. Esperaba que todo hubiera acabado, y no ha sido así. Es como si me estuvieran llamando, y no puedo faltar a la cita: esta vez no puedo dar media vuelta, en la niebla, y huir. Debe de significar algo el hecho de que sea precisamente yo la que escriba.

Mientras sigo perdida en mis pensamientos, algo me toca la mano. Doy un bote, aterrorizada. Es Lina, que me avisa de que la próxima parada es la de su colegio.

—¿Quieres que te acompañe hasta la puerta?

Sacude la cabeza.

Me sorprendo a mí misma dándole un último beso en el pelo. Es la única persona con la que me libero tanto.

Cuando nos paramos, miro a Lina que baja con su gigantesca cartera y me hace un gesto con la mano. Le devuelvo el saludo un momento antes de que se cierren las puertas.

El autobús reemprende su camino.

Bajo en la parada anterior a la de mi colegio y recorro las últimas travesías a pie. Tengo mucho tiempo antes de que suene el timbre, suficiente para decidir qué hacer. No tengo la menor intención de ir a clase. Y me asalta la duda de lo que pueda esconder Agatha.

Me sitúo tras unos coches aparcados, lo suficientemente lejos como para que no me vean y lo suficientemente cerca como para ver a todos los alumnos que entran. Si llega Agatha, significará que es el día ideal para volver a su casa y descubrir de una vez por todas cuál es el secreto que esconden esas paredes siniestras.

Mientras espero abro el cuaderno y empiezo a leer el último relato que he escrito. Palabra por palabra, sin perder de vista a los chicos y chicas que desfilan frente a la verja.

Pero no puedo hacer ambas cosas. Así que cierro el cuaderno y vuelvo a meterlo en la mochila. Luego me apoyo en la pared que tengo detrás, sin fuerzas para ir a clase.

Un músico en un gimnasio…

Siento vibrar el cuaderno en el interior de la mochila, como si tuviera vida propia. O quizá no sea más que mi corazón, lleno de miedo, que late con fuerza hasta casi estallarme.

Por lo que he podido leer, también este homicidio sucede de noche. Intento calmarme. Primero tengo que descubrir qué esconde Agatha, y si ella está implicada de algún modo en todo esto.

Por fin reconozco su rostro entre los que se dirigen a la entrada del colegio. Camina rápido, como siempre, con las manos en los bolsillos y sin mirar a nadie, como si tuviera que defenderse de algo o alguien.

Pienso en la conversación con su vecina.

¿Y si aprovechara para volver allí, para hablar con su anciana tía?

—Hola —dice alguien a pocos pasos de mí.

Doy un salto de la impresión.

—¡Hey, Morgan, me has asustado!

—Lo siento, no era mi intención.

—No es culpa tuya. Últimamente resulta bastante fácil asustarme.

—Ya lo he notado. ¿Va todo bien?

—Sí, gracias.

Querría sonreírle, preguntarle el motivo de sus ausencias, pero luego me viene a la mente la escena en que hablaba con la chica morena.

—¿Has vuelto a tener… problemas?

—¿Desconocidos que me persigan de noche? No, no he vuelto a salir. Y además… ¿no eras tú el que me protegías?

—Sí —responde él, sorprendiéndome.

—¿Has vuelto a encontrar alguno de esos tipos con gafas y sombrero?

—Estás rara. ¿Seguro que estás bien?

—Nunca he estado mejor.

—Alma…

—Morgan, déjalo. Si quieres hablarme, háblame y basta. Ya no puedo más con tus misteriosas frases a medias.

—¿Qué hacías aquí, detrás de los coches?

—Nada en particular. Viendo a los demás me he dado cuenta de que no tengo ningunas ganas de ir a clase.

—Buena idea. ¿Vamos a dar una vuelta?

A casa de Agatha. «Oh, no, Morgan. Ése es un asunto sólo mío.»

—En realidad tenía pensada otra cosa.

—No he dicho nada. Otra vez será.

—Vale.

—Nos vemos.

—Adiós.

Morgan se dirige hacia el colegio, pero a los pocos pasos se da la vuelta.

—Aún tienes mi número, ¿verdad?

—Sí.

—Llámame si… te encuentras en apuros.

Entrecierro los ojos. Él sigue adelante y se pierde entre la multitud de chavales.

53

Afortunadamente el ventanuco del sótano sigue abierto.

Supongo que Agatha no se imagina ni de lejos que alguien pueda querer entrar en su casa a hurtadillas, por eso nunca lo ha comprobado. El olor a humedad cada vez es más intenso y penetrante, y con el polvo que se levanta a mi paso el aire se vuelve denso como la niebla.

En los escalones que conducen al interior de la casa vuelvo a encontrar los huecos que hice la primera vez para poder subir y bajar. Es evidente que desde entonces nadie más ha puesto el pie en este lugar.

Llego al pomo de la puerta. Lo giro despacio y lo abro sin problemas. Una vez dentro, me asalta de nuevo el extraño olor que ya había notado. ¿Qué será?

Recorro el pasillo hasta la escalera que sube al primer piso. Escucho, a la espera de un crujido, una tos, alguna señal de vida. Pero nada. Entre estas paredes hay un silencio irreal, como si estuvieran deshabitadas. Sólo oigo mi respiración y mis pasos sordos sobre las alfombras que cubren el gélido mármol del suelo. Es como caminar por el interior de un mausoleo.

Las puertas que dan al pasillo siguen cerradas. Intento abrir una: el pomo queda bloqueado a la mitad; está cerrada con llave. Hago lo propio con la otra, pero el resultado es el mismo.

Me dirijo entonces a la cocina. Sobre la mesa observo la cesta que trajo ayer la vecina, intacta, aún cubierta con la tela a rayas. La levanto. Me llega un olor a calabacines y mejorana procedente de un budín dorado y de aspecto suave como una nube.

Muy cerca hay varias jeringas, algunas usadas y otras aún precintadas. En la encimera próxima a la pila, junto a los recipientes de cristal etiquetados con fórmulas químicas, veo un frasquito más pequeño con un líquido transparente, con la etiqueta HCHO. No sé si abrirla. El Profesor K nos aconseja siempre no entrar en contacto con agentes químicos que no conozcamos.

Observo el cierre del frasquito, que me parece menos hermético que los demás, y decido arriesgarme. Quiero descubrir si el olor penetrante que permea el aire de esta casa viene de ahí.

Lo destapo y me arrolla una vaharada acre e irritante. Siento que me queman los ojos y contengo a duras penas un estornudo. Vuelvo a tapar el frasquito a toda prisa y lo dejo otra vez en su sitio.

¿Qué demonios es eso? Sea lo que sea, parte del olor de la casa parece proceder de ahí.

Vuelvo sobre mis pasos y decido superar mis miedos y dirigirme a la habitación de la tía de Agatha. Empiezo a subir la escalera, mientras todo a mi alrededor sigue inmerso en el silencio más absoluto.

A través de la ventana, veo el gato de Agatha enroscado en el balcón.

Alcanzo el rellano con el sofá de cuadros escoceses, desde donde tengo una panorámica del piso de arriba, donde todas las puertas están cerradas.

Aquí tampoco parece que haya nadie: ni la tía ni la enfermera fantasma. Me parece muy extraño. Y aún más extraño es que el olor de la cocina ahora sea más intenso y penetrante. Me tapo la nariz con dos dedos y me acerco a la puerta de la habitación donde he visto a la tía la primera vez.

El pomo está helado. Intento moverlo. Gira. La puerta se abre y del interior sale el mismo olor de antes, más intenso. No hay duda: el hedor que invade toda la casa proviene de aquí. Miro dentro.

La habitación está sumida en una tenebrosa penumbra. Algún fino rayo de luz consigue atravesar las gruesas y pesadas cortinas, perforando el aire polvoriento.

Abro la puerta del todo y me adentro unos pasos. La mujer

sigue ahí, tendida en la cama, trazando una gruesa silueta bajo las sábanas.

Avanzo lentamente por miedo a despertarla. El olor a sustancias químicas, ahora casi insoportable, me obliga a hundir la cabeza en el cuello de la chaqueta. Siento que me falta el aire. ¿Cómo puede dormir esta mujer respirando este aire?

A medida que me acerco a la cama advierto algo raro. O la ausencia de algo: no oigo la respiración de la mujer. Por muy débil que fuera, en este silencio absoluto debería percibirla.

Con la máxima cautela alargo una mano hacia el brazo de la mujer, tendido al lado del cuerpo, por encima de las sábanas. Lentamente, casi inmovilizada por el miedo a que alguien me descubra, rozo apenas con los dedos el brazo de la tía de Agatha y, en cuanto lo hago, descubro que está helado y liso como el mármol. Retiro la mano instintivamente. Después vuelvo a intentarlo con mayor determinación. Es una sensación asquerosa. El brazo no sólo está frío y liso, sino también duro como una piedra. Y no se mueve.

—Qué diablos…

Vuelvo a alargar la mano hasta el hombro, pero tiene la misma consistencia del resto del cuerpo. Está duro, durísimo, como una estatua.

—¿Señora? —susurro—. Señora, ¿me oye? —repito, algo más alto.

Ejerzo una ligera presión sobre el brazo en un intento por despertarla, pero la tía de Agatha no se mueve un milímetro ni da la impresión de haber notado mi presencia. Busco a tientas el interruptor de la lámpara de la mesita, lo encuentro, aprieto el pulsador pero la lámpara no se enciende. Echo un vistazo. Ni siquiera hay bombilla.

Busco en vano otro interruptor.

—Señora, ¿me oye?

Voy hasta la ventana y corro un poco las cortinas. Cuando después me giro, no puedo creerme lo que veo. La tía de Agatha me mira con los ojos abiertos como platos, inmóvil y blanca.

—Oh, Dios mío…

Vuelvo junto a la cama y la observo.

Está muerta.

Acerco un dedo tembloroso a su rostro. No hay respiración.

Está muerta. La tía de Agatha está muerta.

Sin embargo… tiene la piel lisa e inmaculada, como si estuviera durmiendo. No hay manchas, ni marcas de descomposición, ni arrugas. Como si fuera un maniquí. Una estatua, un bloque de…

¿Será posible?

¿Será posible que tenga que ver con todos esos productos químicos de la cocina? Ese pensamiento me golpea en la cabeza y, por mucho que intento ahogarlo, empieza a agitarse como loco.

Siento náuseas.

Unas náuseas terribles.

Tengo que salir de allí y… llamar. A alguien.

Me apresuro a dejar la cortina como estaba y a bajar al piso inferior, cuando de pronto oigo ruido. Alguien está entrando en casa.

Echo un vistazo al despertador de la mesilla. Marca las once.

No puede ser Agatha; es demasiado pronto.

Cierro los ojos por un instante, presa del pánico. No pueden descubrirme aquí dentro. Pero no puedo bajar. Intento abrir una de las puertas del pasillo, pero las condenadas están todas cerradas. Así que vuelvo a entrar en la habitación de la tía y me meto bajo la cama, entre cajas y otros objetos que intento no rozar siquiera.

Siento el latido del corazón en la garganta, que me corta la respiración. Mantengo los ojos cerrados, apretándolos para aislarme de la oscuridad y el polvo, como hacen los niños para ahuyentar las pesadillas. Sólo que esto no es producto de mi imaginación. Y que no soy una niña.

Oigo unos pasos que se acercan. Ruidos sordos como punzadas de un dolor remoto, a través del suelo cubierto de moqueta. Entreveo dos pies junto a la puerta. Se acercan y llegan hasta la cama. Cuando los tengo frente a los ojos, sofoco un grito que crece en mi interior: llevan zapatillas de deporte.

Y son rojas.

Las zapatillas de Agatha.

¡Mierda!

Tengo la sensación de que no saldré viva de este lugar.

Por encima de mí, Agatha empieza a hablar con una voz tranquila, sin pausas, horripilante:

—Sí, tía, hoy he vuelto antes a casa. Las clases, aburridas, como siempre. Además, ya lo sabes: tengo que cuidarte. Tengo que acabar con tu terapia, así te quedarás guapa y joven para siempre. Y nadie nos separará. Ya sé que no te gustan las inyecciones, pero son las últimas. Ya casi hemos acabado.

Oigo el quejido del somier. Agatha se ha sentado al borde de la cama. Yo doy un respingo. Está completamente loca. ¿Inyecciones? ¿Qué inyecciones? ¿Inyecciones de qué?

¿Qué es eso de que «ya casi hemos acabado»?

—Tranquila, tía. Yo estoy contigo. Voy a preparar las ampollas y vuelvo enseguida. Sólo un momento.

Desde debajo de la cama oigo el sonido de un beso. Me da ganas de vomitar, pero me reprimo. Si Agatha me descubre, estoy acabada.

El somier gime al quitarle peso de encima. Las zapatillas de deporte se alejan de la cama. Y entonces, de pronto, veo que se asoma a la puerta el gato gris del balcón. Husmea el aire y luego avanza lentamente.

Hacia mí.

Veo sus pupilas verticales.

Me agito y hago muecas de todo tipo para intentar disuadirlo, pero él sigue caminando hacia mí. Maldito animalucho.

—¿Qué pasa, gato?

Agatha se pone en cuclillas para acariciarlo y el animal se frota contra ella, con el lomo arqueado y la cola en forma de interrogante.

Yo estoy temblando.

Agatha se vuelve a poner en pie, con el gato entre los brazos.

—Ven, mientras preparamos la medicina de la tía te daré la comida.

El felino intenta liberarse de su abrazo, pero por fin se rinde. Mientras se acurruca entre los codos de su dueña, tengo la impresión de que me dirige una última mirada, como para decirme que me ha perdonado la vida.

Oigo que Agatha baja los escalones.

Ha estado cerca.

Con toda la prudencia del mundo, salgo de mi escondrijo y me dirijo, sigilosa, hasta la escalera. Oigo ruidos procedentes de la cocina. Empiezo a bajar las escaleras, lentamente, esperando no hacer ruido, oído avizor y con los ojos bien abiertos. No puedo permitirme un paso en falso.

—Toma, gato...

Bajo los últimos escalones de dos en dos. Llego al final de la escalera y observo a mi derecha el pasillo que lleva a la cocina. ¿Dónde habrá ido Agatha?

De pronto la oigo silbar al fondo del pasillo. Camina hacia la escalera. Me tiro al suelo y me escondo bajo la primera mesita que encuentro.

La veo aparecer con una jeringa en la mano. Sube los primeros escalones. Luego se detiene. El terror me tiene clavada al suelo.

La oigo olisquear el aire. Y da un paso atrás.

Me acerco la muñeca a la nariz: el perfume que me ha puesto Lina. Lo ha notado. Ahora volverá a bajar y me descubrirá. ¿Qué habrá en esa maldita jeringa? No quiero saberlo. Aguanto la respiración. Siento que me ahogo.

Pasan cinco segundos.

Diez.

En la cocina, el gato maúlla y empieza a desmenuzar algo; algo crujiente.

—Están buenas las croquetas, ¿verdad? —pregunta Agatha en el vacío de la casa.

Luego reemprende la ascensión y el corazón me vuelve a latir.

Espero unos segundos más, hasta que la oigo entrar en la habitación de la tía. Luego, sin ponerme siquiera en pie, alcanzo la puerta del sótano y me cuelo dentro. Por fin vuelvo a respirar. En la semioscuridad no veo casi nada. Bajo la escalera rezando para no tirar nada. Llego al ventanuco, lo atravieso y salgo.

La luz del sol me hiere los ojos.

Saco la mochila de bajo la chaqueta y me subo las solapas todo lo que puedo, con la esperanza de que Agatha no me vea desde la ventana. Recorro el caminito con las conchas incrustadas a la carrera y abro la verja. Estoy casi segura de que de un momento a otro oiré a Agatha gritándome a mis espaldas que me detenga, pero no sucede nada.

En cuanto piso la calle me echo a correr como no he corrido en mi vida.

«¡Teniente Sarl! ¡Teniente Sarl!», pienso a cada paso.

Tengo que llegar cuanto antes a la comisaría.

54

La agente Lilia está ahí, sentada en su sitio, gorda y odiosa.

—El teniente no está —me informa con una mueca de satisfacción.

—Lo esperaré.

—Podría tardar en volver.

—Lo esperaré de todos modos —replico, doy media vuelta y voy a sentarme en uno de los bancos de la entrada, hoy no muy llenos.

No muy lejos de mí está sentado un chico que podría tener unos años más que yo. No lo había visto al entrar y desde luego es la primera vez que lo veo, pero aun así me resulta familiar. El corte de los ojos, muy alargados, casi orientales. ¿Orientales? ¡No puede ser! Lo escruto de reojo, intentando no atraer su atención. Tiene el pelo corto y oscuro, y la piel ligeramente bronceada. Emana un suave perfume como especiado, de ámbar mezclado con algo que no reconozco. Está ahí sentado, en silencio, con la mirada fija hacia delante; con la mano derecha se estruja nerviosamente los dedos de la izquierda. Me inquieta. De pronto se gira hacia mí: se ha dado cuenta de que lo estoy observando. Aparto inmediatamente la mirada y hago como si nada. Siento su tensión sobre mí, como una ola gigante. Después él también vuelve a fijar la mirada en el mismo punto imaginario y la energía nerviosa vuelve a él, como un poder misterioso que controla plenamente.

Poco después, un agente se acerca a nuestro banco y se detiene frente al chico.

—¿Tú eres Abel?

—Sí —responde él, sin dejar de torturarse los dedos.

—Dentro de un rato podrás ver a tu hermano. Pasaremos por aquí e iremos a la sala de entrevistas, al fondo de ese pasillo. Tendrás un cuarto de hora.

El muchacho asiente y el agente se aleja y desaparece tras la puerta que lleva a los despachos, a la izquierda de Lilia.

—¡Mierda! —exclama, dándose con los puños en las rodillas y haciéndome dar un respingo en el banco.

Relaciono los pocos datos que tengo: Tito fue detenido anoche; este chico está aquí por su hermano, que ha sido arrestado, y se parece a Tito. Una terrible hipótesis se abre camino en mi mente: ¡El que está sentado a mi lado podría ser el hermano de Tito!

—Perdona —dice a continuación.

—¿El qué?

—No quería asustarte.

—No importa.

Me mira con sus ojos exóticos, que ahora ya no me parecen tan amenazantes.

—Han detenido a mi hermano.

—Ya veo... ¿Se ha metido en algún lío?

—Pues sí, aunque aún no sé de qué calibre.

Si supiera que he sido yo quien ha hecho que lo arrestaran... A él y a su banda.

El muchacho, Abel, se agarra la cabeza con las manos y apoya los codos en las rodillas. Parece estar ordenando sus pensamientos y buscando fuerzas para afrontar la situación.

—Lo han traído de la cárcel para otro interrogatorio, parece que tienen nuevas pruebas que cotejar. Pero no quiero agobiarte con mis problemas.

Lo que él no sabe es que no me agobia lo más mínimo; lo único que deseo es que Tito se pase hasta el último día entre rejas.

El aire entre nosotros vibra con nuestros deseos enfrentados, obligados a convivir en un espacio tan limitado.

Nos quedamos unos minutos en silencio. A nuestro alrededor, la vida de la comisaría transcurre como si nada, con su carga de pequeñas y grandes tragedias.

Por fin, el agente que ha hablado con Abel hace un momento se acerca a nosotros. Y esta vez no viene solo. Tras él camina un chico esposado, seguido por otro agente. Es Tito.

Baja la mirada y tiene la cabeza ligeramente gacha, como si eso bastara para pasar inadvertido. Pero todos lo miran. Va vestido de negro, camisa, pantalones y chaqueta. Muy elegante.

Cuando el pequeño cortejo llega cerca del banco, Abel se pone en pie y se queda mirando a Tito. Me impresiona su mirada, combinación de tristeza y desprecio. Es la misma con que yo miro a Evan.

Tito levanta la cabeza y su mirada se cruza con la de su hermano. Un destello de cólera le atraviesa el iris, negro como la noche. Después me mira a mí, aún sentada. Intenta entender qué papel ocupo yo en su esquema de desesperación.

¿Me habrá reconocido? Contengo el aliento en los pulmones, esperando que no nos relacione a mí ni a Naomi con su detención.

Baja de nuevo la mirada. Sus labios se arquean levemente en un filo cortante que nada tiene que ver con una sonrisa. Después vuelve a mirarme, levanta las manos, lastradas por el hierro de las esposas, y con el índice de la izquierda dibuja una cruz en el aire.

Me fallan las fuerzas. La cabeza me gira en una vorágine de sensaciones horribles con las palabras de Naomi en primer plano: «Él sí se ha fijado en ti...».

El agente que tiene a sus espaldas le agarra las manos y se las coloca junto al cuerpo; luego lo empuja.

—¡Camina! —le ordena.

Abel me saluda con un gesto y sigue a su hermano y a los dos policías.

Yo me quedo inmóvil, hasta que el contacto de una mano en mi hombro me hace dar un bote.

—Alma, ¿qué sucede?

Cuando me giro y me encuentro con la mirada tranquilizadora del teniente Sarl casi me entran ganas de llorar.

—Nada. Acaba de pasar Tito.

—Ven conmigo, vamos a hablar a otro sitio.

Lo sigo por el pasillo, hasta su despacho, en el que últimamente paso más tiempo que en casa.

No sentamos uno enfrente del otro, como siempre.

—Estaba seguro de que te vería. Habrás leído los periódicos, supongo.

—Sí, y quería darle las gracias por lo que ha hecho.

—No es necesario. Es mi trabajo.

—Lo sé... Pero se ha fiado de mí, de la información que le he dado. Habría podido no hacerlo.

—Pero te he hecho caso y he hecho bien. Tenías razón.

—¿Ha encontrado las pruebas que esperaba?

—En aquel sótano había de todo, Alma...

—Lo he leído.

—Los periódicos publican sólo una parte de la información. Primero quiero ver las cosas claras, descubrir si esta secta está relacionada con otras cosas, si tiene que ver con los homicidios.

No puede saber que, con Tito en la cárcel, yo he escrito un nuevo relato, y que puede que vaya a haber otro homicidio.

—¿Había algo que pueda condenar a Tito por lo que le hizo a Naomi? ¿Quizás un crucifijo?

—No, nada en particular. Había varios crucifijos colgados del revés de las paredes. Uno muy grande, de madera, con dos patas de cabra clavadas en el eje horizontal. Las he mandado analizar. Por ahora parece que sólo presentan restos de sangre animal.

—Dios mío.

—Hemos hallado restos de diferentes animales, sobre todo conejos, corderos y gallinas. También había gatos negros encerrados en jaulas improvisadas. Los usaban para sus sacrificios. Ahí abajo había un altar construido con ladrillos traídos de la obra abandonada y vigas de madera. Estaba cubierto de objetos sacros, seguramente robados de alguna iglesia, y luego... —Me lo quedo mirando, intrigada—. ¿Estás segura de querer saberlo? —Asiento—. Pero no debes decirle una palabra a nadie. Son pruebas nuevas aún no cotejadas.

—Lo prometo.

—Había fragmentos de cerebro... humano.

Me llevo las manos a la boca.

—Algunas sectas hacen rituales con cerebros que extraen a muertos recién enterrados.

—¡Es horrible!

—¿Entiendes ahora de qué tipo de gente estamos hablando?

—¿Cree que es allí donde llevaron a Naomi?

—Es posible, pero podré decirte algo más seguro después del examen de la Científica... Pero cuéntame tú. Pareces preocupada.

¿Por dónde empiezo? ¿Por Tito? ¿Por Agatha? ¿O por el enésimo relato que he escrito?

—Tito. Creo que me ha reconocido.

—¿Crees que puede haberte relacionado con su detención?

—Sí. Antes me ha hecho una señal, cuando lo he visto a la entrada.

—¿Una señal?

—La señal de la cruz.

Sarl se levanta y echa a andar por la sala.

—¿Has hablado con tu amiga Naomi?

—Sí, pero no se siente con ánimos para denunciarlo.

—Es muy importante que lo haga. Sólo así podremos estar seguros de que Tito y sus colegas pasan una buena temporada en la cárcel.

—Entonces, ¿no bastan las pruebas que han encontrado para procesarlo?

—Son pruebas menores, suficientes para tenerlo fuera de juego un tiempo. Pero necesitamos la declaración de Naomi, y que lo reconozca.

En ese momento alguien llama a la puerta.

—Adelante —dice Sarl.

Entra un hombre de uniforme.

—Teniente, tenemos una emergencia. ¿Puede venir un momento?

—Enseguida voy —responde, y luego me mira—. Tú espérame aquí, Alma.

Sale y cierra la puerta a sus espaldas; yo me quedo sentada, a la espera. Miro a mi alrededor: el sofá de piel, el colgador, el escritorio... Sí, el escritorio. Encima tiene apoyadas algunas carpetas, etiquetadas con el nombre del caso correspondiente. Me giro un instante hacia la puerta para comprobar que no llegue nadie y después empiezo a buscar entre los fascículos. Justo debajo hay otra carpeta: SECTA SATÁNICA. Debe de ser la de Tito.

La abro con mucho cuidado. Hay varios folios impresos, que imagino que serán el informe del arresto. Aparece también un sobre transparente con fotografías polaroid que muestran algunos detalles del local. Paso rápidamente las imágenes más crudas, con los restos de animales, y me detengo en las de los crucifijos. Es imposible saber si uno de ellos pudo usarse para herir a Naomi. Sigo adelante hasta que veo algo que me corta la respiración: en una de las paredes del local, la secta ha dibujado algo, quizá con sangre: un gran dragón.

Me olvido de todas las imágenes salvo de ésta, que se me queda pegada a los dedos como mi desdichado destino.

Otra vez ese maldito dragón. El del anillo de Adam, el mismo del que me ha prevenido Morgan.

Oigo pasos acercándose y luego voces. Vuelvo a dejar todo en orden y me siento.

Sarl entra y él también se sienta.

—Perdona, Alma, pero... Te veo turbada. ¿Es por lo que te he contado?

—En realidad yo he venido por otro asunto.

El teniente echa un vistazo al montón de carpetas de su escritorio. Se ha dado cuenta de que he metido las narices en sus documentos. Pero me sonríe igualmente:

—Pues venga, cuéntame.

Empiezo a contarle lo que he visto en casa de Agatha. Él escucha en silencio, no me hace preguntas. Creo que ni siquiera él, en todos sus años de experiencia, ha oído nunca nada parecido.

—Dame la dirección —se limita a decirme al final.

Se la escribo en un papel.

—Agatha acabará en un orfanato, ¿verdad?

—A lo mejor en un centro de reclusión para menores. Lo veremos enseguida.

Bajo la mirada. No puedo evitar sentirme culpable.

Sarl debe de haber intuido lo que pienso.

—Has hecho lo correcto. No te atormentes.

Echo un vistazo por la ventana: está oscureciendo.

—Será mejor que ahora me vaya. —Me levanto—. Gracias por todo, teniente.

—Gracias a ti por tu ayuda.

Estoy a punto de salir del despacho cuando Sarl me pregunta:

—¿Cómo es posible, Alma, que te encuentres rodeada de historias y de personas de este tipo?

—¿Qué quiere que le diga? —respondo, encogiéndome de hombros—. Un mal colegio, teniente Sarl. Pero no tenemos dinero para uno de esos colegios para ricos, donde no entra el mal.

55

En la tranquilidad de mi habitación intento ordenar mis pensamientos. La detención de Tito no ha puesto freno al flujo de mis relatos. Y las preguntas del teniente me han confundido. ¿Por qué hay tanto mal a mi alrededor? Naturalmente, no lo sé. No tengo la menor idea.

El tiempo discurre inexorable y si todo va como hasta ahora, significa que el próximo homicidio se acerca sin que nadie pueda hacer nada al respecto. Nadie más que yo. Vuelvo a leer el último relato. Esta vez hasta el final.

Transcurre de noche.

¿Esta noche?

Como siempre, la escasez de detalles no ayuda. Todo es confuso y vago.

Al igual que los otros, éste también termina poco antes que se produzca el crimen. Una vez más, veo y sigo toda la escena, pero el rostro del asesino sigue escapándoseme. ¿Por qué?

«Muy bien —me digo, mordiéndome el labio—. No está claro el cuándo, Alma, pero ¿dónde podría ser este lugar?»

Un gimnasio. Habrá decenas en toda la Ciudad, y desde luego no tengo tiempo de visitarlos todos. En mi historia hago mención a una H, el símbolo del hospital, así que el gimnasio tiene que estar allí cerca. A lo mejor puedo buscar en la guía telefónica...

Luego se me ocurre una idea: Evan. Él y su grupo se reúnen todas las semanas en un viejo gimnasio para ensayar. Puedo preguntarle a él. A lo mejor me puede ayudar. Guardo el cuaderno en el armario, en su sitio.

Salgo de mi habitación y voy corriendo a la de Evan, pero

me encuentro la puerta cerrada. Llamo. Abro. Vacía. Nada que hacer. Cuando lo necesito, nunca está…

Voy a la cocina, donde Jenna está poniendo orden.

—¿Sabes dónde está Evan?

—Ensayando con el grupo.

—¿En serio? —Debo de parecer agitada, porque Jenna me mira algo sorprendida.

—Pues sí, ¿por qué? Lo hace todas las semanas… ¿Ha pasado algo?

—No, no. Quería pedirle algo bastante importante. ¿Tú sabes dónde ensayan?

—En un gimnasio, me parece.

—Sí, ¿pero dónde?

Jenna reflexiona un momento.

—No debe de estar lejos del hospital, porque una vez me pidió que le llevara.

—¿Estás segura? —respondo con voz temblorosa.

No puede ser ese gimnasio. No puede ser Evan el músico de mi historia… Pero ¿y si fuera él precisamente? Tengo que hacer algo.

—A lo mejor Bi puede decirte algo más. Llámala —me sugiere Jenna.

—¿Tienes el número?

—Está en la agenda, en el cajón de la mesita de la entrada.

Me lanzo hacia el mueble, cojo la agenda y busco el número a toda prisa.

Lo encuentro y lo marco. La línea da señal de llamada.

—¿Sí?

—Hola, Bi. Soy Alma.

—Hola.

Al igual que Evan, ella tampoco es de muchas palabras.

—Te llamo porque necesito saber en qué gimnasio ensaya el grupo.

Silencio.

—Bi, ¿estás ahí?

—Sí. ¿Por qué lo quieres saber?

—Es un asunto muy importante. ¡Por favor!

—Está bien. Pero yo no te lo he dicho, ¿entendido?

—Entendido.

—Llega al hospital y rodéalo hasta llegar a la entrada de atrás. Enfrente empieza una calle larga y ancha. Siempre hay una camioneta en la esquina, una de esas que vende bocadillos toda la noche. Sigue la calle un rato hasta que encuentres un cartel a la derecha que indica un gimnasio. Gira por la callejuela que encontrarás y síguela hasta el fondo. El gimnasio está pasado el aparcamiento y unos matojos.

—Gracias, Bi. De verdad.

—Cuídate.

Sin dudarlo un segundo, vuelvo a la habitación y cojo la chaqueta. Despacho a Jenna y sus preguntas con un «adiós» seco y decidido y me lanzo al exterior, a la noche.

No tengo la menor idea de cómo llegar al gimnasio. El autobús sería demasiado lento y no tengo suficiente dinero para el taxi. Sólo me queda mi viejísima bicicleta.

Después, de pronto, veo a una chica que está aparcando su ciclomotor. Mis dudas no duran más que un instante. Corro hacia ella y de un empujón la tiro al suelo.

—¡Perdona, es una emergencia!

Giro la llave y arranco. La chica sale tras de mí gritando algo, pero en el espejito retrovisor no es más que una imagen lejana que poco a poco desaparece.

Conduzco rápido, el viento frío de la noche me azota el rostro. Paso a toda velocidad entre los coches que hacen cola en los semáforos intentando maniobrar un vehículo al que he subido pocas veces en mi vida. Pero no importa. Tengo que llegar lo antes posible al gimnasio. Es lo único que sé.

Rodeo el Parque Pequeño, que parece un bosque encantado envuelto en la oscuridad y en hechizos siniestros. Después paso frente a la freiduría de Gad, ahora cerrada, y por fin veo el hospital. La gran H luminosa se alza en lo alto de la azotea. Empiezo a rodear el edificio. Debo llegar a la entrada posterior.

El ciclomotor ruge entre mis pies. Acelero, dominada por una especie de euforia. Emfilo la calle que me ha indicado Bi. Veo en la esquina la camioneta de los bocadillos. La calzada es ancha, de doble carril, con poco tráfico. A ambos lados, unas farolas altas la iluminan con sus brazos largos y finos. Al principio veo a los lados coches aparcados que se alternan con contenedores de basura. Después, nada. Donde acaban los haces de luz de las lámparas, un muro de oscuridad elimina el resto del pasaje.

Prosigo.

Algo más adelante, la calle se ramifica en una serie de desvíos. Tras una explanada mal asfaltada veo un viejo rótulo de plástico resquebrajado que dice simplemente GIMNASIO. Una flecha indica una callejuela a la derecha, completamente a oscuras.

—Debe de ser aquí —digo en voz alta.

Por un momento me planteo seguir a pie para pasar desapercibida. Pero decido seguir con el ciclomotor: el gimnasio podría estar aún muy lejos y con esta oscuridad corro el riesgo de no llegar nunca.

El callejón está lleno de baches. Sigue unos cientos de metros y termina en un aparcamiento, aparentemente desierto.

Apago el motor y dejo el ciclomotor apoyado en su caballete, en una esquina apartada y fuera del alcance de la vista desde la calle. El gimnasio es un barracón anónimo iluminado por una tenue luz.

A su alrededor reina la más profunda oscuridad.

Exactamente como en mi relato.

Avanzo a pasos lentos, atenta a donde pongo los pies. Las malas hierbas han cubierto lo que debía de ser el camino de acceso. Tras unos metros me quedo inmóvil.

Del interior me llega una oleada de música violenta. Una guitarra eléctrica.

—¿Evan? —susurro.

Como un autómata guiado por aquellas notas distorsionadas, me acerco a la única puerta que veo. La empujo y me encuentro en los vestuarios. La guitarra envuelve de descargas eléctricas cada rincón de la oscuridad. Echo un vistazo alrededor. Bancos vacíos, colgadores en la pared, duchas desiertas sin cañerías. Lavabos rotos. Los ojos ya se me han adaptado a la semioscuridad.

Tengo un único pensamiento que me aterroriza: no estoy sola. En algún lugar, en la oscuridad que me rodea, se esconde un asesino. Es un miedo tan sólido que me embota la cabeza, haciendo que me latan las sienes.

Ya fuera de los vestuarios, avanzo con calma hacia el origen de la música y de la luz por un pasillo. En un banco hundido veo una barra de acero. La agarro sin pensar, convencida de que podría serme útil.

—¿Dónde estás? ¿Dónde estás? —susurro en la oscuridad.

Me aterroriza la idea de llegar al fondo. Aferro la barra de acero y sé que, mientras oiga la música, Evan o quien sea que esté tocando sigue vivo. Siento mil agujas bajo la piel y hielo en las venas.

«¡Vete! ¡Vete! ¡Vete!», me repito.

Pero no quiero irme, como hice en el Parque Norte. No quiero volver a oír el grito.

Sigo adelante, un paso tras otro, blandiendo la barra con ambas manos. Llego a otra puerta, abierta, que da a la sala del gimnasio.

«Ya estoy», pienso. Y lo veo: un chico vestido con vaqueros y sudadera, con la capucha sobre la cabeza. Está sentado en un viejo sofá, tocando.

Solo.

Tiene una guitarra roja entre las manos. Roja como la de Evan.

Después no veo nada, ni a él ni la guitarra. Siento una descarga de odio que se apodera de mí. El miedo de antes se ha convertido en un desenfrenado deseo de… ¡golpear!

Golpear al músico. Hacerle callar. Hacer que vuelva el silencio.

La guitarra grita. Mi cabeza grita. Grito yo también, y levanto la barra de metal.

Pienso en el hombre-ángel.

Pienso que tengo que matar al guitarrista.

Después, de golpe, la capucha cae atrás y el chico de la guitarra gira la cabeza ligeramente hacia mí.

¡Evan!

¡Es mi hermano!

Es él de verdad.

«Tú lo odias —dice mi cabeza—. Tienes que matarlo. Un único golpe. ¡Mátalo! ¡Mátalo! Destruye su guitarra. Detén el caos que está invadiendo el mundo.»

Pero… Es mi hermano.

Por encima de mi cabeza cuelgan varias cuerdas retorcidas que parecen serpientes.

«Mátalo y luego cuélgalo del techo.»

—¡No! —grito, dejando caer la barra al suelo—. ¡No!

Mi cabeza calla. La voz que vivía en ella desaparece.

Me echo al suelo, dando con las rodillas en el linóleo.

Evan me está mirando con los ojos como platos. Su guitarra estrangula una última nota. Los amplificadores sueltan un quejido doloroso al oído.

—¿Alma? —susurra—. ¿Qué diablos haces aquí?

Yo no lo sé.

¡No lo sé!

Miro a mi alrededor y me doy cuenta de que no hay nadie más que nosotros. Sólo está Evan, que estaba tocando, y yo, que hasta hace un segundo tenía una barra de metal en la mano, y el irrefrenable deseo de usarla contra él.

No hay ningún asesino.

¿Qué estaba haciendo?

Le doy un manotazo a la barra, haciéndola rodar lejos de mí con un sonido metálico. Los amplificadores aún emiten algún zumbido exhausto. Evan sigue mirándome. Está a punto de levantarse del sofá.

—¡No! —grito de nuevo.

Antes de que él pueda decir nada, me pongo en pie y salgo corriendo tan rápido como puedo.

—¡Alma! —oigo gritar a mis espaldas—. ¡Alma!

Salgo del gimnasio a la carrera, con lágrimas en los ojos. Yo.

Llego al ciclomotor y me subo al sillín. Las mejillas y los pulmones me arden.

Yo.

Le doy al gas y salgo volando, lejos de allí, lejos de todos, donde no pueda hacer daño a nadie.

¿Qué estaba haciendo?

¿Qué estaba pensando?

¿De quién era aquella voz que me hablaba?

Grito y maldigo. Me golpeo la cara con la mano libre. Querría arañarme, arrancarme los ojos. Conduzco sin un destino, deseando que alguien me atropelle, que me quite de en medio para siempre. La cabeza me explota con un dolor lacerante.

Las calles de la Ciudad me envuelven como un remolino,

pero todo me parece distante. Siento que no pertenezco a este mundo, al mundo de las personas normales.

De pronto el ciclomotor empieza a ir más despacio. El tubo de escape emite unos bufidos de agotamiento cada vez más espaciados. Da tirones, agoniza. Se ha acabado la gasolina. Se detiene. Lo dejo caer al suelo, como la carcasa de un animal.

Me siento en la acera con la cabeza entre las manos y me pregunto qué puedo hacer.

Después veo una cabina de teléfono, iluminada por una luz gélida. Meto una mano en el bolsillo y busco el pequeño dragón de papel.

El número de Morgan, en la cola, está casi borrado del todo.

No sin esfuerzo, reconstruyo mentalmente las cifras que faltan. Sólo tengo una moneda en el bolsillo. Espero no equivocarme.

Marco el número. Da línea.

—¿Sí?

—Morgan, soy yo, Alma. Necesito ayuda.

—¿Qué te pasa?

—¡No lo sé!

—¿Dónde estás?

—No lo sé.

Son las últimas palabras que consigo decir antes de que el dolor de cabeza, con una explosión violentísima, me haga perder el sentido.

56

—¡Alma! ¡Alma! ¿Me oyes?

Es la voz de Morgan. Probablemente estoy soñando.

Abro los ojos, los párpados me pesan como si me los hubieran cosido. La primera imagen está desenfocada; después, poco a poco, las siluetas se definen y los maravillosos ojos de Morgan aparecen en toda su luminosidad.

—Te oigo.

Siento sus manos que me sujetan.

—Estoy aquí, Alma. Todo está bien. ¿Qué te ha pasado?

Me echo a llorar y me abrazo a él. Ya no me avergüenzo de dejarme llevar entre sus brazos.

—Ya no entiendo nada, Morgan. ¡No lo entiendo! Sólo hay mal a mi alrededor… ¡Sólo mal! —sollozo—. Primero Seline, luego Adam, luego Naomi… Y mientras tanto otros iban muriendo crucificados, clavados… Yo creía que era Tito… y que los hombres que me seguían trabajaban para él… ¡Pero esto no se acaba nunca, Morgan! El mal no se acaba nunca…

—Alma…

—Yo creía que Agatha tenía problemas… ¡Y en cambio su tía está muerta! ¡Muerta como una estatua! Creía que Naomi tenía que denunciar a Tito y en cambio… Creía que era un asesino, que eran unos asesinos… ¡Y soy yo! ¡Soy yo!

—No digas tonterías.

—¡Mi hermano! ¡Quería matar a mi hermano!

Las manos de Morgan me acarician el cabello.

—Tú no querías matar a nadie.

—¡Con una barra de metal! —añado, en un gemido ahogado.

—Te equivocas.

—¡No estoy loca!

—No lo he pensado en ningún momento.

Una vez más, sus dedos entre mis cabellos. Me presionan las sienes, donde más atroz es el dolor de cabeza, y parecen atenuarlo, como chorros de espuma sobre un incendio.

—Sin embargo, quizá sí estoy volviéndome loca. Porque mi cabeza, la noche... las pesadillas y lo que escribo...

—¿Qué escribes?

—No lo sé. Ya no sé nada. No sé siquiera dónde estamos.

—Junto a la cabina desde la que me has llamado. Estamos detrás del Teatro.

Sollozo, sorbiendo con la nariz, pero sin separarme de su abrazo. Querría preguntarle cómo ha conseguido encontrarme, pero estoy tan contenta de que esté aquí que no me importa.

Él sigue acariciándome, apretándome contra su cuerpo, y poco a poco siento que la desesperación va desapareciendo.

—¿Puedes levantarte? —me pregunta, cuando me oye respirar más tranquila.

Hasta ese momento no me doy cuenta de que estoy echada en la acera.

Me limpio la nariz con el dorso de la mano.

—Sí, creo que sí.

Apoyándome en sus brazos protectores, me pongo en pie. Veo su coche a unos pasos, los faros encendidos, iluminándonos. Me protejo los ojos.

Pasamos por encima del ciclomotor.

—Lo he robado —confieso—. Hasta he robado un ciclomotor.

Morgan me acompaña hasta la puerta del coche y me ayuda a subir por el lado del acompañante.

—Era de una chica. Cerca de casa —sollozo—. La he tirado al suelo y le he robado el ciclomotor... Sentía que tenía que ir al gimnasio a toda prisa...

—Siéntate.

—Me sentía fuerte. Invencible. Sabía que llegaría a tiempo... —El asiento es blando y envolvente. Me hundo en él y cierro los ojos—. Dios mío. Y en cambio...

Él se sienta a mi lado y arranca.

—Ya ha acabado todo —dice, como para sus adentros.

Morgan conduce despacio. La marcha del coche me arrulla y relaja mis nervios tensos y rígidos por el miedo, por la vergüenza.

—¿Qué es lo que ha acabado? —pregunto al cabo de un rato.

—Estamos casi en casa —me responde.

Cierro de nuevo los ojos.

Me despierto cuando me pregunta:

—¿Cómo te encuentras?

—Mejor, gracias.

El coche está inmóvil. Los faros, encendidos. La Ciudad, inmensa. El mal, por todas partes, a nuestro alrededor.

—¿Crees que puedes explicarme qué ha pasado?

—Aquí y ahora no... ¿Qué hora es?

—Las tres.

Una sonrisa histérica me atraviesa el rostro. Miro mi edificio a través de la ventanilla. Seguro que Evan ya está en casa. Al pensar en mi hermano y en lo que puede haber pensado se me retuerce el estómago. Pero nunca debe enterarse de la verdad.

—Me odiará... —murmuro.

—Nadie te odia.

Morgan me acaricia el cabello, luego detiene la mano sobre mi frente y la deja allí. Está fría, pero es agradable. Siento que los últimos pinchazos van desapareciendo poco a poco de mi cabeza y en su lugar queda una paz infinita que no sentía desde hace no sé cuánto tiempo.

—Intenta descansar un poco.

—¿Te apetece subir?

—¿A esta hora?

—Mi madre tiene turno de noche. No llegará antes de las ocho.

Él asiente.

—Sólo si me prometes que...

—Sí, lo haré —le interrumpo, cogiéndole una mano—. Hay muchas cosas de las que quiero hablarte.

No hace falta que añada nada más. Morgan mira la calle, llena de coches aparcados, amontonados uno junto al otro.

—Voy a aparcar. Tú mientras tanto entra en el portal. Enciende la luz y espérame allí.

Abro la puerta y me dispongo a salir.

—¡Enciende la luz! —me recuerda él, provocándome un escalofrío.

Como un soldadito fiel cumplo las órdenes, me apoyo en la pared del vestíbulo y espero a que vuelva Morgan.

Poco después, en el ascensor, permanecemos en silencio. Lo abrazo y él me acaricia el cabello. Siento una sintonía total entre nosotros, como si él supiera ya lo que estoy a punto de decirle y quisiera comunicarme únicamente que todo está controlado. Que es normal y que no tengo que preocuparme, porque hablar con él será tan sencillo como coger una flor de un prado.

Meto la llave en la cerradura, esperando no hacer demasiado ruido y que Evan y Lina no me oigan.

Entramos de puntillas. Recorremos el pasillo, pasando por delante del salón y de las habitaciones de mis hermanos.

En la puerta de mi habitación hay un mensaje de Evan: «¡Estás loca! Casi me matas de miedo. ¡No vuelvas a hacerlo nunca más o te arrepentirás!».

Lo despego y se lo entrego a Morgan, como si fuera una prueba ante un tribunal. Entramos en mi habitación y cuando cierro la puerta tras de mí su *clac* sonoro me devuelve el equilibrio de golpe. Enciendo la lámpara de la mesita y hasta entonces no me doy cuenta del caos que he dejado al salir.

—Perdona, esto está hecho un asco.

—No te preocupes. Tendrías que ver mi habitación. Mi madre ya se niega a entrar.

Curioso. Habría jurado que era un tipo muy ordenado. Y además… no sé por qué… pero nunca había pensado que él también tendría una madre, o un padre, o una familia. Será porque no los he visto nunca, y porque él tampoco los había mencionado antes.

—Siéntate.

Morgan se acomoda sobre la cama, haciéndose un hueco entre la ropa y las sábanas.

Yo me dirijo hacia el armario abierto y empiezo a excavar bajo un montón de suéteres y zapatos viejos. Encuentro el cuaderno violeta, lo cojo y me acerco a la cama. Me siento junto a Morgan, que no me quita los ojos de encima ni un momento.

—¿Qué es? —pregunta.

A la luz de la lámpara de la mesita, el rostro de Morgan recuerda el de una estatua griega. Sus ojos violeta tienen el color de una flor exótica y sus cabellos brillan como el oro. Nunca lo he visto tan guapo como ahora.

Respiro hondo, en busca del valor necesario para responderle. Pero no lo encuentro, así que me limito a entregarle el cuaderno.

—Lee.

Morgan toma el cuaderno de mis manos y lo abre por la primera página.

57

Lentamente, los ojos de Morgan van siguiendo la pasarela de las líneas, se agarran a las cadenas de palabras, se sumergen en el negro de los angulosos caracteres que puntean las páginas como lápidas.

Yo espero impaciente, dominada por una leve ansiedad que me marca la respiración y el latido del corazón siguiendo el ritmo de los puntos y comas de esos malditos relatos.

Cuando acaba de leer el primero, Morgan levanta la mirada; yo me estremezco. No sé qué reacción esperar. Nos quedamos mirando unos segundos que me resultan eternos. Después sus labios se entreabren.

—Tranquila.

Luego se sumerge de nuevo en la lectura y no se detiene hasta llegar al final del último relato.

Hasta que él no cierra el cuaderno no recupero el aliento. Entonces empiezo a hablar:

—Tengo pesadillas, Morgan. Desde que sufrí aquel accidente. Iba en coche con dos amigas. El coche se salió de la carretera y ellas murieron en el acto. Yo, en cambio, ni un rasguño. Mi cuerpo salió ileso y mi mente lúcida. Fría. Analítica. No… nunca sentí un dolor real por la muerte de mis amigas. Eran mis únicas dos amigas de infancia. Lo sabía, sabía que tenía que sufrir. Que tendría que quedar traumatizada para siempre. Pero el hecho, la verdad, Morgan, es que… nunca ha sido así. Me sabía muy mal, claro. Pero nunca tuve ningún trauma. Sólo dolor de cabeza. Dolor de cabeza a oleadas, continuo, más intenso de noche, cuando gritaba, cuando hablaba o cuando… —le señalo el cuaderno y añado, en un susurro— escribo.

—¿Te apetece hablarme del accidente?

Nunca he hablado de aquello con nadie, aparte del doctor Mahl. Pero con Morgan todo es diferente.

Asiento y empiezo a hablar.

—Era una ocasión especial. Maureen acababa de sacarse el carnet y su padre le había regalado un pequeño utilitario que resolvería los problemas de transporte de nuestras salidas. Así que Maureen, nuestra amiga Dolly y yo decidimos celebrarlo con un paseo de prueba.

—¿Recuerdas algo de lo que hiciste antes?

—La verdad es que no. El doctor dijo que mis lagunas de memoria se debían al trauma del accidente, aunque yo, como te he dicho, no quedé en absoluto traumatizada.

Morgan escucha en silencio. Me mira, concentrado en mí y en mis palabras.

—Sea como fuera, subimos al coche, yo en el asiento de atrás y Dolly junto a Maureen. Nos dirigimos hacia las afueras, porque Maureen no se sentía aún muy segura entre el tráfico de la ciudad. No recuerdo exactamente el camino que seguimos, pero en un cierto punto empecé a ver campos. Maureen estaba muy contenta y pisaba el acelerador al ritmo de rock duro. Dolly y yo cantábamos. Aquellos últimos minutos antes del choque los recuerdo con extrema claridad, más que todo lo anterior. Nos sentíamos invencibles. La música lo llenaba todo, al igual que el perfume de cítricos del ambientador para coches que había elegido Maureen. Después, de pronto, sentí un golpe fortísimo, como si una fuerza inaudita nos hubiera lanzado contra algo. Yo estaba pegada al asiento. Cerré los ojos un instante y cuando volví a abrirlos vi aquel horror. Dolly, delante de mí, no estaba en su sitio, y el cristal de su ventanilla había quedado hecho añicos teñidos de rojo. Maureen estaba echada sobre el volante, con el rostro abierto por una herida. Más adelante, el capó del coche, aún humeante, estaba arrugado, envolviendo un grueso poste de cemento.

—¿Tú cómo estabas?

—Me toqué los brazos, las piernas y la cara, pero… parece absurdo, yo estaba bien. No tenía ni un rasguño. Hasta que no llegué al hospital, el médico que me visitó no me hizo observar una herida bajo la oreja izquierda. Es el único vínculo entre yo y aquel accidente.

Morgan está pensativo. Da la impresión de que no me va a poner al corriente de sus cavilaciones, pero luego cambia de idea. Él también sufrió un accidente. Me ha enseñado la cicatriz. A lo mejor es eso en lo que piensa. Quizá sea un recuerdo doloroso del que no quiere hablar.

—Háblame de tus relatos.

—Nunca lo había hecho antes, eso de escribir durante el sueño. He leído algo al respecto. Dicen que se llama premonición. Parece que está relacionado con nuestra capacidad de supervivencia.

—¿De qué modo?

—Por lo que he leído, todo ser vivo busca satisfacer sus funciones vitales. Por eso respiramos, comemos y dormimos. Todo eso son cosas que ya sabemos hacer en el momento del nacimiento; nadie nos las enseña. Como nadie nos enseña a soñar. La hipótesis de una parte de los estudiosos es que, del mismo modo que los animales presienten con días de antelación catástrofes naturales grandes y pequeñas de las que depende su vida porque están relacionadas con el biosistema en el que se encuentran, los seres humanos también podemos prever el peligro procedente de las mentes de otros hombres, de quienes depende nuestra vida.

—Así se explicaría la telepatía, como remedio necesario para la supervivencia —observa Morgan.

—Exactamente. Tenemos una estrecha relación con otros seres humanos. Dependemos de ellos y estamos vinculados a ellos, así que percibimos los pensamientos de quienes nos rodean, como los animales perciben los acontecimientos naturales con los que viven en simbiosis.

—Interesante. ¿Y el cuaderno violeta cómo entra en este planteamiento?

—A menudo la percepción está relacionada con un momento particular, con un suceso o, más raramente, con un objeto determinado que hace de catalizador de la propia psique. El cuaderno violeta es ese objeto. Escribí el primer relato pocas noches después de haberlo comprado... En la papelería del centro, esa vieja, que parece sacada de otro mundo y de otro tiempo. —Morgan asiente imperceptiblemente—. Desde el principio pensé que se trataría únicamente de una pesadilla. Pero dos días después, mientras desayunaba, vi un artículo en un periódico que describía con todo detalle el homicidio que yo había soñado y transcrito en el cuaderno. Hasta el nombre de la víctima coincidía: Alek, el publicista de las montañas rusas. —Tomo una bocanada de aire—. Descubrir aquello me sumió en un estado de confusión. Me preguntaba qué significado tenía aquel relato, qué relación tendría con mi vida y cómo habría podido escribirlo. No obstante, después las pesadillas desaparecieron durante unas semanas. Y con ellas los relatos.

—¿Y el segundo?

—Como ves, no escribí más que unas líneas.

—Parece interrumpido.

—Me despertó la llamada de Naomi. —Morgan entrecierra los ojos—. Mientras socorríamos a Naomi colgaban al ingeniero Giulian del bucle de la muerte, en el viejo parque de atracciones.

—Después volviste a escribir.

—El tercero, el homicidio de la redactora. Pero esta vez... quería descubrir la verdad. Estaba decidida a intervenir en el lugar del delito para impedirlo. Me había dado cuenta de que siempre escribía adelantándome a la realidad, y me imaginé que significaría algo. Estaba convencida... Dios mío, estaba convencida de tener una especie de don, y de que era mi misión intentar hacer algo antes de que se produjera el homicidio.

—¿Por qué dices eso de «Dios mío»?

—Porque yo estaba en el Parque Norte cuando murió Halle. Y esta noche estaba en el gimnasio cuando...

Morgan me apoya la mano en los labios.

—No van por ahí los tiros. No es lo que piensas. Tú no sabías siquiera dónde se encontraba la agencia de publicidad de Alek.

Lo miro y asiento. Tiene razón.

—Dime qué hiciste después de escribir el tercer relato.

—Cogí un autobús y me fui al Parque Norte. Vi a una mujer que salía de su edificio y la seguí un rato. Era una mañana gélida, con una niebla y un frío penetrante...

—¿Qué sentías?

—Tenía la cabeza pesada, sentía unos pinchazos insufribles.

—¿Oías voces?

Reflexiono un instante, pero luego sacudo la cabeza.

—No… Pero llegó un momento en que el cuerpo no me respondía. Estaba como paralizada. No podía seguir adelante, pero sí alejarme y escapar. Y es lo que hice: volví atrás. Y luego la oí gritar. Aún ahora me avergüenzo: he sido una canalla.

—No es cierto. Has sido muy valiente.

—No es así, Morgan —replico, sacudiendo la cabeza—. Y lo sabes perfectamente. Habría podido salvarla sólo con que hubiera…

—¿Y éste, el último relato?

Empiezo a sollozar. Intento frenar las lágrimas, pero alguna se me escapa y se precipita sobre mis manos heladas, cruzadas sobre el regazo.

—Lo has leído, ¿no? La víctima era un chico, un músico. Ninguna conexión con los otros tres. Me he vuelto loca intentando encontrar una relación que no sea mi cuaderno, pero no lo he conseguido. Había pensado en una secta… Estaba convencida de que se trataba de Tito y de sus amigos, y me fui a la comisaría a denunciarlos. Los cogieron, pero como ves… ¡Pobre loca!

—Has salido de casa.

—Sí.

—¿Por qué? Te advertí de que no debías hacerlo de noche.

—Pero el protagonista de este relato es un músico… Toca la guitarra, ¿entiendes? Y mi hermano y su grupo ensayaban en un viejo gimnasio. Hablando con Jenna, mi madre, descubrí que ese gimnasio está cerca del hospital. ¡Como en el relato!

—Así que has pensado que la víctima era tu hermano.

—¡Exacto! He robado el ciclomotor y he ido corriendo para protegerlo. Pero después, cuando he llegado, he revivido la escena del crimen, sólo que yo no estaba allí para avisarle, sino… ¡para matarlo! Era yo la asesina. En el relato menciono el brillo de un objeto metálico estrecho y largo, y yo había encontrado una barra de metal… la había cogido para defenderme porque pensaba que había alguien más allí. Y luego... Aquella barra estaba entre mis manos. Morgan, ¿entiendes? Y no sé, era como si ya no fuera yo misma.

—¿Qué sentías?

Abro bien los ojos, intentando recordar.

—Odio. Odio. Un mar infinito de odio. Sentía que tenía que matar a mi hermano. Y yo...

La voz se me rompe con el llanto. Morgan me acoge entre sus brazos y yo aprieto la tela de su ropa entre los dedos, tratando de sofocar los sollozos y las lágrimas en un patético intento de evitar que me oigan mis hermanos.

Morgan me acaricia el cabello y con paciencia infinita espera a que me calme. Cuando vuelve el silencio a la habitación, y no antes, me habla.

—Estás viviendo una experiencia terrible. Pero tienes que ser fuerte y reaccionar. El destino no siempre nos reserva lo que deseamos. Más frecuentemente, y sin un motivo aparente, da la impresión de que todos los elementos de nuestra vida tienen el único objetivo de hacernos daño. El azar, a veces, parece golpearnos con la precisión de un francotirador.

—Es cierto... —susurro.

—Estamos a prueba todos los días, todas las noches, toda la vida. Y es tarea nuestra rebelarnos y doblegar los sucesos para adaptarlos a nuestra voluntad. Hay muchas cosas, demasiadas, que no podemos elegir. Nuestros padres, por ejemplo. Pero ellos tampoco pueden elegirnos a nosotros, y a menudo no consiguen controlar el rumbo que toma su vida. Y desaparecen.

Parece como si conociera mi historia.

—No es culpa suya. No es culpa de nadie. No existen culpas. Y si nuestros padres han sido malos, y se han equivocado, nosotros podemos ser mejores que ellos, mejores que las enseñanzas que nos han dado y que el estilo de vida que nos han inculcado. Siempre se puede cambiar. Se puede subir y bajar, actuar bien o actuar mal. Hay elección. Y lo mismo es aplicable a todo lo que sucede en la vida que nos toca vivir, queramos o no. Yo, tú, todos tenemos la posibilidad de imponernos al mal que nos rodea y aplastarlo de un pisotón. Pero también podemos hacer lo contrario, y no ponernos a la altura del bien que se esconde en nuestro interior. Podemos ignorarlo, borrarlo del todo y no descubrir nunca, por ejemplo, los brotes que cubren las ramas de los árboles en primavera.

Sonrío, seducida por la imagen de esa frase. «Yo los he visto», querría exclamar, pero Morgan no me da tiempo.

—Tenemos que conservar la fe, Alma, y no dejar de luchar. Hay un mundo de luz más allá de estas tinieblas, sólo que está escondido. Y a nosotros nos corresponde encontrar el modo de alcanzarlo.

La mirada de Morgan es ahora orgullosa y decidida. Siento que cree en cada una de las palabras que ha dicho y que comprende mi dolor, mi miedo, mi rabia.

—Yo he estado a punto de matar a mi hermano, Morgan.

—No has matado a nadie.

—¿Qué es lo que he hecho si no?

—No has sabido resistirte al mal. Y él te ha guiado.

—No entiendo...

—No puedes. Aún no.

—Morgan...

—Tienes que fiarte de mí.

—Tú... ¿te explicas lo que está sucediendo?

—Me temo que sí.

—¿Y cómo?

—No puedo decírtelo. Sólo puedo pedirte que te fíes de mí y que hagas exactamente lo que te digo. Como cuando te pedí que no salieras de noche.

—Pero yo quiero saber.

—Y yo no quiero esconderte nada, pero... sencillamente no puedo ser más claro. ¿Puede bastarte de momento, como respuesta sincera?

Sacudo la cabeza. Ya me parecía que él era diferente a todos. Sabía que debía mantenerme alejada.

—Aunque te dijera que no me basta, supongo que es todo lo que te puedo sacar. —Él me mira, preocupado y misterioso—. ¿Qué quieres que haga? —le pregunto.

—Tienes que estar atenta, aún más. No salgas por la noche, bajo ningún concepto. Y de día comprueba que no te sigan; por la Ciudad circulan hombres muy peligrosos. Les llaman Master.

—¿Master?

—Los reconocerás por su anillo, con un dragón marino grabado.

—¿Un anillo con un dragón marino? ¿Como el de Adam?

—Exacto.

—¿Entonces Adam es uno de esos... Master?

—No.

—¿Y tú cómo puedes estar tan seguro?

—Le llevé a la piscina —me responde—. Y hablé con él largo y tendido.

«Ahí fue cuando los vio la hermana de Naomi», pienso.

—Adam había encontrado aquel anillo en el Parque Norte —recuerdo.

—Exacto. El anillo pertenecía a uno de ellos, a un Master. Hay otros dos detalles que los identifican.

—¿Cuáles?

—Les falta un trozo de una oreja.

Me llevo las manos a la boca.

—Qué cosa más horrible. ¿Es por eso por lo que siempre llevan sombrero?

—Sí, así es.

—¿Y cómo es que les falta ese trozo?

—Es una señal de obediencia.

—¿A quién? ¿Qué hombre les pediría una prueba así?

—No es un hombre. Es su señor. Por ahora te basta saber eso.

—¿Y el segundo detalle?

—Son totalmente barbilampiños. No tienen pelo, cejas, vello; nada.

Cada vez estoy más desconcertada.

—Por eso llevan gafas oscuras.

—Exacto.

—¿Y el hombre que nos siguió por el Puerto Viejo? ¿Él también era un Master?

—Sí.

Me quedo en silencio, reflexionando. Tiempo atrás incluso había pensado que esos Master pudieran ser los responsables de los tres homicidios registrados en la Ciudad. Que me perseguían porque yo escribía sobre sus crímenes. Qué lejos estaba de la verdad.

Pero si no ha sido Tito con su secta y no han sido los Master, ¿quién ha matado a esas personas? ¿Cuántos criminales más campan a sus anchas por la calle?

—¿En qué estás pensando? —me pregunta Morgan.

—En los homicidios. Y en sus ejecutores. La policía ha encontrado pelos en las escenas del delito, pelos de personas jóvenes.

—¿De verdad? —pregunta, visiblemente preocupado.

—¿Quién crees que puede haber sido? A mí ya no se me ocurren más posibles asesinos.

—Vamos por partes, Alma. De momento tienes que tener cuidado con esos hombres.

—Pero sigo sin entender. ¿Qué quieren de mí?

—Te quieren cazar.

—¿Y por qué?

Morgan señala el cuaderno violeta.

—Por lo que escribes —me responde.

Abro los ojos como platos.

—Morgan.... Debes...

—No. No debo. Ninguno de nosotros debe. Podemos. El poder es más fuerte que el deber.

—Pero yo...

Sus labios se posan sobre los míos, haciéndome callar. Los rozan apenas, y son pura energía. Advierto una sacudida que me une a él, un flujo de corriente por el que circulan pensamientos y fuerza. Cuando nos separamos, mirándonos aún a los ojos, abrazados a la luz de la lámpara de la mesita de noche, me susurra:

—Son demasiadas cosas a la vez por hoy. Ahora intenta descansar. Estarás agotada. Llegará un día en que lo entenderás mejor.

Su suave aliento no tiene olor ni sabor. Me envuelve y me arrulla.

—¿Te fías de mí?

Asiento. Y me sorprendo, porque es la primera vez en mi vida que me fío realmente de alguien.

Morgan me estira sobre la cama, aún vestida, y me cubre con las sábanas.

—Está a punto de amanecer —murmuro.

—Sí, unos minutos más y la oscuridad desaparecerá —dice él, antes de posar una mano sobre mi frente y desaparecer entre las últimas sombras de la noche.

58

A juzgar por la luz que se filtra a través de las persianas es de día. Me despierto más descansada, pero descolocada. Es como si alguien me hubiera sacado de mi vida y me hubiera lanzado a lo lejos, como algo que ya no sirve.

En el pasillo no hay nadie. La casa está en silencio. Jenna duerme en su habitación, tras el turno de noche. Evan ha salido. Lina está sentada en la cama y juega con su muñeca, ahora reparada, a la espera de que le cuenten los planes para el día.

«No hay planes, pequeña», querría decirle. Pero me limito a sonreír.

Por las ventanas entra el calor de un bonito sol de primavera. Voy a la cocina y echo un vistazo al reloj de los pajaritos: son las diez. Demasiado tarde para el colegio.

En cualquier caso, hoy siento que tengo justificación.

Me preparo una taza de café humeante que me bebo sentada en el sofá, el mismo desde donde Lina ve sus dibujos animados.

Los recuerdos de la noche son confusos y dolorosos. Las palabras de Morgan y el sueño reparador sólo han amortiguado la angustia en parte. El café es fuerte y amargo. Todo escapa a mi control.

Sigo pensando en Evan, en lo que le debió de pasar por la cabeza al verme frente a él con aquella palanca en la mano. Creía que esta mañana habría entrado en mi habitación como una furia pidiéndome explicaciones sobre lo que hacía yo en el gimnasio, en su territorio. Pero nada. Sólo aquella nota.

Voy a cambiarme. Me pongo una falda y un suéter fino, un par de manoletinas y la chaqueta de siempre. En el ascensor me vuelven a la mente las palabras de Morgan antes de irse: «Fíate de mí».

He sentido su presencia con una intensidad inusitada. No sé definir con precisión lo que nos une, pero sea lo que sea es muy potente.

Cuando salgo, me embiste una ráfaga de viento fresco que huele a flores frescas.

Morgan tiene razón: la belleza del mundo se esconde.

Siento el viento cortante, cargado de nueva vida.

Cómo me gustaría que mi pesadilla no fuera real.

Cómo me gustaría descubrir que ha sido todo un error, una terrible broma de mi imaginación. Y que el mal no está dentro de mí.

Camino por el paseo que lleva a la iglesia, hasta el quiosco. Cuando llego, me quedo de piedra.

Han detenido a Agatha.

La noticia está en todos los periódicos: JOVEN DE DIECISIETE AÑOS PETRIFICA A SU TÍA.

Compro varios periódicos diferentes. Entre los diversos artículos, hay uno firmado por Roth.

En realidad, el relato de los hechos en los diferentes periódicos es calcado. Tras la descripción de la casa de las conchas se explica someramente la vida de Agatha, la desaparición de sus padres en un accidente aéreo, la concesión de la custodia a la tía, enferma de cáncer. Durante los últimos días de vida de la tía, Agatha le habría inyectado en el cuerpo una sustancia para bloquear la descomposición de los tejidos y de la sangre. El forense de la policía está seguro de que las inyecciones se le suministraron cuando la mujer estaba aún con vida, para permitir la circulación de la sustancia petrificante desde el corazón. Pero sobre eso parece que hay teorías discordantes. Sólo de pensarlo da escalofríos.

Un psicólogo comenta que, una vez conseguido su objetivo, la joven sencillamente no ha podido seguir defendiendo la mentira de que la mujer seguía con vida. En su opinión, Agatha pensaba realmente que mejoraba la salud de la mujer con aquellas inyecciones. Estaba convencida de haberla salvado de la muerte, de haber interrumpido el avance del tiempo, dándole la inmortalidad del cuerpo. El retrato que se da de Agatha es el de una loca lúcida, de carácter cerrado e introvertido. Hay testimonios de profesores y compañeros de clase que no entiendo cómo pueden haber recogido. A mí ningún periodista me ha pedido opinión. Y yo me considero una de las pocas amigas que ha tenido Agatha.

No obstante, si no se lo han inventado todo, significa que los periodistas ya han estado en el colegio. A lo mejor han hablado con el director, o con Adam, y ha salido a la luz la historia del incendio del despacho.

A lo mejor están ahí en este mismo momento, filmando y fotografiándolo todo: alumnos, profesores y personal de servicio. He elegido bien el día para faltar a clase.

Ojeo los periódicos uno a uno, con rabia. ¿Cómo podrán escribir todas estas cosas, tan rápido? ¡Ni que lo tuvieran ya todo listo y sólo tuvieran que cambiar los nombres! Un artículo más en profundidad explica cómo podría haberse llevado a cabo el proceso de petrificación utilizado por Agatha. Parece que no es nada nuevo: existía ya una «receta» de un famoso científico que hace un par de siglos la experimentó con animales y con algunas partes del cuerpo humano con resultados impresionantes. Hay incluso fotografías de los miembros petrificados: parecen fragmentos de estatuas de mármol. Más adelante se explica la fórmula: una solución de silicato de potasio, con un excipiente de formalina al 10 por ciento y sublimado corrosivo al 3 por ciento, más otros «ingredientes» que el médico se llevó consigo a la tumba y que Agatha ha investigado por su cuenta.

—He aquí las instrucciones prácticas para petrificar a vuestros padres, muchachos —mascullo, arrancando el artículo para llevármelo. Consultaré al Profesor K: quiero descubrir si la única persona que me gustaba de mi colegio estaba al corriente de las intenciones de Agatha.

Otro artículo. Explica que ella no quería acabar en un orfanato (sólo por un año, dado que muy pronto sería mayor de edad), y que ahora acabaría en un reformatorio (donde probablemente pase mucho más tiempo). Por lo que dicen los periódicos, la policía está realizando la autopsia del cuerpo de la tía para determinar cuánto tiempo antes de la defunción había empezado la «terapia» de Agatha.

«¡Yo lo sospechaba desde hacía tiempo! —declara una vecina, que reconozco en la fotografía en blanco y negro del periódico—. ¡Esa chica nunca me ha gustado!»

Sigo leyendo, pero no hay nada sobre cómo está Agatha ni dónde se encuentra.

Tengo que hablar con Sarl. El teniente ha cumplido su palabra: en ningún lugar se menciona cómo ha llegado a saber la policía lo que estaba ocurriendo en aquella casa. Pero yo no puedo evitar sentirme la única responsable de su detención. He cortado el hilo de locura que dirigía sus acciones, pero ahora querría asegurarme de que está bien.

Agatha sabrá que he sido yo. Lo sé.

Pero aun así iré a la comisaría.

Ojeo todas las páginas de los periódicos, escrutando con creciente inquietud cada columna, pero no, por suerte no se habla de nuevos homicidios. Ningún músico, ningún gimnasio de los horrores.

No sé si alegrarme o no. Sólo significa una cosa: que era yo quien tenía que matar a Evan anoche.

Ahora tengo la certeza.

Pero ¿por qué? ¿Quién soy yo realmente? ¿Qué demonios me está sucediendo?

Respiro profundamente. Debe de haber una explicación válida para todo esto.

A lo mejor estoy bajo el influjo de alguien. Alguien que me guía y me condiciona como si fuera una marioneta. Se me escapa una risa nerviosa: es absurdo, lo sé, pero me pasa por la mente la idea de que Mahl pueda haberme hipnotizado cuando he ido a verle para curarme de un shock inexistente.

Me levanto, rígida. Me miro las manos, que me tiemblan. Pero no tienen hilos de marioneta, al menos que se vean.

59

La comisaría hoy está aún más concurrida de lo habitual. Batallones de periodistas montan guardia en la entrada para controlar quién entra y quién sale, mientras en el interior impera el caos más total, con agentes que se dedican a poner orden como en el peor de los atascos de tráfico.

Sería mucho pedir que pudiera atravesarlo indemne.

—¿Alma? ¡Alma! ¡Espera! —me llama una voz entre la multitud.

Me detengo y veo a Roth que intenta abrirse paso entre sus colegas como una sardina en su lata.

—Hola —le saludo, sonriendo, cuando llega lo suficientemente cerca como para oírme.

—Perdóname por el plantón del otro día. Tuve un problema con el coche y no pude llegar a tiempo.

—No importa.

Ni siquiera recuerdo de cuándo habla. Roth echa un vistazo al reloj y me pregunta:

—¿No deberías estar en clase?

—Déjalo estar, no tengo el día.

Me observa de un modo extraño. Detecto que los engranajes de su cerebro se están poniendo en movimiento.

—¿Tú a qué colegio vas?

—¿Por qué me lo preguntas?

—Porque podrías conocer a la chica que ha petrificado a su tía. Has oído la noticia, ¿no?

—Claro. Sale en todos los periódicos.

—¿Conocías a esa tal Agatha?

Reflexiono un instante qué responderle y por fin concluyo

que es mejor decirle la verdad. Total, al final lo descubriría de todos modos:

—Es compañera de clase.

Los ojos de Roth se iluminan. Los míos, en cambio, están apagados: he provocado la detención de una compañera de clase, que consideraba amiga mía, y casi he matado a mi hermano Evan. Me siento un monstruo.

La mano de Roth me aferra por un brazo.

—Tienes que contármelo todo sobre ella. En exclusiva.

—Ahora no, Roth. No puedo perder más tiempo aquí. Tengo que hablar con Sarl.

—¿Cuándo entonces?

—No lo sé —respondo, señalando a la agente Lilia, muy ocupada dando informaciones a una jungla de cabezas—. La policía me ha convocado por ese mismo motivo.

Él asiente.

—Claro, es natural. Pero... ¡unas palabras! Sólo te pido unas palabras. ¿Es verdad que tu compañera tenía una relación con el profesor de química?

—¿Agatha? —Me echo a reír: es una risa cortante, que hace daño—. Pero ¿qué estás diciendo?

Las malas lenguas no descansan.

—¿Y del incendio del despacho del director qué sabes? Desde luego, tu colegio es muy particular...

Me zafo de su agarrón.

—Lo siento, Roth, pero ahora tengo que irme.

—De periodista a periodista, Alma. Yo te he ayudado con tu artículo. Ahora eres tú la que puedes ayudarme a mí —dice, esgrimiendo una de sus mejores sonrisas.

—Podemos vernos más tarde, si quieres. Llámame —propongo, antes de escabullirme entre la gente y desaparecer lo más rápidamente posible.

Me cuelo, decidida, en el pasillo de los despachos. Puertas que se abren y se cierran. Aquí también hay movimiento: los agentes corren entre teléfonos que suenan y fotocopiadoras que vomitan papel. Llego sin problemas hasta el despacho de Sarl. Llamo a la puerta.

Responde una voz desde el interior:

—Adelante... —Vacilo un instante—. ¡Adelante!

Entro.

El teniente Sarl está sentado detrás de su mesa, recubierta de la habitual capa de papeles y carpetas que ocultan por completo la superficie. El aire huele a comida japonesa y a tabaco.

El teniente levanta la mirada de los dossieres y se me queda mirando como si se le hubiera aparecido un fantasma.

—Alma… hola. No me esperaba verte tan pronto. Ponte cómoda.

—Siento molestarle.

Ambos lanzamos un vistazo a la mesa, cubierta de papeles.

—No me molestas en absoluto —replica. De algún lugar en el fondo de su cansancio saca las fuerzas para sonreírme y los rasgos angulosos de su rostro se suavizan.

Me gustaría hacerle mil preguntas, pero voy al grano.

—Quisiera saber de Agatha. ¿Cómo está?

—Agatha está bien. Está sedada, controlada por médicos especialistas. Ha tenido una crisis de rabia cuando la hemos arrestado; ha mordido a un agente y le ha soltado una patada a otro. Estaba hecha una furia, te lo puedo garantizar; estaba presente.

Asiento, muy seria. Me imagino su sorpresa y su rabia cuando ha visto los agentes en la puerta de casa.

—¿Sabe que he sido yo quien la ha denunciado?

—No, tranquila.

—Pero podría haberse dado cuenta de que he entrado en su casa.

—Has hecho una locura. Sólo Dios sabe lo que habría podido hacerte esa chica si te hubiera descubierto. Suerte que no ha pasado nada.

—Ya —respondo, con la cabeza gacha.

El teniente me observa con expresión severa.

—De todos modos, si puedo darte un consejo, no te dejes ver demasiado por comisaría. Tras la historia de la secta y de la mujer petrificada estamos literalmente asediados por los periodistas. Están dándoles a los lectores un nuevo tema en que pensar: los jóvenes son el mal. Matan, queman, destruyen, petrifican.

—Pero ¿qué está pasando?

—Aún no lo sé. Pero hasta que no lo descubra, es mejor que

te mantengas lejos de aquí. Hasta que las aguas se calmen un poco. Si tienes que hablar conmigo, llámame. A lo mejor puedo… no sé… pasarme yo por tu casa.

Me muerdo un labio.

—Eso estaría bien, teniente.

Y mientras tanto pienso en todo lo que he hecho, en todas mis elecciones recientes, que espero que no se vuelvan contra mí como un bumerán.

—¿Va todo bien? —me pregunta—. Pareces muy afectada.

—Sí, estoy bien, gracias.

—¿Estás segura? ¿No tienes nada más que decirme?

Estaría bien poderme limpiar la conciencia, eliminar la podredumbre que la mancha y pasar página para siempre. Pero no es tan fácil. Para mí no. Y ahora no. ¿Y qué podría confesar? «Mire, señor teniente… No sé cómo explicárselo, pero unos hombres que llevan un anillo con un dragón me persiguen, tengo ataques de sonambulismo en los que escribo sobre asesinatos que se producen posteriormente y yo misma, anoche, estuve a punto de asesinar a mi hermano.» Ahuyento este último pensamiento e intento parecer lo más relajada posible.

—A lo mejor algo sí que hay. ¿Ha habido algo nuevo en el caso de los homicidios?

—Estamos interrogando a Tito y sus amigos. Antes o después uno de ellos confesará, o quizá tu amiga venga a denunciarlos, como debería hacer. Mientras tanto, al menos las calles son un poco más seguras.

—Afortunadamente —digo, sin convicción. Nadie sabe realmente qué le espera ahí fuera.

—Será un éxito, no te preocupes.

—¿El qué?

—Tu artículo.

—Ah, sí.

Me levanto de la silla, incómoda.

—Gracias otra vez por su tiempo, teniente. Y espero que de verdad… un día de éstos…

—Será un placer.

—Jenna me ha dado recuerdos para usted.

No es cierto, pero seguro que a él le gusta. Se le ilumina el rostro.

—Gracias. Dáselos también de mi parte.

Salgo y cierro la puerta de nuevo.

Miles de personas.

Y nadie que sepa darme una respuesta.

Consigo salir de la comisaría sin que me detenga Roth o algún otro periodista hambriento de noticias para interrogarme. Una vez fuera empiezo a caminar sin un objetivo preciso, con mis piernas que se mueven solas.

Respiro el aire de la Ciudad que, aquí, cerca del río, es dulzón y denso, cargado de humedad.

Contemplo el paisaje urbano que me rodea con otros ojos: nada es como antes ahora que me siento diferente, que sé que poseo un don, o una maldición que no tengo ni idea de cómo gobernar. Me está digiriendo lentamente, como hace una planta carnívora con su insecto. Agito las patas, sin comprender. Presa del dolor.

Camino por calles vacías flanqueadas de locales nocturnos que se llenarán de vida con la llegada de la noche, de la música y del alcohol, indiferentes a la identidad de sus clientes, se trate de personas de bien o de asesinos.

Al fin y al cabo, ¿qué diferencia hay? Somos todos iguales, con un certificado de garantía de seres civilizados hasta que no se revela un defecto, un fallo. Y entonces nos convertimos en criaturas diferentes, incomprensibles, violentas. La garantía caduca y quedamos marcados para siempre: monstruos.

Como Adam, como Tito, como Agatha. Y como yo.

Cruzo el puente de hierro. Mis pasos resuenan como campanas.

Meto las manos en los bolsillos. La pluma. El *origami*.

El sol empieza a ponerse: dentro de poco volverá a oscurecer. Y el miedo se apodera de nuevo de mí.

60

Esta noche no he dormido.

Sentía avanzar las horas como soldados de paso firme. Las contaba escuchando las campanadas lejanas de la iglesia del fondo del paseo, comprobando la intensidad de la luz que se filtraba por las persianas. Los pensamientos no me han dado tregua y me han dejado agotada antes incluso de empezar un nuevo y largo día.

Ahora, sentada a mi pupitre, desvío la mirada constantemente, mirando a los compañeros, a la profesora, a dos pajaritos que van y vienen sobre una rama del otro lado de la ventana. Me es imposible concentrarme en algo, así que ya ni lo intento.

Sólo una vez tengo el valor de mirar el pupitre de Agatha, unas filas más allá, a la derecha. Está vacío. Imagino que, en unas semanas, lo ocupará otro estudiante y nos olvidaremos de ella. Con el tiempo nadie se acordará de la adolescente loca que se sentaba antes allí.

Nadie más que yo.

Vuelvo a mirar por la ventana. Al otro lado de la verja del colegio se han concentrado unos cuantos periodistas. Volverán a intentar hacernos preguntas sobre Agatha para escribir sus artículos. Imagino que también estará Roth.

Poco después, el sonido del timbre que marca el final de las clases llega a tiempo para impedir que me duerma. Mis compañeros se apresuran a salir del aula. Dentro, en el silencio que dejan las voces al alejarse, quedamos sólo nosotras tres: Naomi, Seline y yo, que curiosamente metemos los libros en la mochila con la misma parsimonia. Es evidente que las últimas semanas nos han puesto a prueba. También es una buena ocasión para cruzar unas palabras, protegidas de oídos indiscretos.

El tema de partida es, por supuesto, Agatha.

—¿Alguna de vosotras ha hablado con ella? —pregunta Naomi.

—No. No sé siquiera dónde está —responde Seline con un hilo de voz.

—Está bien.

Las chicas me miran con la tensión de la espera en los ojos.

—¿Has conseguido hablar con ella? —me pregunta Naomi.

—No, pero sé que está bien.

—¿Y cómo lo sabes?

—Digamos que conozco a alguien en la policía.

—¿De verdad? ¿A quién?

—A un amigo de Jenna.

—Entonces sabrás también dónde se la han llevado.

—Eso no me lo ha dicho.

—Ahora, desde luego queda claro por qué nunca hemos hecho las reuniones en su casa —observa Seline, sutil y frágil como un suspiro.

—Habríamos tenido que insistir —decide Naomi—. Entrar por la fuerza.

—¿Para qué? —le pregunto—. ¿Qué habríamos hecho si hubiéramos descubierto que estaba petrificando a su tía?

—No sé —responde Naomi sacudiendo la cabeza—. A lo mejor hubiéramos podido ayudarla.

—Yo la habría denunciado —dice Seline—. Es algo horrible. Horrible.

Al oír la palabra «denuncia», veo que Naomi se queda pensativa. Sin duda piensa en la decisión que aún no ha tenido el valor de tomar.

—Los periódicos dicen que ha sido una vecina —comenta Seline.

Me encantaría contarles la verdad. Querría que supieran de mis incursiones en casa de Agatha, del olor penetrante que flotaba entre aquellas cuatro paredes mohosas. Pero no puedo. Tengo que mantener silencio. Por su bien.

—Tú lo decías… —murmura Naomi, que ya ha vuelto en sí.

—¿Qué decía?

—Que Agatha era rara. Lo presentías. Cuando casi dejó ciego a Adam, en el río…

—Simplemente me di cuenta de que era algo rara.

—Para petrificar el cuerpo de su tía, más que ser rara hay que estar loca de remate —observa Naomi.

—A veces la vida te obliga a tomar unas decisiones muy difíciles. No todos toman la correcta.

Naomi suelta una risita nerviosa. ¿Estará aún pensando en lo suyo?

—¿Qué hay?

—Es curioso que seas precisamente tú la que digas eso —señala.

—¿Por qué?

—Bueno, porque tú nos has dicho siempre que hay que juzgar a los demás por las elecciones que toman. ¿Las pruebas de los bautismos qué eran, sino una decisión nuestra sobre quien quería convertirse en amiga?

Tiene razón. Pero la Alma de entonces, segura de su capacidad de decisión, ya no existe.

—Habré cambiado de idea.

—Eso no va contigo.

—Hoy estás muy puntillosa.

Seline esboza una sonrisa.

—¿Me esperáis? Voy un momento al baño.

—Te esperamos en la entrada. Ahí fuera ya están los periodistas —le advierto.

Naomi y yo bajamos lentamente las escaleras. La miro.

—¿Cómo estás? Quiero decir, de verdad.

—Mejor. Aún hecha un asco, pero menos. El doctor Mahl es muy bueno. —Asiento y callo. Pienso en la hipnosis—. Tenías razón en decirme que me fiara de él. Sin el doctor Mahl nunca habría podido recordar. A veces pensaba que los recuerdos, con su carga de horror, acabarían por destruirme. Pero tengo que decir que tenía razón él. Después… todo es más fácil.

—¿Crees que un día podrás contarme lo que te sucedió hasta el final?

Ella se queda un momento en silencio.

—Sí, creo que un día lo haré. Pero hay otra cosa antes que debo y quiero hacer.

—¿El qué?

—Denunciaré a Tito y a su grupo.

—¿Lo dices en serio?

—Sí. Ahora que estoy recuperando las fuerzas, comprendo lo canalla que he sido al no cumplir con mi obligación. Tengo que hacerlo por mí y por todas las demás personas que han sido objeto de una violencia parecida, para que nadie más vuelva a sufrirla. Además, con todos estos homicidios en la Ciudad no me siento tranquila. Tito y su banda podrían tener algo que ver.

Ha llegado a la misma conclusión que yo, pero demasiado tarde. No obstante, la miro llena de satisfacción.

—Estoy orgullosa de ti.

—Yo también, y es la primera vez que lo estoy desde aquella maldita noche.

Contentas al ver reforzado nuestro vínculo, bajamos las amplias escaleras desiertas. Dos reinas que dejan su vacío y triste castillo. Somos las últimas que lo dejamos, con dignidad. Nos detenemos frente al despacho del director.

—¿Y tú qué? Te veo más cansada que nunca.

—No duermo bien.

—Ya te entiendo.

—No creo. Pero pasará…

Naomi me lanza una mirada inquisitiva.

—Somos el grupo de amigas más desastroso que ha existido nunca… —sonrío, intentando hacer una broma.

De pronto, nos quedamos pasmadas ante lo que vemos.

—No me lo creo —murmura ella.

Y a mí también me cuesta creérmelo. Por la escalera bajan, codo con codo, Seline y Adam.

—¿Qué hacen esos dos juntos? —me pregunta Naomi, casi molesta.

Yo no tengo respuestas.

Miro a Seline y Adam hablando entre ellos como dos buenos amigos. Deben de haberse encontrado en el baño y después han decidido salir juntos. «Bien», pienso. Seline sonríe como no la he visto sonreír en semanas y Adam parece un chaval atontado con su primer ligue.

—Yo voy a ver —dice Naomi, decidida.

La retengo por un brazo.

—Espera.

—¡Seline es una ingenua!

—No me lo parece.

—¡Pero si ella odia a Adam!

—¿Tú crees? Viéndolos así, yo me atrevería a decir que le gusta hablar con él. Obsérvalos...

Adam se rasca el pelo de la nuca; después, al final de la escalera, se despide de Seline tendiéndole la mano. Ella duda un momento, después se la estrecha, se aleja y viene hacia nosotras.

Adam nos lanza una mirada tranquila y normal, y levanta una mano para saludarnos antes de salir del colegio.

Le respondo, levantando la mía.

Parece un pacto, más que un saludo. Casi una promesa de cese de hostilidades.

—Perdonad —se disculpa Seline al llegar a nuestra altura.

—Ahora tienes que explicárnoslo todo —le dispara Naomi. La abraza y la empuja al exterior de la verja, como para protegerla del resto de chicos.

Seline no responde inmediatamente. Se queda un buen rato en silencio, quizá para ordenar sus ideas. Después se echa a llorar.

—¿Seline?

Ella nos aparta, gesticulando.

—¡Todo va bien! ¡Va bien!

Naomi y yo intercambiamos una mirada.

—No me lo parece —comento.

Ella se suena la nariz, sigue llorando, y entre un sollozo y otro consigue decir:

—Me ha pedido perdón.

—¿Cómo? —exclamamos, a coro.

—Sí, me lo he encontrado en el pasillo. Me ha salido al paso. Quería decirme algo importante. Yo he seguido adelante, pero él me ha seguido... Me ha rogado que le escuchara y me he parado.

Sacudo la cabeza, sonriendo. Seline no aprenderá nunca.

—Me ha dicho que le sabe muy mal lo que hizo y que si existe en el mundo un modo para compensarme, lo encontrará.

—¿Y tú qué le has respondido? —pregunto.

—Nada. No me ha preguntado nada. Sólo me ha dicho lo que quiere hacer. Me… me ha pillado por sorpresa. Después ha dicho que soy una chica muy guapa y que hizo aquella filmación porque era un idiota, porque quería demostrar a sus compañeros que una chica como yo podía querer salir con alguien como él. Dice que ha comprendido que se equivocó y que sólo desea una cosa: que le perdone.

Seline estalla en un llanto aún más conmovedor. Está claro que las palabras de Adam han roto todos los muros que se había construido alrededor de su sufrimiento.

Le acaricio el cabello, fino y claro. Es la primera vez que hago algo así.

—Me alegro por ti.

Ella se sorbe la nariz.

—Bueno, sí… —farfulla Naomi—. ¿Qué puedo decir? A fin de cuentas, parece una buena noticia.

—¿Qué os parece celebrarlo con un bocadillo enorme en el Zebra Bar? —propongo.

Naomi pone unos ojos como platos.

—Como en los viejos tiempos —insisto.

—Nunca hemos ido al Zebra —me recuerda Naomi—. Siempre decías que era un sitio de capullos.

—He cambiado de idea. ¿Tú qué dices, rubia? Un bocadillo por cabeza, de ésos bien grandes.

Seline llora, ríe, asiente y se tambalea, agitada por las emociones.

—Yo… yo… me apunto.

Mis amigas.

Mis únicas amigas.

Les cojo las manos, ellas me cogen las mías.

Lo sé, están frías, pero se calentarán. Porque todo irá bien.

61

En el patio, que con el sol y la tímida pincelada de verde en los árboles de alrededor ha recuperado algo de vida, unos grupitos de chavales se entretienen charlando. Algunos conceden breves entrevistas; otros evitan el micrófono de los periodistas.

El aire, dócil e inmóvil, parece confirmar la plácida calma primaveral que nos envuelve, arrullándonos tras el gélido invierno.

Estamos saliendo por la puerta principal, Naomi, Seline y yo. A poca distancia de nosotras está aparcado el furgón blanco de un periódico local. Roth y su tropa están guardando a toda prisa el equipo, como si tuvieran que irse. Una sutil sensación de ansiedad me recorre la espina dorsal.

—¿Me esperáis un momento?

No les dejo tiempo para responderme siquiera y me acerco a Roth. Tengo un extraño presentimiento.

—Hola. ¿Te vas ya?

Él está ocupado enrollando el cable de un micrófono para luego meterlo en una bolsa negra junto a la grabadora. Sus colegas batallan con cuadernos y máquinas fotográficas en el interior. Da la sensación de que se trata de algo gordo.

Me echa una mirada distraída.

—Diría que sí.

Si quiere tenerme en vilo, lo está consiguiendo.

—¿Por qué?

—¡Lo han cogido!

—¿A quién han cogido?

En mi cabeza se arremolinan mil hipótesis, mil imágenes: ¿un hombre con gafas y sombrero? ¿Otro miembro de la secta?

—Al asesino. O mejor dicho, a uno de los asesinos. Voy corriendo a comisaría.

No me lo pienso más de medio segundo.

—¿Puedo ir?

Él me mira sin saber muy bien qué responder.

—Está bien. Pero quiero algo a cambio.

Ya sé qué tiene en mente.

—¿La entrevista?

Asiente.

—Trato hecho.

—En exclusiva —puntualiza.

Le digo que está bien.

En realidad no sé si mantendré la promesa, ni en qué términos. Pero ése es otro problema en el que ya pensaré luego. Ahora lo único importante es descubrir qué ha pasado en comisaría.

—En ese caso, ponte cómoda —me dice, indicando el interior del furgón blanco.

—Deja que me despida de mis amigas.

—Date prisa.

Naomi y Seline han seguido la escena de lejos.

—Perdonad, chicas, pero no puedo ir con vosotras al Zebra.

—¿Por qué? ¿Qué ha pasado? —me pregunta Seline.

—Parece que hay novedades sobre el caso de Agatha. Me voy con Roth —miento.

—¿Qué Roth?

—Es ese periodista de ahí.

—¿Y cómo es que lo conoces?

—Lo he conocido delante del colegio. Quiere hablarme de Agatha de camino a comisaría.

Al oír la palabra «comisaría», Naomi da un respingo.

—Pero ¿precisamente ahora? ¡Teníamos que ir a celebrarlo! —se lamenta Seline.

—Iremos en cuanto vuelva, os lo prometo.

—¡Venga, Alma! ¡Nos vamos! —me grita Roth, agitando los brazos.

—Yo también voy —dice de pronto Naomi.

La miro. Parece muy decidida.

—¿Estás segura?

—Segura.

No pregunto nada más. Entre otras cosas, porque tampoco quiero que Seline entienda.

—Perdona, Seline —se excusa Naomi.

—Ya te contaremos —añado.

La despedida es rápida. Corremos hacia el furgón sin mirar atrás.

—¿Puede venir ella también? —pregunto a Roth.

—Sí, sí, pero vámonos.

Subimos a bordo. Estoy contenta de que Naomi venga conmigo. Me hace sentir menos sola.

Una vez dentro me encuentro inmediatamente con la mirada inquisidora de Eva, que responde a mi saludo con tono gélido. Creo que no le gusto, del mismo modo que ella no me gusta a mí.

Nos colocamos en un largo asiento negro adosado a un lateral del furgón. A nuestra izquierda y enfrente hay monitores, ordenadores y otros aparatos cuya función ignoro. En el suelo hay algunas bolsas oscuras tiradas que, como nosotras, se desplazan y oscilan con cada curva.

Permanecemos sentadas en riguroso silencio.

Desde allí no se ve el exterior. No hay cristales atrás. Me siento encerrada en el interior de una caja negra que, por lo que yo sé, podría llevarme a cualquier parte.

—¿Te va bien mañana para la entrevista? —me pregunta Roth.

—De acuerdo.

«Quién sabe qué me pasará mañana», pienso.

Él mira a Naomi; luego me mira a mí.

—Estoy pensando en escribir un artículo sobre la violencia en el mundo de los jóvenes, incluyendo también el asunto de la secta satánica. —Naomi se gira hacia mí y me mira, aterrorizada—. Te puedo preguntar por Agatha y quizá también por la secta. ¿Qué te parece?

—Como quieras —le respondo. Le cojo la mano a Naomi para tranquilizarla.

—Sabemos que Tito se pasaba por varios colegios para pescar a sus víctimas. ¿Vosotras lo habéis visto alguna vez?

Naomi no responde.

—Sí, yo sí.

Mi amiga me mira, sorprendida. Algo tenía que decir. Roth no es un ingenuo. Sabe que Tito venía a la salida de nuestro colegio y que no es un tipo que pase desapercibido.

—¿Y nunca os ha dicho nada?

—A decir verdad, no. Simplemente lo vi. Es de esos que se hace ver.

—Desde luego.

—¿Y del asesino qué te han dicho? —pregunto.

—¿Por qué te interesa tanto? —me pregunta Eva, que había permanecido en silencio hasta aquel momento. Me recuerda a esas arañas que permanecen escondidas hasta que la presa se acerca lo suficiente, para después saltarle encima y devorarla.

—Escribo para el periódico del colegio.

Por suerte Naomi no dice nada, pero siento cómo respira agitadamente a mi lado. Me espero una riada de preguntas en cuanto salgamos de este furgón.

—Si quieres un consejo, dedícate a temas más propios de tu edad.

—Gracias por el consejo —respondo—. Pero sé tomar mis propias decisiones.

Pocos minutos después el furgón se detiene.

Roth nos abre la puerta lateral y por fin veo de nuevo la luz del día.

Estamos frente a la comisaría.

—Voy a aparcar —anuncia el conductor, en cuanto hemos bajado todos. Después se va, dejando tras él una nube de humo negro y apestoso.

Los escalones que conducen a la entrada de la comisaría ya están atestados de fotógrafos y periodistas.

Me parece que va a ser muy difícil entrar, pero Roth no tiene ninguna intención de hacerlo, al menos por ahora.

—Coloquémonos aquí —le ordena a Eva, que lleva en brazos una enorme cámara fotográfica. Se sitúan de modo que puedan controlar la entrada. Por su diálogo entiendo que aún tienen que traer al asesino a comisaría.

En ese momento Naomi me tira de un brazo, apartándome.

—¿Me explicas qué diablos está sucediendo? ¿Qué es esa historia del periódico del colegio? ¿Y la entrevista sobre Agatha?

—Ahora no puedo explicártelo. Es sólo un modo de ayudarla.

—¿Y Tito?

—La policía piensa que puede haber un nexo entre Tito, su secta y los homicidios que se están produciendo en la Ciudad.

—¿Por eso has insistido tanto en que pusiera la denuncia?

—También.

—¿Y ese asesino que han arrestado? ¿Crees que puede ser uno de la secta?

—No lo sé. Pero a lo mejor lo descubren muy pronto.

Naomi baja la mirada. Está visiblemente preocupada.

—Si no te ves con fuerzas, hay un bar enfrente. Puedes esperarme allí.

—No, me quedo aquí. En el fondo... quizá pueda incluso reconocerlo.

No decimos nada más, pero la tensión es alta: se siente, como un campo magnético que nos mantiene a todos a una distancia de seguridad el uno del otro.

Todo el mundo fija la mirada enfrente, en un punto lejano, con expectación.

Apenas unos minutos más tarde aparecen por el fondo de la calle dos coches de policía con la sirena encendida y se dirigen hacia nosotros a gran velocidad.

Fotógrafos y periodistas preparan sus equipos.

Naomi me coge la mano, sin mirarme siquiera, y me la aprieta hasta hacerme daño. Veo cómo vibra su cuerpo del miedo, sus músculos que se tensan como si los activara una fuerza oscura que ella es incapaz de gobernar.

Los dos coches se detienen a poca distancia de nosotras. Del primero bajan dos agentes, que enseguida se dirigen al segundo y abren la puerta posterior. Todos los ojos apuntan en esa dirección. La nube de periodistas empieza a acercarse, hasta rodear los coches. Roth, Eva y los demás nos rebasan como si no existiéramos.

—¿Teniente Sarl? —oigo que preguntan, repetidamente—. ¡Teniente!

—¡Una declaración, teniente!

Todos intentan atraer su atención.

Entre la jungla de espaldas, cabezas y brazos consigo distinguir a Sarl, una parte de su rostro, cansado y tenso, un trozo de su inseparable chaqueta de piel negra, su mano tendida hacia el interior del coche.

Son instantes de silencio, pesado como el plomo. Después se eleva un coro de silbidos, voces y gritos.

Naomi y yo miramos a nuestro alrededor, superadas.

—Súbete a mis hombros —me dice.

—No, sube tú.

—Yo no me siento con fuerzas. Por favor.

—Está bien.

Ella dobla las rodillas y yo me cojo a su cuello y me subo a su espalda. Naomi vuelve a ponerse en pie y de pronto me veo proyectada por encima de la multitud.

Veo al teniente Sarl. Está girado hacia el coche, a la espera de que salga su prisionero.

Aparece una cabeza. Con el pelo corto y castaño, igual al de mil personas en la Ciudad. Sin darme cuenta, contengo el aliento. Cuando le veo la cara no doy crédito a lo que veo: ¡no es más que un chaval!

Tiene un rostro más bien anónimo, pero de rasgos agradables. Tiene los ojos claros, y no teme apuntarlos hacia la multitud de curiosos, como dos cañones de fusil listos para disparar. Es más o menos igual de alto que el teniente, tiene un cuerpo robusto, que destaca bajo los vaqueros ajustados y la sudadera clara. Lleva las manos tras la espalda, con toda probabilidad inmovilizadas por las esposas. Parece tranquilo, casi como si estuviera entrando en el cine un domingo por la tarde.

Me siento aliviada: no es uno de mis perseguidores, no lo conozco, no lo he visto en mi vida.

—Sarl tenía razón —digo en voz alta, sin pensar.

—¿Qué pasa? —me pregunta Naomi.

—El asesino ha salido del coche.

—¿Lo ves?

—Sí.

—Yo también quiero verlo.

—Me habías dicho...

—Ya sé lo que te he dicho, pero ahora quiero verlo. Te bajo.

Ahora me toca a mí subirla a hombros.

No me cuesta nada levantarla. Ha adelgazado.

—¿Lo reconoces?

—No... ¡No es más que un crío!

Naomi está sorprendida. Una cosa es imaginarse algo, y otra verlo con los propios ojos. No es fácil aceptar que un chico de tu edad es un asesino.

—¿Estás segura?

—Sí. No sé quién es.

—Afortunadamente.

—No obstante, podría formar parte de otra secta.

—Podría, sí.

En mi interior sé que no es así. Siento que hay algo más grande, más desconcertante y peligroso, moviéndose en la Ciudad. Algo que me ha rozado la noche en que estuve a punto de matar a Evan, algo que debo descubrir y derrotar antes de que me domine.

La nube de periodistas y fotógrafos se dirige hacia la entrada de la comisaría. Bajo a Naomi.

—¿Y ahora qué hacemos? —pregunta.

—Entremos nosotras también. Así tú podrás presentar tu denuncia, mientras yo... —Naomi me mira—. Mientras yo te espero. ¿Aún te sientes con ánimo?

—Vamos.

62

La entrada a la comisaría es una Babel de voces, cuerpos en movimiento, olores, sonidos. Todos quieren ver al asesino, saber quién es, conocer los detalles de la historia. Miro alrededor, pero Sarl y el chico parecen haber desaparecido, seguro que se han refugiado en alguna sala para el interrogatorio.

Naomi y yo nos abrimos paso entre la gente y conseguimos llegar al mostrador tras el que, como siempre, está sentada Lilia, con la pose soberbia de una abeja reina en su panal.

Suspira, satisfecha, a cada «lo siento, pero tendrá que esperar aquí» que propina a los periodistas que solicitan ver al teniente Sarl.

A nosotras, en cambio, tendrá que darnos alguna respuesta.

—Buenos días —la saludo.

—Hola —me responde ella, molesta al verme de nuevo allí.

—¿Dónde tenemos que dirigirnos para presentar una denuncia?

—Pasillo de la derecha, despacho número 9.

Esta vez no ha intentado siquiera disuadirme. Ahora ya sabe que me basta llamar a Sarl para privarla de cualquier poder sobre mí. Qué satisfacción verla perder su sonrisita.

—Gracias.

Naomi y yo nos alejamos y seguimos sus indicaciones.

—¡Qué tía! —comenta Naomi.

—Ya.

Tomamos el pasillo a la derecha. Pasamos unas escaleras que suben al primer piso y dos ascensores, uno junto al otro. El pasillo está iluminado por una hilera de fluorescentes en el techo, pero está más oscuro que el del otro lado, donde tiene el despacho Sarl. Aquí todas las puertas están cerradas y no entra nada de luz de los despachos.

La del número 9 también está cerrada.

Llamo.

—Adelante —responde una voz desde el interior.

Entramos en una sala cuadrada no muy grande, con las paredes cubiertas de altas estanterías colmadas de cartapacios cuidadosamente ordenados, e iluminada por una gran ventana rectangular en el único lado libre. En medio del despacho, sentado tras un escritorio de madera oscura, hay un agente. Es un hombre joven de mirada tranquilizadora y sonrisa franca.

—¿Qué puedo hacer por vosotras?

Estoy a punto de responder yo, pero Naomi se me adelanta:

—Quiero hacer una denuncia —declara, decidida.

—Acomódate.

—Tú vete, Alma —me dice, apretándome un brazo—. Ya me las arreglo sola.

—¿Seguro?

—Sí, seguro.

—Como quieras. Yo te espero aquí fuera. Si me necesitas, llámame.

—Vale, gracias.

Dejo a Naomi en el despacho con el joven policía y me pongo a buscar una máquina de café: siento una desesperada necesidad de cafeína.

Vuelvo atrás, hacia la entrada. Me parece que he visto una no muy lejos de los ascensores, en el rellano.

Al acercarme, oigo dos voces de hombre que hablan.

Me asomo ligeramente por la esquina del pasillo que da al rellano. Dos agentes están bebiéndose su café, de pie frente a la máquina. No consigo verles la cara, ya que me dan la espalda.

—Esta vez parece que hemos dado en el blanco —dice el primero.

—Sí. Al final Sarl ha pillado a uno. Parece que se trata del homicida del parque.

—¿Y cómo lo sabe?

—Guantes negros. Ha encontrado toda una colección en el armario del chaval. Ahora los están examinando.

—Bah, pues sí. Yo apuesto a que el asesino es en todos los casos el mismo.

—¿Y cómo explicas lo de los pelos diferentes que ha encontrado la Científica?

—No lo sé, a lo mejor la escena estaba contaminada.

—En cualquier caso, es increíble que sea un chico tan joven. No tiene más que dieciocho años.

Siento que la respiración se me bloquea en la garganta. Estoy a punto de ahogarme. Con un esfuerzo inmenso, trago saliva y vuelvo a respirar.

—A lo mejor es verdad que forma parte de la secta de esos satanistas que hemos arrestado.

—Es posible. Los cadáveres estaban todos colgados, y uno incluso crucificado.

—En cualquier caso, muy pronto sabremos la verdad. Sarl está apretándole las clavijas.

—Cantará como un pajarillo.

Los dos agentes sueltan unas risas y se disponen a volver a sus despachos. Yo retrocedo unos pasos, y luego finjo estar buscando la máquina del café.

—Buenos días, agentes. ¿Saben dónde puedo encontrar una máquina de café? —les pregunto, cuando me los cruzo.

—Aquí mismo, señorita, bajo la escalera.

—Gracias.

En ese momento algo captura por completo mi atención. Veo una figura muy familiar que sale a toda prisa de la comisaría. Es Morgan. ¿Qué hace aquí?

Sin pensármelo un instante, salgo tras él. No es fácil alcanzarlo. La entrada sigue llena de periodistas y de los habituales transeúntes. Me hago un hueco como puedo y alcanzo la salida. Ahora lo veo. Morgan camina rápido por la acera del otro lado de la calle. Va vestido de oscuro, como siempre. Echo a correr y en pocos segundos lo alcanzo.

—¿Morgan?

Él gira la cabeza, sin detenerse. Cuando me ve, abre los ojos como platos, luego pega la espalda a la pared y tira de mí.

—Ven conmigo —dice, arrastrándome a un callejón lateral—. ¿Qué haces tú aquí?

Parece muy nervioso.

—He acompañado a Naomi. Está poniendo la denuncia contra Tito y su banda.

—Bien.

En realidad sabe que estoy aquí sobre todo por lo de la captura del asesino. Se lo leo en los ojos, hoy más oscuros y profundos que nunca.

—¿Y tú? —le pregunto—. ¿Cómo es que has venido?

—Te lo explicaré todo a su tiempo. Te habría buscado, Alma.

—¿Por qué? —Ahora soy yo la que estoy nerviosa. Morgan está más evasivo y serio que nunca.

—Yo tengo que desaparecer. Sólo un tiempo, pero tengo que hacerlo. Ahora es demasiado peligroso dejarse ver por ahí.

—¿Y dónde irás?

—Lo siento, pero no puedo decirte nada más; ahora no. Te prometo que volveré a buscarte muy pronto y te lo explicaré todo. Pero hasta entonces, te lo ruego —con un gesto repentino me abraza fuerte—, ten cuidado. No salgas de noche y sobre todo mantente alejada de todo lo que tenga que ver con los homicidios. ¿Me has entendido bien?

Se me queda mirando con ojos de preocupación, que de pronto se relajan y se vuelven dulcísimos. Me coge la cara entre sus manos frías y me acaricia las mejillas con los pulgares. Estamos cerca, labios y corazones. Siento su aliento contra el mío, a medida que su boca se acerca a la mía.

—Te lo prometo —susurro antes de que me bese. Y es un beso diferente del primero que nos dimos. Es intenso, profundo, íntimo. Instintivamente le cojo de la cintura y lo aprieto contra mí, como si quisiera impedir que se fuera. Y a lo mejor es así.

Siento su pecho fuerte apretado contra el mío. Sus músculos están tensos, sus labios ávidos de mí. Estoy completamente a la merced de mis sensaciones, emociones nuevas que me arrastran y me aturden.

—Ahora tengo que irme —dice, apartándose de golpe.

Vacilo un momento y me quedo mirando cómo se aleja corriendo.

Yo me quedo en el callejón, con la espalda apoyada en una pared durante unos segundos. Después salgo corriendo tras él.

Me fío de él, pero hay algo que no me convence. Tengo que descubrir qué me esconde.

Morgan es muy rápido y me cuesta recuperar la distancia que nos separa. Corro pensando en el beso, en su cuerpo contra el mío. Siento el corazón que me late con enorme fuerza en el pecho.

Lo sigo por el dédalo de calles y callejones del casco antiguo. Atravesamos la zona de los clubes y seguimos hacia la que antes era zona industrial. La calle se ensancha y empiezan a verse almacenes abandonados, muchos de ellos convertidos en refugio de vagabundos y sin techo. Me recuerda la zona del Puerto Viejo. Siento un escalofrío.

Avanzo dejando una distancia de seguridad y bajo la velocidad de vez en cuando para asegurarme de que no me ve.

De pronto Morgan se detiene ante un edificio. Me escondo tras la esquina de un almacén, pero no consigo ver mucho, ya que él se encuentra en el mismo lado de la calle que yo, y cruzarla significaría descubrirme. Me asomo lo máximo posible y lo veo desaparecer en el edificio que tiene delante. Espero unos minutos, pero no sale. Decido acercarme, lentamente, pegada a la pared del almacén.

Atravieso una alambrada, en parte rota, que marca el límite entre un edificio y el otro. El almacén en el que ha entrado Morgan está revestido con ladrillos oscuros sobre los que se abren algunas ventanas con los cristales rotos. Parece abandonado.

Llego a la puerta de entrada y, para mi sorpresa, me encuentro con un pedazo de madera oscura podrida por el paso del tiempo, desgajada y despintada.

«Seguro que no me cuesta mucho esfuerzo entrar», pienso.

Con cautela, empuño la manija, un gancho de latón que forma una curva en la que se encaja la mano. El mecanismo está roto, pero la puerta se abre de todos modos.

Empujo despacio y hago chirriar las bisagras oxidadas en un lamento que me pone la piel de gallina. Por un momento tengo la tentación de dejarlo estar, pero luego me convenzo de que la verdad es mi única salvación.

Con la esperanza de que no me oiga nadie, abro del todo la puerta y entro.

En el interior reina una penumbra densa de polvo, olores fuertes y retazos de historia depositados a lo largo de años de abandono.

Avanzo unos pasos.

Miro a mi alrededor, escrutando el espacio con los ojos, pero cuando me acostumbro a la semioscuridad me quedo sin palabras. Me encuentro en un espacio no muy grande, unido a otro por un tabique sin puerta. Un hilo de luz procedente de un agujero en el techo ilumina un suelo cubierto de escombros y restos de muebles viejos. Las paredes están desconchadas y manchadas de algo que parece moho. En una esquina hay un colchón con unos trapos y un cúmulo de basuras al lado.

¿Dónde diablos estoy? ¡No puede haber entrado aquí!

En ese preciso instante oigo un ruido de cristales rotos procedente del otro lado. Me llevo un susto de muerte.

Sin perder un segundo más, salgo corriendo y no me detengo hasta llegar a la zona de los clubes.

La cabeza me duele muchísimo, así que me veo obligada a sentarme en la acera. Me aprieto las sienes con las manos y cierro los ojos, esperando que pase pronto.

No sé cuánto tiempo permanezco así, hasta que un señor me toca un hombro y me hace dar un respingo.

—¿Estás bien? —me pregunta.

Le miro a la cara. No sé quién es, pero lleva sombrero. Me levanto y echo a correr de nuevo hacia la comisaría.

Cuando llego me encuentro un jaleo tremendo.

Naomi está fuera, esperándome.

—¿Qué pasa aquí?

—El chico que hemos visto hace unos minutos...

—¿Qué?

—Ha muerto.

63

El interior de la comisaría es como una gran caja llena de fuegos de artificio que explotan unos tras otros.

Gente que corre, grita, empuja, policías que intentan mantener un orden en el que no creen ni siquiera ellos. El caos reina soberano.

En mi cabeza está grabada la imagen de Morgan saliendo a toda prisa de aquí. La relación es rápida, inmediata. ¿Es posible que esté implicado de algún modo con... con la muerte del asesino?

Cojo a Naomi, la aparto y le pido que me lo explique todo.

—No lo sé, Alma, de verdad... Estaba poniendo mi denuncia cuando de pronto hemos oído gritos y una carrera en dirección al pasillo. El agente y yo hemos salido y hemos seguido a algunos de sus colegas que se dirigían hacia el otro pasillo, el de las salas para los interrogatorios. Estaba lleno de gente; era imposible pasar. El agente me dijo que le esperara cerca de la entrada, se ha abierto paso y ha ido a ver. Cuando ha vuelto me ha informado de que había sucedido una desgracia, que el chico había muerto y que tendríamos que continuar con la denuncia en otro momento. Se ha quedado de piedra, vamos... no reaccionaba. Poco después ha llegado una ambulancia. Dos hombres se han llevado el cuerpo del chico en una camilla, cubierto con una tela. No sabía qué hacer; me he puesto a buscarte, pero luego he decidido salir y esperarte fuera. He pensado que antes o después tenías que pasar. Pero ¿dónde te has metido?

—He visto a Morgan.

—¿Morgan?

—Sí, salía corriendo de la comisaría, a toda prisa.

—¿A toda prisa? ¿Y por qué?

—Ya no sé qué pensar, Naomi. Primero Adam, luego Agatha, Tito, ahora Morgan. Parece que todas las personas que conocemos esconden algo terrible.

—Pero ¿qué es lo que has hecho?

—Le he seguido.

—¿Y…?

—Nada, lo he perdido de vista. Iba demasiado rápido.

—Me parece una pesadilla.

Mientras Naomi habla miro las personas que van desfilando a su lado, e intento captar alguna palabra aquí y allá.

—Disparado…

—Le han dado una paliza…

—¡Se ha matado!

Nos sentamos en un banco, muy cerca de la puerta. Desde aquí podemos controlar quién entra y sale.

O al menos eso espero.

Espero pacientemente, rodeada de caos.

De pronto un grupo de periodistas sale del pasillo de la derecha e invade la entrada. Me pongo en pie.

Roth. Camina a toda prisa mientras trata de meter un cuaderno en su bolsa verde.

—¡Eh, Roth! —Le salgo al paso en el mismo umbral.

—¡Alma!

—¿Qué ha pasado ahí dentro?

—Sarl acaba de dar una rueda de prensa relámpago. El asesino ha muerto.

—¿Cómo que ha muerto?

—Se ha suicidado. Lo han dejado solo un instante y se ha clavado una pluma en el cuello.

—Pero ¿cómo es posible?

—Así, como te he dicho. Ahora disculpa, pero tengo que ir corriendo a la redacción para escribir la crónica. ¡Ya hablaremos para esa entrevista! Te llamaré.

Mientras se aleja, intento recomponer las piezas del puzle, pero mi cabeza vuelve a vengarse con unas punzadas lacerantes.

Tengo que volver a casa. Aquí ya no tengo nada que hacer.

—Vámonos —decido.

Salimos del manicomio que es la comisaría y nos encaminamos hacia la parada del autobús. Pero una vez allí me lo pienso mejor.

—Oye, yo prefiero caminar un poco.

Naomi se frota los ojos con el dorso de las manos.

—Perdona que no te acompañe —se excusa—, pero estoy hecha polvo.

—No te preocupes. Nos vemos mañana en clase.

Nos besamos en las mejillas. Luego me encamino hacia el Puente de Hierro. Está oscureciendo; más vale que me dé prisa.

Respirando a pleno pulmón atravieso el puente y, como siempre, miro abajo, hipnotizada por la fuerza de la corriente. Recorro el tramo que me separa del Parque Pequeño con sus árboles siempre verdes y su corto brazo de agua, desviado del curso principal del río por una luminaria de arquitecto que decidió que así el paisaje sería más bonito.

Me adentro en el parque; las sombras de la tarde van alargándose a mi alrededor.

«No tardaré nada», me digo. Pero estoy más tensa que la cuerda de un violín. Los consejos de Morgan me resuenan en la cabeza como malos presagios, y acelero el paso.

No hay mucha gente por el parque. Algunas personas paseando el perro, un viejo con un periódico. Las farolas, discretas a los lados de los caminos, se encienden una por una y salen en apoyo de la luz agonizante del día.

Adelanto a un señor que hace *jogging* con los auriculares puestos, a un vagabundo que escoge el mejor banco para colocar su cartón. Me echa una mirada, pero no tengo monedas ni siquiera para mí, así que bajo la cabeza y me alejo por el carril bici.

Oigo a lo lejos la corriente del río.

Me vuelvo para comprobar que no me siguen, y no veo a nadie. Pero no estoy tranquila. Al cabo de unos veinte metros observo, horrorizada, una figura oscura que camina rapidísimo, aún a lo lejos. No me está siguiendo, pero camina a una velocidad fuera de lo común, como una marioneta. Y lleva sombrero, aunque quiero creer que ese detalle no tiene importancia.

La claridad del día se disuelve rápidamente. El agua del río está negra. Los conos de luz de las farolas se vuelven más sólidos.

Echo otro vistazo a la figura, al final del carril bici, y me convenzo de que estoy paranoica. No me está siguiendo.

Al primer desvío, dejo el carril bici y tomo un sendero que se adentra entre los árboles. Sigo caminando rápido y, cuando me giro, veo que el hombre del sombrero ha tomado el mismo camino.

—¡Oh, no! —gimo.

Mi presunto perseguidor camina detrás de mí. No corre. Nunca corre, como los otros. Pero anda rapidísimo.

Oigo el ruido de sus pasos que hacen crujir la grava a mis espaldas.

Es demasiado.

—¡No! —grito, y empiezo a correr todo lo rápido que puedo.

Pruebo una vía de escape entre los árboles. Salto por parterres y matorrales y voy en busca de la oscuridad para esconderme.

Pero la oscuridad no me ayuda; es más, me desorienta.

Lo oigo correr tras de mí, sobre la grava, me doy cuenta de que me pisa los talones y a duras penas veo dónde pongo los pies. Me aterra la posibilidad de tropezar, porque sé que entonces no tendría escapatoria. Salto, esquivo, corro aún más rápido, en dirección al canal artificial que atraviesa el parque. Me estoy quedando sin aliento y siento las piernas rígidas del miedo.

Pero no me detengo.

¡Morgan!

No sabría decir si lo llamo o sólo lo pienso.

Salgo de entre los matorrales y desemboco a pocos pasos del canal. El fragor del agua es más violento, casi ensordecedor.

Odio el agua.

Por algún lado hay un puentecito que atraviesa el canal. No miro atrás. El ruido del agua cubre el de los pasos de mi perseguidor.

Lanzo un vistazo rápido alrededor, pero es como si con la llegada de la noche hubiera desaparecido todo el mundo. No hay nadie. No está Morgan, no está ni siquiera el vagabundo de antes. ¿Dónde está el puente? ¿A la derecha? ¿A la izquierda? Las dudas son fatales, porque mi perseguidor me alcanza en un instante. Me atenaza un brazo con un agarre feroz y tira de mí hacia atrás. Ahora lo veo claramente: además del consabido sombrero, lleva chaqueta y pantalones oscuros. Es como los otros que me han seguido. Pero él no lleva ni gafas ni guantes.

Abro la boca para gritar, pero el pánico me impide emitir cualquier sonido, y en cualquier caso no serviría de nada; no hay nadie en este maldito parque.

Caigo al suelo, rodando por la hierba con él. El sombrero se le cae de la cabeza calva y sale rodando como una rueda desprendida de un coche, hasta dar contra el tronco de un árbol. ¡Oh Dios mío, su oreja! ¡Está recortada! ¡Y no tiene pelo!

Pero ahí no acaba la cosa. A la luz del farol, brilla en su mano el reflejo de un anillo oscuro. Lo reconozco. Sé cuál es.

El anillo con el dragón marino.

¡Es un Master!

Pero ¿quién es, o qué es un Master?

Entre el lío de manos y ropas que ruedan consigo verle el rostro unos segundos, antes de que me inmovilice contra el suelo y me presione el cuello con las manos. Oigo el ruido del agua cerca. Agua que fluye, potente y aterradora.

El Master es un hombre, o al menos eso creo. Sus ojos son dos cabezas de alfiler de color blanco hielo que brillan en la noche, rodeados de una piel blanquísima. No tiene cejas, ni cabello. Nada.

Sólo leo una cosa en sus ojos: odio. Y mientras intento zafarme de su presión, comprendo que sólo busca una cosa: matarme.

Es fuerte. Fortísimo. Demasiado para mí.

—¡Morgan! —llamo, casi sin aire en los pulmones.

Siempre ha aparecido. Siempre ha llegado. Siempre me ha protegido. ¿Dónde está ahora?

El Master se cierne sobre mí, tremendo y silencioso. Yo le araño e intento morderlo, pero mi esfuerzo es en vano. Ya no respiro. Siento el metal gélido de su anillo contra el cuello.

Después, instintivamente, me meto una mano en el bolsillo. Encuentro inmediatamente la estilográfica de acero. La empuño como si fuera un cuchillo y se la clavo en el brazo con toda la energía que me queda.

Él abre la boca para gritar, pero no emite ningún sonido. La presión sobre el cuello disminuye de pronto.

Extraigo la estilográfica de su brazo y se la clavo en el cuello con más fuerza aún. El acero penetra en la carne con un ruido sordo. Una salpicadura me golpea el rostro. El líquido tiene el color de la sangre, pero parece mucho menos denso.

El hombre tiene la boca abierta en un grito silencioso. Se lleva las manos al cuello bañado de sangre y se levanta de golpe, trastabillando torpemente.

Ruedo sobre mí misma y me echo encima de él, intentando empujarlo al canal. El impacto contra su cuerpo es parecido al que sentiría de haber golpeado una pared de cemento.

Pero el hombre pierde el equilibrio de todos modos, agita los brazos al aire y me mira por un último instante con sus ojos de hielo.

Después oigo el ruido que hace al caer al agua, y la corriente se lo lleva. Lo veo desaparecer en un remolino de espuma.

Inmóvil en la orilla, sin aliento, me froto el cuello dolorido. Me miro la punta de los dedos manchados de sangre. El anillo con el dragón me ha dejado una herida que me arde como una brasa. Pero estoy viva. Aún estoy viva. Todavía tengo la mano izquierda apretada en un puño alrededor de la pluma.

—¡Dios mío! —exclamo, dejándola caer al suelo.

Sigo observando la mano, la pluma, las aguas turbulentas del canal, el parque con sus sombras que se ciernen sobre mí.

Siento la tentación de huir, pero en el momento en que me pongo en pie siento que me invade una curiosa sensación de seguridad.

En vez de dirigirme hacia casa, decido seguir el cauce del canal. A unos cincuenta metros está el punto en que el canal vuelve a unirse al río. Allí se ha colocado una red para bloquear el paso de ramas, hojas y basuras.

El hombre no está. No ha salido del canal a rastras y no puede haber pasado a través de aquella red.

Me acerco aún más. ¿Por qué no me limito a salir corriendo? Podría salir una mano de esas aguas turbulentas y arrastrarme consigo.

Pero eso no pasa.

Ninguna mano.

Ningún Master.

Ningún cuerpo.

Sólo un sombrero, una chaqueta y un par de pantalones negros, que flotan como hojas muertas entre la malla de metal.

¿Se ha deshecho de la ropa mientras nadaba? ¿Cómo es posible? ¿Dónde ha acabado el cuerpo? ¿De quién me estoy defendiendo, y por qué?

El agua.

También Morgan, en el puerto, lanzó al Master al agua tras su enfrentamiento.

Aquella agua que odio, en la que nunca he sido capaz de meterme.

Mis dedos aún aprietan la estilográfica.

¡No puedo creer que haya apuñalado a un hombre en el cuello con una pluma! Me vuelve a la mente el suicidio del joven asesino. ¿Qué macabra coincidencia es ésta?

Miro a mi alrededor en busca de una respuesta, pero la Ciudad, el parque, la corriente del canal artificial, el río que ruge a pocos pasos de mí son sólo una inmensa capa de oscuridad.

Ninguna respuesta.

Ninguna luz.

Sólo oscuridad.

Agradecimientos

A veces me pregunto por qué la parte más importante de una novela se publica siempre al final. Esta historia no sería la que es sin Marcella Drago, que desde el primer momento creyó en ella y la presentó del mejor modo posible; sin Elido Fazi y Valeria Huerta, que la leyeron y la acogieron con entusiasmo; sin Christian Soddu, que realizó una edición extraordinariamente delicada y precisa; sin Gianni Collu, que supo guiarme hasta el núcleo más profundo de lo que he escrito y sin Pierdomenico, cuyas lecturas críticas, a veces despiadadas, han tenido un valor inestimable para llegar hasta aquí.

Os doy las gracias a todos, y también a los que me han apoyado durante los meses de escritura. Esta historia es también, y sobre todo, vuestra.

Elena P. Melodia

Nació en Verona en 1974. Licenciada en Filología clásica, trabajó como arqueólogoa medievalista antes de dar el salto a una gran editorial para ser editora de libros juveniles. *Oscuridad* es el primer título de la serie My Land.